Olympe de Roquedor

Jean-Philippe
ARROU-VIGNOD

François
PLACE

Olympe de Roquedor

Illustrations de François Place

GALLIMARD JEUNESSE

Château
de Roquedor
Les Nèves
Ségur d'Azeille
Couvent de
Sainte-Cécile
aux-Dames
Chez
Léontine
Calvaire
Le bac
Saint-Orcoul
Mont
Cigale
Col du
Mont-Cigale
Pont d'Arupt
Arupt
Col des Adrets
La Sourgide
Carte de
L'Azeillan
Château
de Saint-Mesme
L'Azeille
Hauteceilles

Pour Patricia, Aurélien et Camille
Jean-Philippe Arrou-Vignod

Pour Odette et Jacques
François Place

Chapitre premier

On l'avait entendu venir de loin : un tonnerre roulant entre les pentes encaissées du vallon.

Démultiplié par l'écho, on eût dit le fracas de quelque machine infernale dévalant le chemin dans un formidable panache de poussière.

Qui donc se risquait à cette allure dans le paysage écrasé de chaleur ? Le soleil était haut, les champs bruissaient du crincrin strident des insectes. Pas une âme dehors à l'exception d'un vieux chien assoupi au milieu de la route, le nez entre les pattes.

L'attelage lancé à pleine vitesse avait surgi si rapidement du virage qu'il s'en était fallu d'un rien qu'il ne lui passe sur le corps.

Claquements de fouet, juron du cocher – la voiture disparaissait déjà dans un nouveau lacet, ne laissant derrière elle qu'une traîne miroitante de sable et de pierraille.

– Moins vite, monsieur, pour l'amour de Dieu !

La voiture en question était une grosse berline à quatre chevaux, noire au-dehors comme au-dedans, à la manière d'un corbillard. Sur le siège, un cocher, un garde armé à son côté. À l'intérieur, trois passagers : un homme et deux femmes, assis face à face, si près que leurs genoux s'entrechoquaient à chaque mouvement d'essieu.

Celle qui avait lâché ce cri d'effroi était une imposante matrone vêtue tout en noir, à l'exception du bandeau couleur neige encadrant son visage. Sans ce détail et le crucifix qu'elle serrait sur son ample poitrine, on eût moins dit une religieuse qu'un gros sac de linge ballotté en tous sens.

Un nouveau cahot lui arracha un gémissement, la projetant sur la paroi où son crâne rendit un bruit sourd.

– Vous m'entendez, monsieur le comte ? Faites ralentir, par tous les saints !

Celui qu'elle implorait ainsi ne l'écoutait pas. Le buste passé à la portière, il invectivait le cocher et excitait l'attelage à grands coups de chapeau.

– Ralentir, ma sœur ? se défendit-il, hilare, en se rejetant enfin au fond de sa banquette. Vous oubliez les ordres de mon père : nous devons être ce soir à destination.

C'était un jeune homme pâle et maigre, le front haut, le menton creusé d'une fossette délicate. Habit de soie bleu roi, perruque poudrée, bottes en chevreau. Sa courte taille lui donnait moins que ses vingt ans : l'épée à son côté et le pli hautain de ses sourcils, bien davantage.

– À ce train, vous nous aurez fait tuer avant ! protesta la religieuse.

– Soyez sans crainte, sœur Matin : votre sainte compagnie nous protège, ironisa le garçon. Lisez plutôt votre bréviaire, ajouta-t-il en lui tendant entre deux doigts gantés le missel tombé à terre. Mais en silence, ma sœur, de grâce !

Il agita son mouchoir sur son nez pour en chasser la poussière et, se désintéressant de la nonne, se tourna vers la passagère qui lui faisait face, le visage caché par un éventail.

– Ne t'amuses-tu pas, Olympe ?

Celle-ci ne lui rendit pas son regard. Calée contre la paroi par la masse de sœur Matin, elle avait repoussé le cache de cuir masquant la portière et respirait avidement, par l'interstice, l'air embaumé de thym et de sarriette qui montait du dehors.

C'était une jolie créature. Plus une enfant tout à fait, pas encore une jeune femme. Quel âge ? Quinze, seize ans peut-être, petite mine, ruban au cou, avec une ample chevelure qui semblait rougeoyer telle une flamme dans la pénombre de la voiture.

Chaque fois qu'une ornière la précipitait sur sa voisine, la nonne avait un mouvement de recul, comme si cette masse de cheveux roux avait eu quelque pouvoir urticant dont elle aurait craint le contact.

– Tu raffolais des cavalcades autrefois, insista le jeune comte. Tu te souviens, quand nous volions la charrette du vieux Léonce ?

– Non.

Le garçon se renfrogna.

– Allons. Pourquoi cette froideur ? Ne viens-je pas de te libérer du couvent ? Tu pourrais m'en avoir quelque reconnaissance.

Olympe pinça les lèvres. À chaque pierre de la route, la voiture craquait et grinçait, prête à se démantibuler des essieux jusqu'au toit. On se serait cru à l'intérieur d'un crâne.

– Je préférais encore ma cellule à ce tombeau, maugréa-t-elle. On suffoque ici. Ne pouvez-vous ouvrir ces rideaux ? Laisser entrer la lumière ?

« Et un peu d'air », faillit-elle ajouter en agitant son éventail. L'odeur dégagée par sœur Matin lui piquait les narines. Elle se sentait vulnérable, un peu étourdie aussi, comme ces malades ou ces prisonniers qui retrouvent le monde après une trop longue réclusion.

– Simple mesure de sécurité, expliqua le jeune homme. Cette vallée n'est pas sûre, et deux femmes… Mieux vaut traverser au plus vite, en toute discrétion. Mais n'aie pas peur, ajouta-t-il en tapotant le pommeau de son épée avec un sourire fat. Tu es sous ma protection.

– C'est bien cela qui m'effraie, grinça la jeune fille.

– Plaît-il ?

– À quoi rime cet enlèvement, monsieur ? s'emporta-t-elle sur un ton plus aigu qu'elle ne l'aurait souhaité. Ces mines secrètes, vos messes basses avec sœur Matin ? Croyez-vous que je ne vous aie pas vus, au parloir ? J'exige de savoir quel est ce complot dont je suis l'objet !

Le fracas des roues était tel qu'elle devait forcer la voix.

– Un peu de décence, ma fille, intervint la religieuse. Maîtrisez vos nerfs, je vous prie.

Olympe la repoussa d'un coup d'épaule. Elle étouffait sous l'épaisse robe de soie qu'on lui avait fait enfiler avant de quitter le couvent. La malle contenant le reste de sa garde-robe martelait la cloison dans son dos, vrillant son crâne comme un tambour.

– Allez au diable, ma sœur.

Le jeune comte tenta en vain de lui saisir la main.

– Que t'arrive-t-il, Olympe ? Tu ne me disais pas « vous », autrefois. Ne sommes-nous plus amis ?

– Nous étions des enfants.

– Rien n'a changé.

– Tout, au contraire. Par la grâce de monsieur votre père qui m'a jetée au couvent quand je n'avais pas douze ans !

– Pour ton bien, Olympe. Une promesse solennelle qu'il avait faite au tien si par malheur...

– De quel droit m'en fait-il retirer tout aussi soudainement ? À quoi riment ce fourgon, ce garde, ces mystères ? Suis-je donc une volaille dont on dispose à sa guise ?

Le jeune comte se pencha vers elle.

– Oublie le couvent. Tu n'y retourneras plus.

– Et sœur Matin, alors ? Que fait-elle ici ?

– Je veille sur vous, ma fille, intervint la nonne d'un ton aigre. Que cela vous plaise ou non, une jeune personne comme il faut…

– Je n'ai pas besoin de chaperon, coupa Olympe. Je vous déteste, sœur Matin, entendez-vous ? De tout mon cœur, et depuis le premier jour !

La bouche de la religieuse, outrée, s'arrondit. Jamais on n'avait osé lui parler sur ce ton. Puis ses joues virèrent à l'aubergine quand le jeune comte, d'un geste qui se voulait apaisant, lui tapota familièrement le genou.

L'étroitesse de la berline favorisait ce genre de privautés. Mais c'était sans doute la première fois qu'une main d'homme la touchait, même gantée.

– Prenez vos sels, ma sœur, dit-il. Vous avez un teint à faire peur.

Puis, passant le corps à la portière :

– Ralentiras-tu, coquin ? hurla-t-il à l'adresse du cocher. À ton train, nous arriverons désossés à Saint-Mesme !

– Saint-Mesme ? répéta Olympe. C'est donc là que vous me conduisez ?

– Et où donc, sinon ? gloussa le jeune comte en réintégrant souplement la voiture.

– Mais chez moi, monsieur. À Roquedor.

Le garçon s'esclaffa.

– Tu as vécu trop longtemps loin du monde, ma chère. Le vieux Léonce a eu beau faire, Roquedor tombe en ruine. C'est le logis des chauves-souris maintenant. Ce soir, nous serons à Saint-Mesme. Mon père, ton tuteur, a d'autres plans pour toi.

La désolation se lisait sur les traits d'Olympe. En ruine, Roquedor, le château où s'était déroulée son enfance, où sa mère puis son père avaient été emportés tour à tour ? La détresse lui nouait la gorge, de grosses larmes lui montaient aux yeux.

– Des plans ? répéta-t-elle. Pour moi ?

– Tu n'auras à t'inquiéter de rien, poursuivit le jeune homme, encouragé par cette soudaine manifestation de faiblesse. Mon père a veillé à tout, tu verras, et la bonne sœur Matin, grâces lui soient rendues, a consenti à te chaperonner le temps des préparatifs.

– Les préparatifs ?

Pour toute réponse, le petit comte, se carrant avec satisfaction au fond de sa banquette, tira son mouchoir et le tint sous son nez sans la quitter des yeux.

On eût dit un chat devant une mésange.

La stupeur d'Olympe était totale. Comme elle se tournait vers sœur Matin, les yeux écarquillés :

– Vous ne comprenez donc rien, petite sotte ? fit la nonne, la bouche pincée en un rictus méchant. Votre tuteur, Dieu sait pourquoi, veut faire de vous sa belle-fille. Vous serez mariée avant dimanche.

Chapitre deux

Les deux hommes, assis sur un tronc d'arbre qui barrait le chemin, se ressemblaient d'une façon étonnante : bruns de peau, noirs de poil, oreilles décollées, sourcils charbonneux, on ne peut pas dire que la nature les avait gâtés. Plutôt secs et nerveux, ils avaient un geste identique pour gratter leur menton en galoche. Des jumeaux, de toute évidence. Assassins ou bandits, très probablement. Sinon, à quoi auraient servi les lourds pistolets et les couteaux passés à leur ceinture ? La forêt, tout autour, bruissait du bourdonnement des insectes. On apercevait à travers les arbres le trait blanc d'un torrent en contrebas.

– Les voilà, dit soudain l'un d'eux en se dressant d'un bond. On est bien d'accord, tu me laisses attaquer le premier. (Il courut se cacher dans les fougères.) Hercule, planque-toi, bon sang !

Le dénommé Hercule traversa le chemin pour se mettre également à couvert, mais pas assez vite, apparemment, aux yeux de son complice.

– Grouille-toi ! T'as vérifié l'amorce de ton pistolet ?

– Oh, lâche-moi, Ulysse.

– Mais planque-toi, nom d'un chien ! On voit ton chapeau !

Hercule finit par s'exécuter, de mauvaise grâce. Juste à temps... Un roulement sourd et un nuage de poussière annonçaient la berline qui attaquait la côte. Grondement cadencé des sabots, cliquetis des harnais, vacarme des roues chahutées dans le creux des ornières.

Bientôt, les chevaux de tête apparurent, chassant bruyamment l'air par les naseaux.

– Pas trop tôt, grinça Ulysse en armant le chien de son pistolet.

Il observa la berline qui finissait de passer le tournant. En bois sombre, sans ornement, les portières dissimulées par deux rideaux de cuir, on aurait dit un gros animal à carapace.

« Comme un foutu crabe, se dit Ulysse en ricanant. Le meilleur est à l'intérieur. »

Un homme était assis à côté du cocher. Le chapeau rabattu sur les yeux, il somnolait, un vieux mousquet posé sur les genoux. Sans doute un garde, engagé comme escorte.

« Me donnera pas beaucoup de mal, celui-là ! » gloussa Ulysse.

Au même instant, apercevant le tronc d'arbre en travers de la route, le cocher tira de toutes ses forces sur les rênes. La bouche déformée par le mors, les deux chevaux de tête se cabrèrent, poussés et bousculés par la paire suivante, formée de deux chevaux de trait, plus lourds et moins prompts à réagir.

– Oooohhh ! cria le cocher, le corps arqué en arrière pour soutenir l'effort des quatre animaux.

La berline s'immobilisa, les roues soulevées par le talus.

– Maintenant ! cria Ulysse.

Un pistolet dans chaque main, il jaillit des fourrés, visa le garde et tira dans la foulée. L'homme s'enroula sur lui-même et chuta de l'autre côté du siège. Le bandit passa l'arme dans sa ceinture et, profitant de la stupeur du cocher, il le saisit par les basques et le jeta au sol. Cela faisait une chute de cinq pieds, de

quoi assommer le pauvre bougre. Ulysse l'acheva d'un terrible coup de pied au creux de l'estomac. Avec un sourire, il entendit son frère ouvrir la portière opposée, sans tirer un seul coup de feu. Il rechargea son pistolet, surpris malgré tout du silence. D'ordinaire, les gens hurlaient de peur ou s'effondraient en implorant merci. Il contourna la berline et interpella son frère.

– Hercule, qu'est-ce que tu fous ?

Il s'arrêta net.

Hercule, plié en deux, se tenait le poignet avec une grimace de douleur. Un jeune boutonneux, habillé comme un petit-maître, jabot et manches de dentelle, le menaçait de son épée qu'il brandissait aussi vaillamment qu'une épingle à chapeau.

Ulysse posa le canon de son pistolet contre sa tempe.

– Lâche ton arme ! C'est pitié de voir comme tu la tiens. On te désarmerait avec un couteau à beurre.

– Ulysse…, chuinta son frère en essayant de le mettre en garde…

– On ne s'ennuie pas dans ces bois ! constata une voix goguenarde dans son dos.

Ulysse eut tout juste le temps d'entendre une sorte de sifflement. L'instant d'après, il s'écroulait comme une balle de chiffon, une belle bosse pigeonnant au sommet de son crâne.

Son frère fixa l'homme campé au-dessus du corps. C'était un grand escogriffe au visage tout en angle, à la moustache blanchie par l'âge, un chapeau militaire enfoncé sur le crâne. Il balançait dans sa main une lourde canne terminée en casse-tête. Un bandeau lui cachait l'œil gauche tandis que le droit le considérait avec l'amabilité d'une pièce d'artillerie.

– Donc, lui, c'était Ulysse et toi, tu t'appelles Hercule, si j'ai bien compris, dit le borgne. Ce n'est pas un peu présomptueux de se promener avec des noms aussi glorieux, quand on fait profession d'assassin ?

Hercule ne s'était encore jamais posé la question de l'origine de son prénom. Le poing du borgne le frappa au menton avec une telle force qu'il s'écroula sur son frère.

– Ta mâchoire est dure comme de la pierre, constata le borgne en se massant les phalanges. Hercule, toutes mes excuses, il faut te reconnaître au moins ce mérite : tu as la carcasse d'un héros grec.

Le jeune noble s'interposa, la poitrine bombée comme un petit coq.

– Monsieur, dit-il, pardonnez-moi, mais je tenais en respect ce bandit au bout de ma lame.

– Cela ne devait pas vous être trop difficile, je venais de le désarmer.

– Et je vous en remercie. Cependant...

– Cependant, je me suis également occupé de son complice, fort désireux de vous brûler la cervelle. Voilà deux belles brutes hors d'état de nuire et endormies pour un bon moment. Nous sommes donc d'accord ? Je vous ai plus ou moins tirés d'affaire. Serviteur.

Sans attendre de réponse, il s'agenouilla près du garde abattu au début de l'attaque. L'homme avait une vilaine blessure au thorax, mais ce n'était pas son affaire. Quand on est payé comme escorte, on ne s'endort pas à son poste. L'urgence était de s'occuper des brigands. Saisissant le premier sous les aisselles, il le tira au pied d'un arbre.

– Ça faisait un moment que j'observais le manège de ces deux vauriens, expliqua-t-il en traînant le second sur une quinzaine de pas. Une belle paire de nuisibles, aussi bêtes que méchants. À l'évidence, ils préparaient un mauvais coup.

Il trancha les longues lanières de cuir fixées au mors des chevaux pour ligoter solidement les deux frères, chacun à son tronc d'arbre. Ensuite, il les dépouilla de leurs vestes, prélevant au passage une bourse de cuir remplie de monnaie. Apparemment, leur fortune tenait plutôt à la qualité de leurs armes. Il s'empara du plus grand des pistolets, intrigué par sa lourde crosse en noyer terminée en tête de loup.

– Je garde celui-ci. L'autre pistolet est à vous, lança-t-il au jeune noble.

– Monsieur, s'indigna ce dernier, je n'ai que faire de vos restes. Je ne suis pas un pillard.

– Moi non plus, jeune homme, moi non plus. Seulement un vieux soldat qui connaît les lois de la guerre : qui gagne la bataille se paie sur les vaincus.

Il désigna les jumeaux saucissonnés à leurs troncs d'arbres.

– Par ailleurs, dites-moi si je me trompe : je ne vous ai guère vu empressé à m'apporter votre aide pour attacher ces deux abrutis à la place qui leur revient.

– Monsieur, jeta l'autre avec dédain, pardonnez-moi : ni pillard ni bourreau. Ces deux professions sont au-dessous de ma condition.

– J'avais remarqué, cher petit-maître. Il eût été dommage de salir ces beaux rubans, riposta l'inconnu en faisant mine de lui épousseter l'épaule.

Le jeune homme voulut saisir l'épée qui gisait à ses pieds. Mais il la laissa aussitôt échapper avec un gémissement de douleur.

– C'est ridicule, mon pauvre garçon, vous n'êtes pas de taille, dit le borgne en lui tordant le poignet. Je ne sais pas combien de chemises vous avez usées à vos leçons d'escrime, mais le moindre assaut contre moi vous serait fatal. Dites-moi : qu'y a-t-il donc de si précieux dans cette grosse voiture pour pousser un freluquet de votre âge à se battre ?

– Rien qui puisse vous intéresser, monsieur. Je vous prie de…

Il n'eut pas le temps de terminer.

– Au secours !

Un cri de femme affolée avait jailli de la berline.

L'inconnu leva un sourcil.

– Voilà autre chose.

La portière de la voiture s'était ouverte. Une femme vêtue de noir en descendit lourdement, faisant grincer le marchepied. Une nonne, à en juger par le voile blanc qui encadrait son visage cramoisi.

Brandissant un index tremblant vers la forêt, elle bafouillait entre deux sanglots.

– Dieu nous protège ! Quel terrible malheur !

– Quoi, quel malheur ? s'alarma le jeune homme.

– Notre marquise…

– Votre marquise ? s'amusa l'inconnu. Combien étiez-vous donc, là-dedans ?

– Elle a profité de… Elle s'est enfuie !

– Elle va revenir, ma sœur. C'est la trouille. Ce doit être de famille.

– Monsieur, dit le jeune noble, je goûte peu vos sarcasmes. La marquise n'a que seize ans. Dans cette forêt…

– Mon Dieu, faites quelque chose ! gémit la nonne en joignant les mains. C'est une question de vie ou de mort !

– Diable ! fit l'inconnu avec un petit rire, si c'est une question de vie ou de mort…

Il ramassa l'épée et la lui tendit par la lame.

– Toi, surveille les prisonniers. Vous, ma sœur, occupez-vous de l'équipage. Le cocher n'est qu'assommé, mais le garde perd son sang. Quant à moi, je m'en vais de ce pas chercher votre petite marquise.

– Monsieur, bredouilla le jeune homme, notre reconnaissance…

– Plus tard.

– Puis-je savoir, au moins, à qui j'ai l'honneur ?

– Un vieux soldat, je vous l'ai dit.

Le jeune homme esquissa une révérence empruntée.

– Comte Foulques de Saint-Mesme, pour vous servir.

– Foulques ? ironisa le borgne. Voilà qui vous va bien : c'est le nom d'une poule d'eau. Vous en avez les plumes et le caquet.

Ignorant la raillerie, le garçon se tourna avec inquiétude vers la forêt.

– Monsieur, encore une fois, je puis vous assurer que ma reconnaissance, et surtout celle de mon père…

– Au diable la reconnaissance et les politesses, Foulquinet, l'interrompit l'inconnu avec humeur. Si on parle de récompense, vous avez trouvé votre homme. Serrez-moi ces gaillards de près, le temps que je rattrape votre marquise. Vous avez compris ? Au moindre geste, au moindre mot, enfoncez-leur votre lame tout droit au fond de la gorge.

La nonne eut un petit cri horrifié.

– Choquée, ma sœur ? Croyez-moi, ces misérables n'en méritent pas tant.

Il rajusta le bandeau sur son œil et cracha dans la poussière.

– Contentez-vous de dire votre chapelet pendant que je m'occupe des basses besognes du monde.

Chapitre trois

La petite marquise s'arrêta un instant, hors d'haleine. Ses poumons la brûlaient, son cœur cognait dans sa poitrine comme un oisillon affolé.

La forêt était sombre, profonde. Elle s'était jetée dans les broussailles, dévalant la pente vers les sous-bois plantés de saules et de bouleaux avant d'oser jeter un regard en arrière. Après la chaleur de la route, l'ombre trop fraîche la faisait frissonner.

Relevant sa lourde robe à deux mains pour mieux courir, elle repartit de plus belle.

C'était sa chance, elle le savait. Recroquevillée dans le fond de la berline, à demi étouffée par l'étreinte de sœur Matin, elle avait cru sa dernière heure arrivée. La voiture qui manque de verser, le coup de feu, puis ce silence soudain… et cette larve de Foulques tremblant comme une feuille qui sort, l'épée au poing.

Se marier avec lui ? Jamais !

Elle n'avait pas réfléchi. Pousser du pied la portière opposée, se couler dehors sans bruit, soudain éblouie par l'éclat du soleil… Ses jambes la portaient à peine. Elle avait escaladé le talus, bondi dans le précipice, roulant parmi les broussailles.

Dans sa chute, elle avait perdu une bottine. D'un geste vif, elle se débarrassa de l'autre qui la gênait pour courir. Elle se redressa sur ses pieds, résista à l'envie de se retourner. Combien étaient les assaillants ? Trop occupés à en découdre, ni Foulques ni l'homme d'escorte ne l'avaient vue se glisser hors de la voiture. S'ils s'en tiraient, ils ne tarderaient pas à se lancer à sa poursuite. Quant à ce qu'il adviendrait si les brigands l'emportaient, mieux valait ne pas y penser.

Ils fouillaient peut-être déjà la berline, éventrant la malle contenant tout son bien, molestant sœur Matin et hurlant des ordres pour qu'on la rattrape.

Elle n'avait qu'un espoir : disparaître dans l'épaisseur de la forêt. Courir, courir aussi vite et aussi loin que ses forces le lui permettraient. Ses bas étaient déchirés, ses pieds en sang. Les tempes bourdonnantes, la poitrine comprimée par un point de côté, elle accéléra encore.

*

Le borgne mit du temps à repérer la flamme rousse de sa chevelure qui bondissait parmi les fougères comme une queue d'écureuil.

Il lui avait fallu d'abord retrouver sa monture, laissée à l'attache dans la fraîcheur d'un bosquet, l'enfourcher en grimaçant avant de l'engager prudemment dans la sente qui serpentait vers le vallon.

C'était une jument osseuse et dolente, au crin rêche et aux genoux cagneux, qui n'avait pas son pareil pour vous tanner les fesses de son trot irrégulier. Une vieille compagne d'armes, presque aussi couturée que lui, qui renâclait dans la pente et soufflait avec reproche.

Son bon cœur le perdrait, pesta le borgne en donnant des éperons. Désosser deux lascars, passe encore. Il y avait gagné le lourd pistolet à tête de loup qui pesait dans ses fontes, et une poignée de ferraille à jeter sur un comptoir d'auberge... Mais donner la chasse à une petite marquise ?

Seize ans, avait dit Foulques. L'âge des premières amours. Et celle-là fuyait à travers des fougères presque aussi hautes qu'elle comme si elle avait le diable à ses trousses.

– Le boutonneux a raison, pesta le borgne. À ce train, avant la nuit, elle sera perdue.

Il s'engagea à son tour dans les fougères, se pencha en soupirant à l'oreille de sa jument :

– Je suis aussi fourbu que toi, Mirabelle. N'en veux pas à la petite. Les deux gredins lui auront fait peur. Elle ne sait pas que je les ai sonnés pour le compte. Elle fuit. Réflexe.

C'était une habitude qu'il avait prise, moitié manière de l'encourager, moitié monologue qu'il entretenait avec lui-même. Quiconque les aurait surpris aurait juré que Mirabelle répondait quelquefois, secouant sa grosse tête ou soufflant bruyamment avec reproche.

– Elle se cherche une cachette, poursuivit le borgne en voyant la jeune fille disparaître sous le couvert des arbres. Elle ne nous fera pas courir longtemps, allez... Dès qu'elle pensera le danger écarté, elle reviendra se jeter dans les jupes de la grosse nonne. Retrouvons-la avant : nous en aurons tout le mérite.

Il pénétra à son tour dans le bois. Les taillis étaient denses, les troncs si serrés par endroits que la lumière n'y passait pas. Plissant son œil unique, le borgne patrouilla un moment, scrutant l'ombre, le dos giflé par le feuillage. Où était passée la petite ?

– Sacrebleu, jura-t-il. Cette enfant est donc montée sur ressorts ?

On entendait le fracas de l'eau, toute proche. Il poussa sa monture dans sa direction, sondant les fourrés. Puis le bois s'éclaircit, ménageant une trouée. Un torrent roulait dans le creux du vallon. Il y descendit, laissa sa monture se désaltérer dans un trou d'eau vive avant de repérer la gamine.

Elle n'avait pas pris beaucoup d'avance. Elle remontait la rivière, courant toujours, sans se soucier des ronces et des épines qui lacéraient ses habits.

Le borgne soupira et mit prudemment pied à terre. Le terrain était trop inégal pour s'y aventurer en selle.

Décidément, cette petite marquise lui donnait plus de fil à retordre qu'il ne l'aurait souhaité.

« L'appeler ? Trop risqué. Je ne ferai que l'effrayer davantage, se résigna-t-il. Dans l'état où elle se trouve, même son ombre lui ferait peur. »

Parvenue à un coude de la rivière, la gamine s'arrêta, parut hésiter. Mais l'eau, à la fois trop rapide et trop profonde, interdisait la traversée. Elle poursuivit son chemin, moitié courant moitié marchant, dérapant sur les pierres moussues qui bordaient le torrent.

Le borgne gardait ses distances. L'issue de la poursuite ne faisait aucun doute. Elle et ses petites jambes, lui et ses grands compas : « Elle se lassera de galoper avant moi », se dit-il encore.

La détermination de la petite fuyarde l'intriguait. Où trouvait-elle cette énergie ? Il fallait attendre le bon moment, la laisser épuiser ses forces. Il n'aurait plus qu'à la cueillir comme un fruit mûr tombé d'un arbre.

Et puis, laisser mijoter le petit Foulques et la nonne sur la route écrasée de chaleur n'était pas pour lui déplaire. Il voulait bien rendre service, mais en soldat, pas en domestique. Le jeune freluquet n'avait-il pas laissé miroiter une récompense ? L'attente ferait monter les prix, voilà tout.

Une bourrade de sa jument le tira de ses réflexions.

– Tout doux, Mirabelle. Et ne me regarde pas comme ça. Les ressources d'un vieux soldat sont un brouet bien clair. Quel mal à vouloir l'épaissir un peu ? La petiote n'en mourra pas : on est du vif-argent à cet âge. Quand elle sera fatiguée, elle se rendra. Retrouvailles, larmes de joie, récompense, voilà l'affaire. Nous n'en serons pas plus riches – seulement un peu moins pauvres. Allez, marche, Mirabelle. Ce soir, grâce à cette petite marquise, tu auras de l'avoine et moi, un lit propre à l'auberge.

À un moment, il la perdit, masquée par un détour de la rivière.

Quand elle reparut, elle était descendue jusqu'à mi-cuisses dans le courant. Il la vit déraper, glisser un court instant, agitant les bras comme si elle se noyait, puis se rattraper aux branches d'un saule qui plongeait dans l'eau.

« Sacrée donzelle ! songea le borgne en la voyant reprendre pied péniblement sur l'autre bord. Il y a plus de courage logé dans ce bout de chou que chez les incapables qui la convoyaient. »

La rive, à cet endroit, formait une petite crique barrée par un escarpement rocheux. Tout autour, un fouillis impénétrable de ronces et d'arbustes interdisait tout passage.

– Cul-de-sac, ma belle, gloussa le borgne. Cette fois, la messe est dite.

Mais la petite marquise n'avait pas dit son dernier mot. Sa robe trempée lui collait au corps, entravant ses mouvements. Elle en déchira le bas puis, se cramponnant à une anfractuosité de la roche, elle entreprit de se hisser à la force des bras. Un instant, elle resta suspendue, battant l'air de ses jambes nues. Puis son pied trouva un appui et, d'un coup de reins, elle fut sur la paroi qu'elle se mit à escalader.

L'instant d'après, elle avait disparu.

Le borgne émit un petit sifflement.

– Courageuse et agile, ça me plaît, murmura-t-il en flattant l'encolure de sa bête. Cette fillette a le feu au corps. Et autant envie de revoir les siens que moi de me faire chanoine, j'en donnerais ma main à couper.

Tirant une blague de sa poche, il préleva une pincée de tabac et la roula pensivement avant de se la coller dans la bouche.

– Ça me tourne dans la caboche depuis un moment, Mirabelle. Cette grosse berline là-haut ressemble fichtrement à une cage. Notre oiselle aurait-elle profité du traquenard pour reprendre sa liberté ? Cette nonne est une belle face de carême. Quant au petit Foulques, un sacré faux-cul, si tu veux mon avis… J'affabule ? Sans doute. Tu me connais mieux que personne, Mirabelle. Chiquer m'a toujours donné plus d'imagination que je n'en ai.

Il cracha un jus noir dans l'eau.

– Qu'est-ce que ça nous fait à nous, de toute façon… On paie pour la petite ? Fort bien. Je capture, je ramène, j'empoche, fin de l'histoire. On ne gagne rien à se mêler des affaires des grands, crois-moi, sinon le risque de tout perdre. Terminons au plus vite. Il ne manquerait plus qu'elle nous file entre les doigts pour de bon.

Il étouffa un juron en butant contre une racine. Dans son dos, la jument, entraînée par la pente, commençait à déraper sur les antérieurs. Il la rattrapa de justesse, lui fit un peu remonter le talus, enroula ses rênes et les attacha à une branche. La pauvre bête renâclait et tressaillait encore de frayeur.

– On va se séparer un peu, Mirabelle. C'est un vrai casse-pattes, ici, expliqua-t-il en lui flattant l'encolure pour la calmer.

La rumeur de l'eau rebondissant sur les roches ramena son attention vers la rivière. Il en scruta les éclats à travers les arbres, sans y voir la moindre trace de la petite marquise.

– Bon Dieu ! maugréa-t-il, où est-elle passée ?

Un « non ! » retentissant lui répondit. Il l'aperçut de nouveau. Elle faisait face à un gaillard sortant de l'eau, apparemment nu comme un ver.

Le borgne empoigna la lourde canne qui lui servait de gourdin et s'élança dans la pente, bien décidé à démolir l'agresseur. Soudain, la petite marquise tendit un bras et l'individu soulevé de terre retomba dans une gerbe d'éclaboussures au milieu de la rivière. Le borgne se frotta l'œil, pas très sûr d'avoir bien vu. Quelque chose brillait dans la main de la jeune fille, mais quoi ? une dague ? un couteau ? Elle se tenait trop loin de son adversaire ! Un pistolet, alors ? Il secoua la tête. Il en aurait entendu la détonation, et cette force invisible ne produisait ni flamme ni fumée. Or, le vieux soldat était bien placé pour le savoir, seule la puissance d'une arme à feu pouvait vous envoyer un homme de cette taille faire un pareil plongeon à plus de dix pas en arrière.

Il n'eut pas le temps de s'interroger davantage. La petite escaladait déjà vivement l'autre rive. Elle ne tarda pas à disparaître.

Il porta trois doigts à son menton râpeux.

– Décidément, elle commence à me plaire, cette petite marquise, marmonna-t-il en se tournant vers la jument. Ça fait longtemps qu'on ne s'était pas amusés comme ça, pas vrai, Mirabelle ? Attends-moi là, je n'en ai pas pour longtemps !

Chapitre quatre

Olympe avait cherché un passage vers l'autre rive. Une fois de l'autre côté, elle savait que ce sale petit coq de Foulques n'aurait que deux solutions : la poursuivre à pied, ce dont il était incapable, trop soucieux de sa mise et de ses souliers vernis, ou bien continuer dans la berline, ce qui l'obligerait à faire un long détour avant de trouver un pont.

Elle arriva au pied d'une dalle rocheuse, creusée en vasque. L'eau vive s'y attardait en formant une nappe sombre, profonde et vaguement inquiétante. En gravissant la roche, elle tomba sur des habits séchant au soleil, éparpillés çà et là sur toute la largeur de la dalle : une veste de gros drap, une chemise, une culotte de peau à la couleur passée.

Des vêtements d'homme.

Où était leur propriétaire ?

Les sens aux aguets, elle inspecta les alentours : personne.

Soudain, dans son dos, un bruit d'éclaboussure.

Bien qu'elle fût sur ses gardes, elle ne put retenir un sursaut de frayeur. Elle se retourna : un grand jeune homme efflanqué la fixait de ses yeux ronds.

La peau claire, des cheveux blonds ruisselant sur les épaules, à demi nu, ou peut-être complètement, il s'avança en fendant l'eau, courbé en deux pour protéger sa nature. Olympe le toisa crânement de la tête aux pieds. Elle se tenait exactement entre lui et ses vêtements.

– N'approchez pas, prévint-elle.

– Par-don, bégaya le jeune homme. Pardon. Je ne vous veux au-au-cun mal... Laissez-moi seulement...

Il jetait sur ses frusques le regard inquiet d'une poule retrouvant ses poussins égarés. Olympe lui tourna le dos. Elle venait d'apercevoir un bref éclat lumineux dans la chemise, une lueur froide et métallique qui lui était familière. Elle s'accroupit : un jeune serpent était lové dans les plis. Ses écailles réfléchissaient la lumière du jour.

– N'approchez pas, dit-elle de nouveau, une main levée à l'intention du jeune homme.

Comme il ne pouvait deviner le reptile enfoui dans les fronces du tissu, l'inconnu se méprit sur son geste. Il jura entre ses dents :

– Sale voleuse !

– N'approchez pas ! siffla une nouvelle fois Olympe par-dessus son épaule. Vous êtes sourd ? Restez où vous êtes ! Plus un geste, m'entendez-vous ?

Mais le garçon, oubliant toute pudeur, se jeta en avant pour attraper sa chemise.

Le « Non ! » d'Olympe claqua comme un coup de fusil et toute la vallée en répercuta l'écho.

En même temps, vive comme l'éclair, elle saisit le serpent derrière la tête et se retourna en bondissant sur ses pieds.

L'inconnu eut un instant d'hésitation. D'où sortait cette fille dans sa jolie robe déchirée ? Elle brandissait une longue dague courbe et effilée. Jeune et belle, incroyablement belle, chevelure de feu et taille de déesse, elle le menaçait de son poignard argenté, les yeux brûlants de colère. Il se mit en garde, surveillant les mouvements de la fine et longue lame miroitant

au soleil. Mais celle-ci commença à se déformer, à se tortiller, puis, tout à coup, elle se mit à siffler en dardant une langue fourchue.

De saisissement, il se jeta en arrière, brassant l'air à grands moulinets, et retomba lourdement dans la rivière.

Quand il refit surface, il ressemblait tout à fait à ces statues qu'on voit aux fontaines, avec leurs gros yeux ahuris posés sur des joues distendues par le flot qu'elles recrachent. La fille, superbe d'indifférence, rassemblait les habits.

Qui était-elle ? Une créature des bois ? Une sylve, une nymphe, une fée ?

– V-vous... vous êtes..., bégaya-t-il, hypnotisé par le bracelet d'argent qui rampait le long du poignet de la fille..., une... une sorcière !

Elle égrena un petit rire moqueur avant de s'emparer du sac de toile pendu à un buisson.

– Sorcière, vraiment ? Pourquoi pas, si cela vous amuse !

– Ren-rendez-moi mes habits !

Mais déjà, elle volait de rocher en rocher, éparpillant ses vêtements dans les trous d'eau. Le temps qu'il les retrouve, elle serait déjà loin.

Impuissant, il vit avec horreur son pantalon glisser entre deux rochers, dévaler le déversoir de la cascade et partir vers l'aval en ondulant de ses deux longues nageoires.

*

Tout en gravissant l'autre rive, Olympe inventoria le contenu du sac : un peu de tabac, une pipe et un briquet d'amadou, un paquet de cartes à jouer crasseuses, du fil de pêche, une pomme qu'elle s'empressa de croquer, un peu de fromage et de pain noir. Et un couteau.

Elle vérifia si l'inconnu était encore au fond de la vallée.

Pataugeant jusqu'à la taille dans le courant, il cherchait ses habits. Quand il passait dans la lumière, son torse noueux, à la fois maigre et musclé, luisait comme une armure, tranchant sur l'eau sombre. Dans un mouvement qu'il fit pour se courber, elle vit de longues cicatrices imprimées sur son dos et ses épaules. On avait l'impression qu'une tornade lui était passée dessus.

« Le malheureux, ne put-elle s'empêcher de penser. On lui a donné le fouet. »

Elle déposa un baiser sur le bout du nez de la couleuvre, qui s'entortillait avec grâce autour de son poignet.

– Je te dois une fière chandelle, petite Couleuvrine, soupira-t-elle. Mais toi aussi. S'il t'avait trouvée avant moi, il t'aurait en toute innocence écrasé la tête entre deux pierres. Mais ces vilaines balafres… Qu'a-t-il bien pu faire pour mériter un pareil châtiment ? Qu'importe. Nous ne le reverrons plus. Dommage : il était plutôt bête et réjouissant, n'est-ce pas ? Et ma foi, de face, pas trop vilain. Tout le contraire de Foulques, ce cafard ! En voilà un, tiens, qui mériterait d'avoir la tête entre deux pierres…

Cette pensée la fit frissonner. Qu'était-il arrivé là-haut ? Elle avait entendu le coup de feu, les échos d'une brève bagarre. Foulques s'en était peut-être sorti. On allait partir à sa recherche. Combien de temps tiendrait-elle, pieds nus, sans secours ni moyens de subsistance ?

Elle espionna une dernière fois l'inconnu de la rivière.

– Pauvre bougre, il n'a pourtant pas l'air bien méchant. Il n'y a qu'aux galères que l'on traite les gens de façon aussi barbare. Mais quel benêt, aussi ! Me prendre pour une sorcière !

Elle sentit palpiter la gorge de la couleuvre.

– C'est à cause de ton minois, ma Couleuvrine, et de ta petite langue fourchue ! Moi, une sorcière ? Ce que les hommes peuvent être bêtes ! Tu sais quoi, ma jolie ? Je ne suis plus seule maintenant : tu vas m'aider à revenir chez moi.

Elle n'avait jamais eu peur des serpents : ni des couleuvres inoffensives, ni des vipères, leurs sœurs à la morsure venimeuse. Toutes vouées à périr sous les coups de fourche et de bâton, toutes coupables de porter la peste ou le choléra, chargées des pires défauts, sournoises, méchantes, cruelles, servantes de Satan, et quoi encore ?

C'est son père, entre deux leçons de latin et de grec, qui les lui avait fait connaître. Ces pauvres bêtes, disait-il, n'attaquaient jamais que pour se défendre. Elles débarrassaient les caves et les greniers des souris. Plus silencieuses, plus efficaces que les chats, et dépourvues de la vermine qu'ils transportent avec eux, les puces et les tiques.

Elles étaient révérées par les Anciens. Esculape, le dieu guérisseur, précurseur des médecins et des pharmaciens, avait pour emblème la couleuvre portant son nom.

Le cœur de la petite marquise se serra. Comme son père lui manquait ! Leurs longues promenades dans les bois autour du château. Leurs marches sous la pluie, elle réglant son petit pas derrière ses grandes bottes, le bras ferme et robuste qui l'aidait à sauter un fossé, les soirées au coin du feu, dans la bibliothèque du château, à classer dans un herbier à coins jaunes les fleurs et les plantes qu'ils avaient rapportées…

Charles de Roquedor avait élevé sa fille unique comme un garçon : leçons d'équitation et d'escrime, en alternance avec les heures d'étude, plume à la main. Et puis, fauché par un mal foudroyant, il avait fini par rejoindre son épouse bien-aimée, en laissant Olympe une deuxième fois orpheline.

La petite marquise grinça des dents. À peine née, le bon Dieu lui avait pris sa mère. Puis il avait cruellement rappelé son père, moins de douze ans plus tard. Son tuteur, le comte Enguerrand de Saint-Mesme, au lieu de veiller sur elle, l'avait enfermée au couvent. Un lieu sans joie ni gaieté, où le savoir sentait le soufre. Où l'on considérait comme merveilles de la nature une petite partie des œuvres du bon Dieu, pour mieux rejeter toutes les autres, celles qu'on attribuait au diable. Inutile de dire qu'on y maudissait les espèces rampantes comme sa couleuvre.

Sœur Matin avait un jour poussé un hurlement de panique en la voyant attraper une de ces jolies créatures au fond du jardin.

– Olympe, lâchez cette horreur ! (Puis, en se tournant vers les autres :) Elle a un serpent à la main ! Sauvez-vous toutes ! Vite, courez, courez !

Il y avait eu un envol de robes et de voiles, pendant qu'Olympe glissait discrètement l'animal dans un trou de mur. Ensuite, elle avait eu droit au sermon de sœur Matin, assorti d'une semaine au pain sec et à l'eau.

– Ne savez-vous donc pas, Olympe, que c'est le Serpent qui a tenté Ève, notre mère à toutes ? Que c'est à cause de ce mal absolu qu'elle a commis le péché originel ? Que seules les sorcières et les démons s'en approchent ?

Quatre ans ! quatre longues années d'obéissance et de génuflexions, loin des bois et des fontaines de son enfance. Et voilà que se présentait à la porte un petit comte gonflé de vanité, ce Foulques de Saint-Mesme, avec son faux sourire et son carrosse, pour venir l'enfermer ailleurs, et pour beaucoup plus longtemps.

Elle ne pouvait croire que son père ait consenti à cette union.

Elle n'était pas née pour se laisser conduire au mariage comme une jument menée à l'étalon.

Plutôt mourir.

Elle se remit en route, cramponnée à la bride du sac qui lui battait le flanc. Elle n'arrivait plus à contenir le bouillonnement de ses pensées. Elle les remâchait à chaque enjambée, les énonçant à voix basse pour elle-même, comme pour se donner du courage. Elle ouvrait sa route en fouettant d'une branche cassée les orties qui brûlaient ses jambes nues.

« Je suis une marquise, pas une sorcière.
Je les déteste.
Ils n'auront pas mon titre.
Je les déteste, je les déteste, je les déteste.
Ils n'auront pas mes terres.
Je reviendrai chez moi.
Je le ferai. »

Chapitre cinq

Immergé dans le courant, le jeune homme brassait l'eau en pestant, fouillant les trous d'eau et soulevant des pierres. La voleuse avait pris soin de jeter ses habits au plus vif de la rivière, là où elle savait que le courant les emporterait. Il finit par retrouver sa chemise, qu'il enfila prestement, puis la veste, déchirée aux coutures, accrochée plus bas à des branches. Un peu plus loin, il récupéra son bonnet. Les derniers feux du soleil lui réchauffaient à peine le haut du corps. En dessous, la froideur térébrante du torrent lui glaçait les sangs. Son pantalon restait introuvable. Il frappa l'eau du plat de la main en hurlant :

– Attends que je t'attrape ! Foi de Oost, tu vas prendre une belle danse !

Enfin, il aperçut son pantalon, là, sous la berge, retenu par des racines de saule comme un pauvre animal mort, qu'il repêcha à l'aide d'une branche fourchue.

Encore heureux qu'elle lui ait laissé ses bottes.

Et son sac ? Ventredieu ! Il fallait qu'il s'en occupe avant la nuit. L'orage menaçait. D'ici une heure, on n'y verrait goutte d'un bout à l'autre de la vallée.

– Sale petite peste ! maugréa-t-il.

La tête manqua de lui tourner quand il reprit pied sur la berge. Son pantalon était à tordre, naturellement. Mais mieux valait supporter une culotte trempée que de continuer le cul à l'air, poursuivi par la nuée de moucherons et de moustiques acharnés à lui piquer les mollets.

Il passait la première jambe de son pantalon, en équilibre sur un pied, lorsqu'un formidable coup au derrière le rejeta dans l'eau glacée.

– On aime la baignade, à ce que je vois, fit une voix sourde dans son dos.

Écartant la tignasse qui lui ruisselait sur le front, il se mit en garde, les poings en avant, prêt à la riposte.

– Il va vous en cuire, monsieur ! bredouilla-t-il avec colère.

La silhouette qui se tenait à contre-jour sur la berge éclata de rire.

– Un conseil : reculotte-toi d'abord.

– Je vous préviens, je goûte fort peu la plaisanterie ! s'emporta le garçon en moulinant des bras dans sa direction. Vous allez m'en répondre !

– Dans cette tenue ? Prends garde, une truite pourrait bien mordre à l'hameçon, s'amusa l'inconnu.

Tout en devisant, il faisait négligemment tourner devant lui une canne épaisse comme un gourdin. Ce détail, ajouté au bandeau qui lui barrait la moitié du visage, incita le jeune homme à la prudence.

– Ma main, lui proposa le borgne. À moins que tu ne préfères causer dans l'eau.

Le jeune homme hésita avant de s'emparer de la paume gantée que l'autre lui tendait. Mais comme il se hissait sur la berge, la rage autant que le sentiment de son propre ridicule l'emportèrent. Cramponné à la main droite du borgne, il lui lança le poing gauche en pleine face, direct au menton ! L'autre, d'un retrait du buste, esquiva l'attaque. Le coup vint s'écraser sur son baudrier, arrachant au jeune homme un cri de douleur.

– Demande grâce, dit le vieux soldat en lui tordant le poignet, ou je te brise la main.

Comme l'autre ne pipait mot, le borgne accentua la torsion.

– Grâ-grâce ! vous me cassez les os !

– À la bonne heure. J'aime les gens qui savent se montrer raisonnables.

Secouant sans ménagement la main du jeune homme, il manœuvra en tous sens l'articulation du poignet.

– Bonne pour le service, conclut-il. Pas même une entorse. Tu es plus solide que je le pensais.

Comme le garçon se dégageait avec un sursaut de rage et de dépit, il éclata de rire.

– Rassure-toi, tu n'auras perdu que ta pudeur aujourd'hui.

Le jeune homme serra la mâchoire, prêt à remettre ça. Le borgne l'apaisa d'une tape sur l'épaule.

– C'est bon, dit-il. J'ai commencé. Tu auras ta revanche, mais une autre fois… Pour l'heure, rembraille-toi, le temps que j'aille chercher Mirabelle.

– Mirabelle ? bégaya le garçon sans comprendre. La so-sorcière ?

L'autre avait déjà tourné les talons.

*

– Comprends-moi, jeune homme. Cette petite est à moi. Enfin, non : elle n'est à personne. C'est compliqué. Je te raconterai l'affaire en marchant. Elle est seule, un orage se prépare et il va faire nuit. Tu comprends ?

Ils cheminaient côte à côte, le borgne tenant son cheval, l'autre, de sa curieuse démarche sautillante, butant contre des mottes et des racines comme si la terre eût été une matière vaguement hostile.

– Ton nom ?
– Oost.
– Ce n'est pas un nom, ça. Une onomatopée, peut-être.
– C'est le mien.
– Batave ?
– Si l'on veut. Ma mère était française.
– Tu m'as l'air d'un moins mauvais bougre que tu ne le parais, Oost. Écoute un peu. Cette fille, la petite marquise…
– La sorcière ?
– Une marquise, je te dis. Échappée d'une voiture qu'on attaquait plus haut, sur la route. Si je ne m'étais pas interposé… Deux lascars : Hercule et Ulysse. Tu les connais ?
– Non.
– Des brutes. Assommés d'une seule main et laissés garrottés à un arbre.
Oost émit un petit sifflement dans l'obscurité.
– Deux d'un coup ? Racontez !
– Plus tard. La petite d'abord. Qu'est-ce que tu lui veux ?
– Ma besace. Elle l'a prise.
– Tu lui avais montré ton derrière. Bien fait pour toi.
– C'est tout ce que j'ai.
– D'accord, on te la rendra.
– *On ?*
– La petite marquise, quand je l'aurai dénichée. Mais la récompense est pour moi, tu entends ?
– La récompense ?
– Tu n'écoutes donc rien ? Le petit noble qui l'accompagnait a mis sa tête à prix. Il y avait aussi une nonne dans la voiture. Un bon quintal de méchanceté.
– Ah.
– Tu comprends maintenant pourquoi il faut que je la retrouve ?
– Non.

Le borgne poussa un soupir.

– Cette berline sentait le cachot, Oost. La gamine préférera crever plutôt que d'y retourner, j'en jurerais.

– Mais pourquoi ?

– Ne pose pas de questions. Écoute seulement et presse le pas. Je la piste depuis un moment, balançant sur la conduite à tenir. Je ne suis pas homme à cracher sur une récompense, crois-moi. Mais je renifle quelque chose de moche dans cette affaire. Quelque chose de très moche, et je hais l'injustice.

Oost haussa les épaules.

– Prisonnière dans un coche, dites-vous ? C'est une sorcière qu'on menait sans doute brûler à la ville… Où est le mal ?

– Nom d'un chien, ce que tu peux être têtu !

Le borgne broya soudain l'avant-bras de son compagnon.

– Écoute, dit-il. Droit devant. Tu n'entends rien ?

Il s'était arrêté si brusquement que la grosse tête de Mirabelle vint donner contre ses reins.

Hormis le reflet argenté des saules qui s'agitaient au-dessus de leurs têtes avec un bruit d'averse, on n'y voyait goutte. Un chaos de rochers entre lesquels roulait le torrent. Un moment, ils restèrent immobiles, scrutant la pénombre.

– J'avais cru… Ce sont tes dents qui claquent, Oost ?

– J'ai froid.

– Tu n'as pas peur, au moins ? Pour la dernière fois, la petite est une marquise, pas une sorcière.

– Une fille comme elle ? Belle comme une fée ? Qui court les bois avec un serpent ?

– Qu'est-ce que tu me chantes avec tes histoires de serpent ?

– El-elle l'a sorti de ma chemise !

– Un serpent ? s'amusa le borgne. C'est avec ça que la petite t'a balancé dans l'eau, une grosse bête comme toi ?

– Parfaitement ! Une vipère de belle taille, croyez-moi,

et toute prête à cracher son venin ! siffla Oost, deux doigts tendus en V devant les lèvres.

– Bigre, fit le borgne. Un serpent ! Voilà donc comment elle s'est tirée de ce mauvais pas. Elle n'a pas froid aux yeux, la donzelle ! Ça donnerait presque envie d'épouser les marquises, tiens !

Fugacement, Oost revit la svelte silhouette plantée devant lui comme une apparition. Sa chevelure de feu. Le bracelet vivant à son poignet. Il frissonna. Toutes les sorcières étaient-elles aussi jolies ?

Ils marchèrent ainsi un moment, chacun plongé dans ses pensées.

L'orage, en éclatant, interrompit leurs ruminations. Ils se mirent un temps à l'abri des feuillages, mais la violence de l'averse les poussa bientôt à repartir. Oost devait presque courir pour tenir le train du borgne. À un moment, ce dernier jura, s'extrayant avec peine de l'inextricable fouillis de branches dans lequel il s'était fourvoyé.

Ils durent revenir sur leurs pas avant de trouver un chemin plus sûr.

– Gare à toi si je la perds, prévint-il. Tu me devras la bourse que tu m'as fait manquer.

– Et ma besace, alors ? Qui me la rendra ?

– Au diable, ta besace ! Tu lui as fichu une sacrée trouille tout à l'heure, imbécile. Dieu sait où elle se terre maintenant.

– Je connais un endroit plus haut.

– Un endroit ?

– Une sorte de grotte. Je m'y suis abrité quelquefois.

– Par là ?

– Ou par là. Qu'est-ce que j'en sais ? Il fait presque aussi noir que dans le fond d'un chaudron.

– Passe devant, Oost. Je te suis. Et excuse-toi auprès de Mirabelle, je lui avais promis l'auberge pour cette nuit.

Chapitre six

Foulques ne décolérait pas.

Deux heures déjà qu'il attendait le retour du borgne. Habillée comme elle l'était, Olympe ne pouvait pas lui avoir échappé. Aucune chance, même si elle avait passé son enfance à courir les bois. Une vraie sauvageonne, toujours à traîner ses jupons dans les ruisseaux, élevée à la diable par un père qui lui passait tout et l'éduquait comme un garçon, jusqu'à lui apprendre à lire et à écrire.

Il avait fallu l'envoyer au couvent pour lui enseigner les bonnes manières. Son père, le comte de Saint-Mesme, s'en était chargé, tout comme de ce projet de mariage.

Mais sauvageonne ou pas, elle se ferait vite rattraper par le vieux briscard lancé à ses trousses.

Et puis, il y avait eu ce cri strident. Un « non ! » bref comme un coup de fusil, repris en écho par toute la vallée. Tudieu, quel horrible cri venant d'un si petit corps ! Était-ce à cause du borgne ? Il chassa cette pensée.

« Elle est vivante, c'est sûr. Un vieux soldat ne laisse pas la vie sauve à des bandits pour aller froidement assassiner une jeune fille au fond des forêts. À moins d'être complice des bandits en question ? Ridicule : il aurait déjà réclamé sa part de butin. Non, non, il y a autre chose. Il veut me faire lanterner pour engraisser sa récompense. »

C'était bien elle qui avait crié, cela ne faisait pas le moindre doute. Foulques connaissait Olympe depuis l'enfance. Leurs pères, le marquis Charles Henri Amédée de Roquedor et le comte Enguerrand Louis Robert de Saint-Mesme, étaient voisins, et leur amitié remontait à leurs années de guerre. Le premier, passionné des sciences de la nature, suivait de près ses cultures et s'intéressait à toutes sortes d'élevages. Il se retirait le soir tout en haut du donjon dans sa « librairie », pour se consacrer à l'étude ou entretenir sa correspondance. Il fuyait comme la peste les divertissements en société, les jeux et les bals. Sa maisonnée lui suffisait. Olympe y avait la place d'une petite fée que tout le monde regardait s'épanouir.

Enguerrand Louis Robert de Saint-Mesme, lui, vivait la plus grande partie de l'année à la cour, et ne revenait sur ses terres que pour se livrer à sa passion de la chasse.

Sa réputation était celle d'un homme arrogant et brutal. Il fréquentait les cercles de joueurs, s'associait le plus souvent avec des tricheurs et des aventuriers de tout poil. Bretteur redoutable, il réglait ses dettes de jeu par des duels dont il sortait toujours vainqueur. Cela ne lui suffisait pas d'abattre un adversaire, il lui fallait encore l'humilier, le faire plier, le broyer de toutes les façons possibles, en paroles comme en actes. Rien d'étonnant, donc, à ce que la terreur, les sarcasmes et les gifles aient servi d'éducation à son fils.

Foulques ne comprenait pas l'obsession de son père à vouloir précipiter le mariage.

Certes, le vieux Saint-Mesme ne lançait jamais la griffe au hasard, mais il n'était pas dans ses habitudes de partager avec son fils les calculs ou les raisons qui le faisaient agir. C'en eût été humiliant si Foulques, de quelques années plus âgé qu'Olympe, ne s'était surpris, enfant, à s'enticher de sa compagnie. Il était l'eau, elle était le feu. Lui, maussade et emprunté, elle vive et décidée, qui le battait à la course, écalait des noix avec ses dents et se réfugiait en haut d'un arbre quand leurs jeux ne l'intéressaient plus, le laissant trépigner de rage en bas, son bel habit crotté et son chapeau à la main.

Une toquade d'enfant, que les années qu'elle avait passées au couvent avaient chassée de sa mémoire. On menait grand train, à Saint-Mesme, et les demoiselles s'y pressaient, attirées par l'espoir d'un beau parti. Foulques était jeune, riche, pas trop mal fait de sa personne. Il s'était abandonné avec délices à ces prérogatives de jeune coq.

Mais en retrouvant Olympe dans la beauté de ses seize ans, se soumettre à l'étrange volonté de son père ne lui avait plus paru si intolérable.

En attendant, il allait et venait le long de l'attelage, incapable de prendre une décision.

Les bandits jumeaux, saucissonnés à leurs troncs d'arbres, ricanaient de le voir patrouiller ainsi, l'épée nue à la main, cinglant l'air avec exaspération. Son père ne lui pardonnerait pas d'avoir échoué dans sa mission.

*

Couché dans la poussière, le cocher se mit à gémir. Foulques se planta devant lui, se mordillant le bout des doigts en le regardant hoqueter.

– Ventredieu, ma sœur ! grinça-t-il par-dessus l'encolure des chevaux, venez ici, on a besoin de vous !

De l'autre côté de l'attelage, agenouillée au chevet du garde, la nonne priait.

– Mais, monsieur le comte, répondit-elle d'une voix entrecoupée de sanglots, ce pauvre homme est mourant.

– Grand Dieu, qu'ai-je à faire d'un vaurien qui nous a

lâchés au premier coup de feu ? Venez, vous dis-je, notre cocher reprend connaissance !

Il entendit les efforts que faisait la grosse femme pour se relever en soufflant.

– J'attends ! dit Foulques en frappant du talon.

Elle accourut, la robe semée de taches de sang. Le cocher s'était retourné sur le dos. Tout le côté gauche de son visage était bleu et mâché par sa chute sur les cailloux. Il se plaignait du ventre et réclamait à boire.

– Tudieu, que de jérémiades ! pesta Foulques. Ma sœur, il y a un carafon de vin dans la voiture. Allez le chercher !

Et, comme elle restait indécise, il redonna du talon sur le sol.

– Dans mon nécessaire de voyage !

Elle partit dans un grand frou-frou courroucé.

– Peste ! Obligé de sacrifier cet excellent vin de Bordeaux pour faire repartir cette maudite carriole ! maugréa Foulques. Il était dit qu'aujourd'hui, rien ne me serait épargné ! Rien !

Le cocher faisait pâle figure. Il était petit, chétif et, malgré son menton piqué de poils blancs, ne semblait guère plus grand qu'un enfant de dix ans. La nonne lui renversa la tête en arrière pour l'aider à boire. Il déglutit péniblement, toussa, cracha, écarta le goulot du revers de la main en murmurant : « C'est assez… » Un peu de rose lui colorait les joues. Il se cramponna aux rayons de la roue pour se redresser.

– Bonhomme, demanda Foulques, comment t'appelles-tu ?

– C'est Grison qu'on me nomme, monseigneur. Gervais Grison.

– Grison, tu vas nous conduire ce soir à Hauteceilles.

Hébété, le cocher opina en chaussant son tricorne de guingois, puis il se cala contre la berline.

– Où qu'est mon fouet ? s'inquiéta-t-il d'une voix pâteuse tout en promenant aux alentours un regard circulaire et perplexe.

Il s'écarta de la voiture, sans trop vaciller, puis remonta l'attelage en se tenant aux harnais jusqu'au cheval de tête, qu'il gratifia d'une caresse sur le chanfrein.

– Les bêtes ont soif, dit-il, peiné.

– Tu les mèneras à l'abreuvoir à Hauteceilles, Grison.

– Dame, c'est que ça fait pas loin de cinq lieues encore, en suivant la rivière. Pis, ajouta-t-il avec un regard inquiet vers le ciel noir embrasé de lueurs menaçantes, les nuages sont près de crever. Même que si ça descend toujours de belle pente, avec l'orage qui se prépare et toutes les fondrières où qu'on va s'embourber, on n'y sera pas de sitôt, monsieur le comte. Pis, c'est pas tout, vu qu'y a point d'auberge à c'te village.

– On ira chez le curé.

– Mordiou ! s'exclama Grison sans plus l'écouter, qui a coupé les guides ?

Il montrait le bout de cuir attaché au mors du cheval.

Cela ressemblait à un moignon de membre amputé. Jamais de sa vie, il n'aurait cru qu'on pût commettre pareille vilenie.

– C'est vrai, sourit le comte devant sa mine accablée. Tu as manqué un épisode. On a dû trancher quelques lanières pour ligoter les bandits qui nous ont attaqués.

Grison afficha une moue de tristesse et de dégoût.

– Monsieur le comte, je suis désolé, sans guides, pas de conduite ! Il faudra mener les chevaux à pied, comme on mène l'âne au licol, en les tenant par ce vilain bridon.

Ils s'arrêtèrent, interrompus par les râles du garde.

– Ce pauvre diable va mourir sur le pavé, leur dit la nonne en se signant. C'est grand péché.

– Eh bien, portez-le dans la voiture. Grison, aide-la.

– Dame, je va rien vous promettre, monsieur le comte. Le Joseph, il pèse un âne mort.

– Si c'est que de vous aider, dit la voix d'Ulysse, y a qu'à nous détacher.

Foulques marcha sur le bandit à grands pas et le cingla du plat de son épée.

– Toi, un mot de plus et je te passe cette lame en travers du corps !

Il retourna aider le cocher et la nonne, attrapant le garde sous les aisselles. Ils parvinrent ainsi à le traîner au pied de la portière. L'homme était brûlant de fièvre.

– Joseph, dit Grison en adoucissant la voix, écoute-moi : tu vas crever si on te laisse ici. Y a besoin que tu fasses un effort.

Grimaçant de souffrance, Joseph posa les coudes sur le marchepied. Tant bien que mal, ils parvinrent à l'allonger dans l'espace entre les sièges, à même le plancher. Il reperdit aussitôt connaissance.

– Ça ira comme ça, dit Foulques. Sœur Matin, tâchez de le garder en vie.

Un essaim de moucherons voletait autour de la blessure du garde. Foulques se passa un mouchoir sur le visage. Ce n'était pas seulement l'effort qui l'avait mis en sueur, il faisait horriblement lourd et les roulements de tonnerre se rapprochaient.

Assis contre leurs troncs d'arbres, les deux frères commençaient à souffrir de courbatures. Le borgne les avait solidement arrimés. Ils regardaient le jeune comte marcher de long en large, rongé par l'incertitude. On pouvait presque deviner les pensées qui se bousculaient dans son crâne en y faisant des ravages.

La petite marquise s'était envolée, le garde Joseph agonisait dans le coche, la nonne pleurnichait, il avait deux gibiers de potence sur les bras.

Quant au borgne, il n'était toujours pas revenu.

Il y eut un violent éclair suivi d'un coup de tonnerre.

De lourdes gouttes commencèrent à tomber, éclaboussant d'étoiles sombres la poussière du chemin.

Exaspéré par les regards moqueurs de celui qui s'appelait

Ulysse, Foulques prit sa décision. Il s'arrêta devant lui, le pistolet tenu par le canon, comme un manche de hache.

– Tire la langue ! ordonna-t-il.

Le bandit ricana en se tournant vers son frère.

La crosse du pistolet s'abattit sur sa mâchoire.

– Tire la langue ! répéta Foulques, l'arme de nouveau brandie et prête à s'abattre.

Ulysse comprit que le nobliau ne plaisantait pas. Une contusion enflait déjà au coin de ses lèvres tuméfiées. Il s'exécuta.

Foulques sortit un louis d'or de son gousset et le déposa sur sa langue. Ensuite, il s'accroupit pour l'avoir bien en face.

– Tu te souviens du borgne ?

Le bandit acquiesça en écarquillant les yeux.

– On a chacun notre compte à régler avec lui. Il a enlevé ma fiancée. Demain matin, je vais revenir ici, avec des montures. Soit vous vous mettez à mon service, toi et ton frère, soit je vous laisse crever ici, avec un écriteau sur la poitrine si bien tourné qu'il dissuadera n'importe quel passant de vous venir en aide. Tu connais le comte de Saint-Mesme, mon père ?

Le bandit se contenta de détourner la tête.

– Tu as de la chance d'être tombé sur moi. Lui t'aurait fait écorcher vivant par ses valets.

Foulques fit briller une deuxième pièce.

– Je vous paierai quatre louis d'or en plus des frais de voyage. Tu es d'accord ?

Le bandit recracha la pièce.

– Tope là, je suis à vous, monseigneur, dit-il avec un affreux sourire. Détachez-nous.

– J'ai dit : demain.

La pluie se déversa soudain en cataractes.

Revenu à la berline, Foulques attrapa dans le coffre une houppelande cirée. Puis, revêtu de cette large cape où crépitait la pluie, il grimpa sur le siège du cocher.

*

C'est ainsi que l'équipage du jeune comte de Saint-Mesme reprit sa route.

Grison, le petit cocher, à pied, tenant d'une main le bridon du cheval de tête…

Le jeune comte, assis à la place du garde, plongé dans l'ombre et ruminant sa vengeance, un pistolet chargé en travers des genoux, un deuxième posé sur le siège…

Le garde allongé de tout son long sur le plancher, souffrant mille morts et gémissant à chaque cahot…

Et la nonne, ballottée près de lui, qui faisait un signe de croix à chaque nouvel éclair suivi d'un coup de tonnerre.

Comme un attelage fantôme, la berline disparut sous l'averse.

Chapitre sept

– Ouille !

– Mordiou, quoi encore ? pesta le borgne.

Un bruit sourd lui répondit. L'instant d'après, Oost surgissait à quatre pattes dans l'obscurité en se frottant le crâne.

– Ma tête ! Fichu rocher ! geignit-il avant de se débarrasser du fagot qu'il tenait sur l'épaule.

– C'est tout ce que tu rapportes pour le feu ? Quatre brindilles ?

– Vous êtes drôle, vous ! On n'y voit rien, et avec ce qui tombe…

La pipe du borgne grésilla, éclairant son œil unique. Le ruissellement de la pluie, obsédant, les obligeait à forcer la voix.

– À qui la faute, animal ? Si nous n'avions pas perdu tout ce temps à chercher ta prétendue grotte…

– Ah ! permettez ! Nous y sommes ! Sans cette maudite sorcière qui a déclenché la foudre pour nous égarer…

– … tu nous jetais tête la première dans un ravin, coupa le borgne avec humeur. Et cesse donc avec tes fariboles. Les petites marquises n'ont aucun pouvoir sur le ciel. C'est toi qui nous portes le guignon, personne d'autre.

– Moi ?

– Fais le compte : depuis que je t'ai tiré tout nu de l'eau, j'ai perdu la fillette et la récompense qu'on devait m'en donner. Sans parler de Mirabelle, partie on ne sait où. C'est cher payé en échange d'un chat noir de ton espèce, tu ne trouves pas ?

– Pardon ! Vous n'êtes pas le plus à plaindre. Vous oubliez mon sac.

– Au diable, ton fichu sac ! Tiens, mon briquet. J'espère au moins que tu sais faire un feu.

Quand l'orage les avait surpris, ils tournaient en rond dans un chaos rocheux.

Il y avait eu cette brusque lueur blanche déchirant le ciel, un craquement terrible, puis un pin qui s'embrasait sur les hauteurs. Au second craquement, la pluie avait déferlé sur eux, hachant la forêt tout entière comme une mitraille.

Ils avaient eu tout juste le temps de trouver refuge dans un creux de falaise, à peine large pour deux hommes et un cheval. La pluie tombait presque à l'horizontale, tambourinant sur les flancs de Mirabelle et fouettant leurs bottes. Ils s'étaient tenus là un moment, comme assommés par le fracas. La jument s'ébrouait nerveusement. Puis, sur un éclair plus violent, elle avait échappé à son maître avant de disparaître dans la nuit.

Comme Oost faisait mine de se jeter derrière elle :

– Laisse ! avait crié le borgne en le retenant par la manche.

– Quoi ?

– Laisse, te dis-je. Elle va revenir.

À main gauche, le contrefort rocheux s'abaissait, ménageant une cavité plus profonde. Ils s'y étaient faufilés à tâtons. Le plafond était bas, le tonnerre y roulait comme au fond d'un puits, mais l'endroit semblait sec et suffirait bien pour la nuit.

Et la jeune marquise ? avait songé le borgne avec un bref pincement au cœur. Où était-elle en cet instant ?

Maintenant, allongé sur la pierre dure, sa vieille carcasse se rappelait à lui avec reproche et il tournait dans son crâne des pensées aussi noires qu'une chique.

La petite avait bel et bien disparu. Avec elle s'envolait la récompense que le jeune Foulques avait fait miroiter. Le vieux soldat ne se faisait aucune illusion. Il connaissait les nobles ; avares par nature et menteurs par vice. Il ne fallait en attendre aucune reconnaissance, surtout sonnante et trébuchante. L'habitude d'être servi, sans doute…

Ce freluquet de Saint-Mesme et son équipage avaient dû détaler à la première pluie. Si, par un heureux coup du sort, le borgne retrouvait la fuyarde, à qui la remettre désormais ?

Tout cela pour avoir pris en pitié un grand escogriffe de vagabond ! se morigéna-t-il. Au moment où la fortune lui tendait les bras… Quel imbécile !

– Alors, ce feu ? Tu veux donc nous faire mourir de froid ?

– Ça vient, ça vient. C'est votre briquet, aussi…

– Quoi, mon briquet ? Une chance encore que je l'aie gardé dans la poche. Tu ne vois donc pas que tu me souffles la fumée au visage, animal ?

Oost, à quatre pattes, avait beau s'époumoner, rien n'y faisait. D'âcres volutes montaient du fagot mouillé, mais de flammes, point. Il se redressa, piqué au vif. Les cheveux collés sur ses joues creuses lui faisaient un visage de Gorgone dans l'obscurité.

– C'est la deuxième fois que vous m'appelez ainsi. Par respect pour votre grand âge, je passe sur l'offense. Mais sachez qu'il vous en cuira si vous recommencez !

– Mon grand âge ? s'emporta le borgne. Je pourrais bien te botter le train pour cette insolence. Et quel âge crois-tu donc que j'ai, blanc-bec ?

Oost recula à distance prudente.

– Celui au moins d'être… capitaine.

– Capitaine ? s'étonna l'autre. Et à quoi le vois-tu ?

– Eh bien, à votre… euh… personne.

– Mais encore ?

– Cette figure…

– Altière ?

– C'est le mot que je cherchais. Cette mine… euh…

– Avenante ?

– Vous m'ôtez l'épithète de la bouche. Et cette chevelure…

– Rare ?

– Je ne dirais pas cela.

– Blanchie, alors ? Attention à tes paroles.

– Argentée, plutôt. C'est cela : une chevelure argentée ! Et, si vous permettez, du plus bel effet sur votre… euh… tête.

– Tope là, l'ami, ronronna le borgne en lui tendant la main. C'est tout moi que tu décris. Puisque nous voilà compagnons d'infortune pour la nuit, je consens à ce que tu m'appelles capitaine.

– Colonel, s'il vous agrée, marmonna Oost tandis que l'autre lui broyait les phalanges.

– Capitaine me suffit. Car ceux qui me connaissent te le diront, je ne suis pas homme à céder à la flatterie.

Au même instant, une longue flamme jaune jaillit du foyer, embrasant le bois mouillé qui se mit à crépiter vivement.

Le jeune homme soupira d'aise et s'adossa au rocher.

– Porte-guigne, peut-être, se rengorgea-t-il, mais vous n'êtes pas tombé sur un manchot.

– J'en conviens, dit le soldat. Mon briquet, je te prie.

– Le voici. Mais deux bouts de bois frottés l'un contre l'autre m'auraient suffi. Savez-vous qu'un jour, en Zélande, j'ai survécu à un naufrage en faisant un brasier avec des os de cachalot ?

– Ah.

– C'est que j'ai un peu roulé ma bosse, moi aussi. Une fois, dans l'île des mangeurs de guano…

– Chut ! l'interrompit son compagnon. N'entends-tu rien ?

Un instant, il n'y eut plus dans leur trou que le bruit de la pluie et les rafales du vent qui attisaient la flambée.

– J'ai dû me tromper.

– C'est mon ventre qui crie famine, grimaça son compagnon. Voilà un feu à accueillir un lièvre ou quelque perdreau bien gras.

– Avec un carafon de bourgogne, aussi ? Ne rêve pas, Oost. Tu te fais du mal.

– J'ai si faim qu'un simple morceau de boucane ferait l'affaire ! C'est pitié que vos fontes soient vides…

Le borgne leva un sourcil.

– Que me chantes-tu là ?

– Je ne vous l'ai pas dit ? En cherchant du bois, tout à l'heure, j'ai retrouvé votre jument. Elle ne s'est pas laissé approcher facilement, mais je l'ai attachée à un saule, à deux pas d'ici.

– Et tu as fouillé mes fontes, animal ?

– Sans malice, se récria le jeune homme. J'y cherchais de quoi nous restaurer, vous et moi. C'est que je n'ai rien mangé depuis l'aube. J'avais une pomme dans mon sac, du fromage et un morceau de pain que je gardais pour…

– Donne ! coupa le borgne en tendant la main.

– Pardon ?

– Ce que tu m'as volé.

– Plaît-il ?

– Le pistolet. Donne.

Oost ouvrit des yeux ronds. Mais lançant un bras pardessus le feu, le borgne l'avait déjà empoigné au col et lui tirait le visage vers les flammes.

– Donne ! répéta-t-il froidement.

L'autre ne put que s'exécuter. La pointe d'une de ses mèches touchait déjà la flamme, répandant une odeur de volaille grillée. D'une main tremblante, il tendit au soldat le pistolet à tête de loup glissé dans son dos, entre chemise et pantalon, avant de se rejeter en arrière.

– Vous êtes fou ? Vous avez failli me rôtir la joue !

– Sois sans crainte, tu n'es pas comestible, fit le borgne en examinant l'arme sous toutes les coutures. Sais-tu que je devrais t'écorcher vif pour ce larcin ?

– Permettez ! C'est une terrible méprise, protesta Oost. Je ne l'avais pris que pour vous. Si vous m'en aviez laissé le temps, je vous le rendais dans l'instant !

– Ah oui ? dit tranquillement le borgne en le mettant en joue.

– Sur mon honneur, capitaine.

– L'honneur d'un galérien ? Je ne miserais pas un liard dessus.

– Un galérien, moi ?

– J'ai vu les marques du fouet dans ton dos. Galères royales ?

– Vous n'y êtes pas du tout.

– Barbaresques, alors. Un forçat évadé. Tu en as la maigreur, les jambes arquées et l'œil fiévreux. La petite l'a échappé belle tout à l'heure.

– Je vous jure sur ma vie que jamais...

– Plus un mot, ordonna le borgne. Où as-tu attaché Mirabelle ?

Le jeune homme désigna une tache plus claire dans le fouillis noir de la végétation. Le vieux soldat se releva avec une grimace.

*

Roulée en boule dans un abri, Olympe s'était assoupie en laissant passer le plus gros de l'orage, la petite couleuvre lovée au chaud dans son corsage. Elle se réveilla en sursaut, les sens en alerte. La pluie tombait moins dru à présent, mais la nuit était encore très noire. Avait-elle rêvé ? Cela ressemblait au bref hennissement d'un cheval, tout proche. Elle se redressa, flairant l'odeur d'un feu, mêlée à l'entêtant parfum de terre venu du sous-bois.

Elle ne mit pas longtemps à repérer le bivouac : deux silhouettes, accroupies sous un méplat rocheux. Leurs ombres, démesurées, tremblaient dans le rougeoiement des flammes.

Dans une seconde de pure terreur, la petite marquise se crut perdue. Étaient-ce les brigands qui lui donnaient la chasse ? Des hommes de main de Foulques ? Comment savoir ?

À genoux, elle s'approcha du cheval, qui fit un pas de côté, tirant sur sa longe, ses gros yeux agrandis par la curiosité.

– Là, tout doux, je ne vais pas te faire de mal.

C'était une bête haute et placide. Pas de première jeunesse, avait estimé Olympe en flattant la robe luisante, aussi rêche que de l'étoupe. Elle était toujours sellée, avec de lourdes fontes militaires pendues à l'arçon.

« Une monture de soldat », pensa-t-elle dans un frisson.

Soudain, le cheval fit un écart, les oreilles dressées. Olympe s'aplatit aussitôt. L'une des silhouettes avait disparu du bivouac.

De l'homme surgissant entre les arbres, elle ne vit d'abord qu'une paire de bottes. Sa silhouette massive, enveloppée d'un manteau, était surplombée par un crâne anguleux comme celui d'un oiseau. Il s'approcha du cheval pour le caresser. Ses manières étaient raides, ses mains immenses. Il resta un moment à l'affût dans les ténèbres, humant l'air à petits coups.

Quand il ranima la pipe fichée entre ses dents, l'éclat rouge du foyer révéla des traits taillés au sabre et le bandeau qui lui barrait la face. Il détacha la monture et l'entraîna vers le bivouac.

– Pas question de te perdre une deuxième fois, l'entendit-elle grommeler. Je t'ai à l'œil, ma belle.

Olympe frissonna des pieds à la tête, comme si ces paroles lui étaient destinées. Elle attendit de le voir disparaître pour sortir à reculons de sa cachette, et s'enfuir dans la nuit.

*

Le borgne se recoucha. Avec la chaleur, une douce somnolence le gagnait. Mais l'autre, dans l'ombre, s'agitait et marmonnait en grinçant des dents.

– Finiras-tu ? s'emporta le vieux soldat.

Oost se dressa si brusquement sur son séant que son crâne vint donner contre la pierre.

– D'accord, s'écria-t-il, je n'aurais pas dû vous emprunter ce pistolet.

– Emprunter ? Le mot est faible. Tu allais me détrousser bel et bien.

– Vous-même n'êtes pas en reste ! Ne m'avez-vous pas dit avoir volé cette arme tantôt ?

– À un malandrin. Légitime défense, Oost. Il m'aurait fracassé le crâne avec.

– Si j'étais vraiment le vaurien que vous croyez, s'entêta le garçon, n'aurais-je pas profité de l'occasion pour filer avec votre monture ?

La justesse de l'argument parut ébranler son interlocuteur.

– Tu marques un point, concéda-t-il. Qu'importe. Sache que je me contrefiche qu'on t'ait condamné aux galères, au cachot ou à être pendu.

– Encore ? se désespéra le jeune homme. Pourquoi tenez-vous tant à me faire galérien ?

– Les marques sur ton dos. On y lit la chiourme comme dans un livre.

Le garçon fit glisser sa chemise sur ses épaules, les exposant à la lueur du feu.

– C'est bien un fouet qui m'a écorché, capitaine. Mais pas celui de la chiourme. C'est le fouet d'un quartier-maître, que j'ai fini par étrangler avec.

Chapitre huit

Voici l'histoire telle qu'il la rapporta cette nuit-là.

Oost était né vingt ans plus tôt à Oosterbeek, petite bourgade de la Gueldre, d'une mère française et d'un père hollandais.

La famille comptait dix enfants, filles et garçons en égale proportion. Le père, homme austère et colérique, était pasteur. Depuis quelque accident dans sa jeunesse, il portait jour et nuit sous sa chemise un corset qui le mettait au supplice.

Le pasteur menait sa maisonnée comme sa paroisse d'une main de fer. Pour chaque peccadille, il citait un verset de la Bible, et pour chaque verset, il donnait une punition. La seule tendresse qu'il avait jamais montrée, c'était pour sa collection de tabatières : de petites boîtes bleues en porcelaine de Dresde qu'il astiquait chaque dimanche, après l'office, avant de les remiser à clé derrière les vitres du lourd buffet qui trônait dans la salle à manger comme un catafalque. Au souper, à tour de rôle, l'un des enfants lisait la Bible à haute voix. Et malheur à qui aurait chuchoté avec son voisin ou fait du bruit avec la louche.

Celui qu'on n'appelait pas encore Oost mais le petit Piotr était le cadet de la famille. Rêveur, indiscipliné, bègue par occasion, il reçut la même instruction que ses aînés. Parfois coupable, toujours puni (du moins est-ce ainsi qu'il le raconta), il finit par être renvoyé de l'école, battu comme plâtre par son père et placé comme commis chez un drapier du bourg voisin.

Il vécut là presque trois ans, ne rentrant chez lui qu'aux dimanches ou aux fêtes. Il avait son grabat sous le comptoir, passait ses journées à charrier de lourds rouleaux d'étoffes, à tailler, à coudre à gros points jusqu'à n'en plus pouvoir ouvrir la main.

La boutique, quoique minuscule, fournissait les riches notables des environs. On y recevait des tissus venus du monde entier : toiles des Indes, draps du Languedoc, laines d'Irlande… Parfois même, des ballots de soie de Chine, à l'emballage frappé d'étranges inscriptions écarlates.

Oost aurait péri d'ennui dans cette vie de commis si le drapier n'avait eu une fille unique.

– Lieze, c'était son nom. Des joues à mordre, capitaine ! Vous auriez dû la voir… Des cheveux couleur de brioche et des yeux… des yeux…

– Abrège, l'ami, s'était impatienté le borgne. Tu as engrossé la donzelle et le père t'a chassé hors de chez lui ? Il a bien fait.

– Engrossé ? Vous n'y pensez pas, capitaine !

Oost, à dix-sept ans, était un gaillard tout en jambes et en bras, gauche comme le sont les garçons qui ont grandi trop vite. Tomber de son tabouret lorsqu'elle entrait, rougir jusqu'aux oreilles et rester muet, bouche ouverte, fut sa manière de lui faire la cour.

La jeune fille n'y semblait pas insensible. Il y eut quelques serrements de mains échangés, des regards langoureux. Un soir, dans la réserve, comme elle le frôlait, il s'enhardit à lui saisir la taille. Lieze se laissa faire, lui tendit les lèvres et répondit à son baiser.

Comme il se reculait, ivre de joie, pour reprendre son souffle, elle lui fracassa sur le visage la lampe à huile qu'elle portait et sortit sans un mot.

Le soir même, entre chien et loup, il s'échappait par la fenêtre et, désespéré des femmes, de sa situation et du monde entier, il prenait à pied la route d'Utrecht, un maigre baluchon sur l'épaule.

Il dormit dans les fossés, vola des œufs, se battit quelquefois. C'était l'automne. Des bateliers qui menaient des vaches à vendre vers la côte lui firent une place à bord. Ce fut le plus beau moment de sa fugue. Allongé sur le plat-bord, lui qui n'avait jamais rien vu d'autre que son village, il regardait défiler lentement les prairies plates de son pays, les ciels immenses où tournaient des moulins, les hameaux minuscules, illuminés au loin comme des miniatures.

Il n'avait rien. Une veste de gros drap, une chemise de rechange, des bas troués et, roulées dans un mouchoir, trois précieuses tabatières dérobées dans le buffet familial lors des repas du dimanche.

– Voler ton propre père ! Jolie façon d'entamer ta carrière de vaurien, avait commenté le borgne.

Le garçon s'était contenté de hausser les épaules.

– C'est plus qu'il n'en méritait.

On laissa Oost non loin de Rotterdam. Il paya son passage avec la première tabatière, finit le chemin à pied et vendit les deux autres pour se loger dans une auberge à marins près du port.

L'agitation de la grande ville l'émerveillait et le terrorisait en même temps. Le jour, il traînait près des docks, louant ses bras pour quelques sous. Le soir, il dînait d'une soupe et d'un bock de bière dans des tavernes crasseuses, reluquant les servantes et songeant à sa mère à qui il n'avait pas dit adieu.

Il avait dix-sept ans, l'âge où l'on s'acoquine sans peine à mauvaise compagnie. Une nuit, il s'enivra avec un recruteur qui cherchait un équipage pour un navire marchand en partance pour les Indes. Le bonhomme avait l'oreille complaisante. Il l'écouta raconter son histoire, partagea une bouteille, puis une autre, avant de disparaître dans la nuit.

Quand Oost parvint à se lever de table, tout tournait tellement qu'il crut sa dernière heure arrivée. Trois gaillards l'attendaient à la sortie de la taverne. Il y eut une brève bousculade. La dernière chose dont il se souvint, c'était de son ami recruteur brandissant un gourdin.

Il s'éveilla le lendemain le visage couvert de sang, avec l'impression qu'on lui avait fendu la tête en deux.

Où était-il ? Tout tanguait comme s'il était encore ivre.

Il avait escaladé à genoux un petit escalier de bois, poussé une porte qui grinçait. Dehors, la lumière crue du matin était éblouissante. Il avait dû se cramponner au bastingage pour ne pas vomir.

Toutes voiles dehors, les cales pleines, le *Batavia* cinglait déjà à plusieurs milles des côtes hollandaises.

– J'y ai servi trois ans comme mousse, conclut sombrement le jeune homme en tisonnant le feu mourant. Un équipage composé pour moitié de marins et de quidams enrôlés de force, comme moi… Le quartier-maître était une brute. Rickard, il s'appelait. Je lui ai donné bien du fil à retordre, ça oui ! Deux fois, je me suis évadé, deux fois, j'ai été repris. Ce sont les marques sur mon dos. Me croyez-vous, maintenant ?

La bouffarde du borgne était éteinte depuis longtemps. Tout entier au récit de son compagnon, il avait oublié de la rallumer. Il la secoua contre sa jambe et la remisa dans sa poche.

– Tu as la langue trop bien pendue mais ton histoire sent le vrai, j'en conviens. Et comment t'es-tu tiré de là ?

– Une autre fois, peut-être, marmonna le jeune homme. Il est tard, j'ai sommeil.

– Attends.

– Bonne nuit, capitaine.

– Attends, te dis-je !

Mais Oost bâillait déjà et se contorsionnait dans l'ombre, cherchant une position pour la nuit.

L'instant d'après, il ronflait bruyamment.

– Peste soit de la jeunesse ! grogna le soldat en s'emmitouflant dans son manteau. Juste lorsqu'il a piqué ma curiosité, il s'éteint comme une chandelle.

Le sol était dur, la couche inconfortable pour ses vieux os. Il finit par s'endormir à son tour.

Chapitre neuf

Foulques et Grison entrèrent dans le village de Hauteceilles vers le milieu de la nuit. Ils contournèrent l'église pour s'engager dans la cour du presbytère.

Réveillé par de violents coups de heurtoir à sa porte, le curé sortit en chemise et bonnet de nuit. Sa vieille domestique qui le suivait, une lanterne à la main, éclaira un grand coche noir à l'arrêt, luisant sous les rafales de pluie. Foulques ouvrit une des portières, puis il demanda au curé d'aider Grison et sœur Matin à porter jusqu'au presbytère un gaillard qui perdait son sang.

Ils le déposèrent sur un lit, au fond d'une alcôve jouxtant la cheminée, non sans heurter quelques chaises au passage.

Cela fait, Grison conduisit les chevaux à l'écurie et la vieille mit une soupe à réchauffer. Tout cela sans échanger plus de trois ou quatre mots, le curé étant mal réveillé, et Foulques de méchante humeur. Groupés autour de la table, maussades et renfrognés, ils se contentaient des bruits ambiants pour toute conversation.

Les cuillères tintaient, le feu crépitait, le blessé geignait en faisant grincer sa literie, la capeline de sœur Matin et la houppelande du petit comte, mises à sécher devant la cheminée, s'écoulaient goutte à goutte sur les dalles de pierre.

La religieuse luttait pour garder les yeux ouverts. Elle mangeait en piquant régulièrement du nez dans son assiette. Soudain, elle sursauta au choc d'un gobelet d'étain brutalement reposé sur la table.

– Ma sœur, n'est-ce pas votre devoir de vous occuper de ceux qui souffrent ? se révolta Foulques en désignant du menton le garde allongé tout près d'eux. Ce bonhomme pisse le sang, et vous, vous dormez dans votre potage.

– Mon Dieu, que voulez-vous que j'y fasse, monsieur le comte ? Je ne suis pas docteur…

Le garde Joseph était trop grand pour le lit. Ses pieds pendaient du matelas, son cou interminable formait un angle bizarre avec sa tête calée dans l'oreiller. Il avait le teint cireux, les cheveux collés par la sueur, et chaque inspiration lui arrachait un râle de souffrance. Il ressemblait à un naufragé glissant de son radeau.

– Moi non plus, ma sœur, mais cet homme a besoin de soins. Vous ne voudriez pas avoir à vous reprocher son trépas, je suppose. Faites quelque chose…

– Et quoi donc ? lui répondit la nonne au bord des larmes.

– Je ne sais pas, moi, priez…

Il engloutit le reste de son assiette en la suivant du regard, puis il se tourna vers la servante.

– La vieille, allez préparer mon lit.

– Votre lit ? Quel lit ? Ce grand monsieur tout trempé là-bas occupe le mien. L'autre, c'est celui de M. le curé.

– Eh bien, ça fera très bien l'affaire, je n'ai jamais couché dans le lit d'un curé.

– Mais, monsieur le comte, si je vous donne le sien, où voulez-vous que je le mette à dormir ?

Foulques se tourna vers lui.

– Ma foi, Grison partagera avec vous une couverture sur la paille de l'écurie. Vous y serez au chaud et à l'abri de l'orage. Cela s'accorde-t-il avec votre vœu d'humilité, mon père ?

Le brave homme hocha la tête.

– Voilà un problème résolu, dit Foulques en entrant dans la chambre. La vieille, avez-vous mis des draps propres ?

– Dame, ils sont encore bien frais…

– Les puces un peu moins, apparemment, dit Foulques en secouant le matelas. Elles ont eu le temps de fonder une colonie. Alors, ces draps ?

– Nous n'en avons pas d'autres, s'excusa la vieille, réprimant un haut-le-cœur en le voyant s'allonger avec ses bottes crottées de boue.

– C'était trop demander, je suppose, soupira Foulques. Allons, fermez cette porte. Réveillez-moi une heure avant l'aube.

Il souffla sur la bougie, se tourna vers le mur et s'endormit. La vieille revint dans la salle commune. Voyant que sœur Matin se tordait les mains devant le garde tremblant de fièvre, elle mit à bouillir de l'eau. Puis elle nettoya la blessure du mieux qu'elle put, avant de l'entourer d'une bande de tissu déchiré.

*

Au milieu de la nuit, Foulques fut réveillé en sursaut par sœur Matin.

– Monsieur le comte, le garde…

– Quoi, quel garde ?

– M. Joseph…

– Eh bien ?

– Il a passé.

– Tudieu ! s'écria Foulques en se redressant, je vous avais pourtant dit de vous en occuper !

Il se leva en coup de vent, passa dans la pièce à côté. Le curé venait tout juste de fermer les yeux du garde. Prenant à part sœur Matin, Foulques gronda, le doigt pointé sur sa vaste poitrine :

– Vous ! On ne peut décidément vous confier personne, ni une pucelle ni un blessé. L'une s'envole, l'autre trépasse. À quoi servez-vous, exactement ? Mon père va être furieux. Suivez-moi, je n'en ai pas fini avec vous.

Il attrapa son manteau, son épée, et fonça vers l'écurie, sœur Matin trottinant à sa suite.

Grison dormait à poings fermés près des bêtes.

– Debout, Grison, ordonna Foulques en le touchant du pied. J'ai besoin des chevaux.

Le cocher s'ébouriffa, encore ahuri.

– C'est que... ils sont à monsieur votre père.

– Et alors ? grogna Foulques.

Il s'empara d'une vieille selle qui traînait dans l'écurie, la sangla sur le cheval de tête, auquel il passa un mors. Il désigna la paire de chevaux attelés d'ordinaire à l'arrière, deux percherons à la robe gris pommelée, presque blanche. Inquiets, ils piaffaient en martelant le sol de leurs sabots.

– Prépare-les, Grison.

– Vous avez pris la seule selle de l'écurie, monsieur le comte.

– Les deux truands n'auront qu'à les monter à cru. Ça leur fera la peau des fesses. Fais vite, je suis pressé.

– Sauf votre respect, comment que je va faire tirer la voiture, avec une bête ?

– La voiture reste ici, Grison. Je dois retrouver Mlle de Roquedor. Si mon père envoie quelqu'un aux nouvelles, gagne du temps. Il ne doit rien savoir, tu entends ? Tu diras qu'on a eu un accident, ce qui est le cas, d'ailleurs... ou même qu'on t'a volé les chevaux. Ah ! quant à vous, ma sœur, je vous ai trouvé quelque chose dans vos cordes, et une bonne occasion de vous rendre utile : occupez-vous d'enterrer convenablement le garde, faites-lui dire une messe par le curé.

– Et avec quel argent, monsieur le comte ? osa demander la nonne, non sans aigreur.

– Celui de la charité, répondit le petit comte en la toisant du haut de son cheval. Vous en connaissez un autre ?

Chapitre dix

Olympe longeait la rivière vers l'amont. Les berges abruptes et couvertes de taillis la gênaient dans sa progression. Plusieurs fois, elle crut repérer des départs de sentier, mais ce n'étaient que des coulées d'animaux qui ne menaient nulle part. Assurer ses prises lui demandait une attention de tous les instants. La dernière chose qu'elle souhaitait, c'était bien de chuter sur les rochers ou de se briser une cheville. À la pointe du jour, elle fit une toilette rapide et plongea ses pieds douloureux dans l'eau froide, inspectant les alentours.

Elle imaginait le borgne fonçant tête baissée à sa poursuite, tel un sanglier dans les ronces, tout emperlé de pluie. La stature d'un colosse, avec le masque d'une bête fauve. Malgré tout, il serait ralenti par sa monture. Que dire de l'autre, elle l'avait à peine aperçu… Une ombre malingre penchée vers le feu, avec des cheveux de fille… Soudain, l'évidence lui sauta à l'esprit : le deuxième homme, c'était l'inconnu de la rivière !

Elle était trop épuisée pour avoir peur. Trop affamée aussi.

Elle pilla un buisson de mûres, s'en gava jusqu'à l'écœurement. Certaines étaient juteuses et délicieusement sucrées, d'autres si vertes qu'elles lui arrachaient une grimace.

– Tu en veux, ma Couleuvrine ? Tu dois être morte de faim, toi aussi.

Dérangée dans son sommeil, la bestiole darda sa langue bifide sur le fruit avant de s'en détourner avec dédain.

– Tant pis pour toi, gloussa Olympe en les picorant une à une. Tu fais ta difficile ? Tu mangeras mieux demain.

Peu après, elle rencontra le vieux pont romain qui enjambait l'Azeille. Sous son arche, le torrent grossi par les pluies grondait en cataracte.

« Le pont d'Arupt ! Ça veut dire que je suis encore sur les terres des Saint-Mesme. »

Elle hésita sur la direction à prendre. Le danger pouvait arriver de tous côtés. Elle n'avait aucune envie de se rendre au couvent, mais il était trop tôt pour revenir à Roquedor, et surtout, trop risqué : c'est évidemment là qu'on viendrait la chercher. Elle voulait disparaître, se faire oublier, reprendre des forces. Le petit Foulques pouvait bien battre la campagne, il n'était pas près de lui passer la bague au doigt.

– Tu sais quoi, ma Couleuvrine ? On va aller aux Nèves, chez la vieille Léontine. Je suis presque sûre de retrouver le chemin de sa maison. Et là, crois-moi, on sera à l'abri. Autant qu'on voudra.

Mais, à l'approche du village de Saint-Orcoul, les aboiements des chiens lui firent comprendre que l'affaire n'était pas aussi simple. Même déchirée et souillée, sa robe restait de soie. De loin, elle brillait comme une oriflamme. Le premier gamin venu pouvait la montrer du doigt. Elle se représenta le borgne, penché sur sa monture, enquêtant sur son passage, et le grand niais à côté de lui, soupçonneux, reniflant le nez en l'air dans toutes les directions.

L'orage grondait encore par-delà les montagnes. Elle passa au large des maisons, le long des murets bordant les champs, puis marcha deux ou trois lieues en lisière d'un bois de châtaigniers, jusqu'à un croisement de routes planté d'un vieux calvaire. Cette croix de pierre marquait, Olympe le savait, la fin des terres appartenant aux Saint-Mesme.

Plus loin, elle s'accroupit pour boire l'eau d'un ruisseau. Elle entendit des voix et se jeta sous un taillis. Ce n'était qu'un troupeau d'oies, qui menait grand tapage et s'avançait en rangs serrés sur toute la largeur du sentier. Dans leur dos, un garçon les encourageait par des claquements de langue et de brefs jappements. Le troupeau s'immobilisa devant le buisson où se terrait Olympe. La jeune fille recula et se recroquevilla aussi loin qu'elle le pouvait, mais rien à faire, ces sales bestioles tendaient le bec en cancanant de plus belle. Elles devaient se prendre pour des chiens de chasse ou des cochons truffiers.

Olympe entrevit leur maître à travers le feuillage. Ses petits yeux enfoncés sous un front buté n'engageaient pas à faire connaissance, il avait l'air d'une brute. Il écarta les branches.

– Sors de là-dessous, tu fais peur à mes bêtes ! T'as compris ? Sors de là !

Sa voix était en pleine mue. À la fois grave et trébuchant tout à coup sur des glapissements aigus, elle s'accordait parfaitement aux poils clairsemés de son menton. On ne le prenait plus pour un gamin, mais il n'était pas encore un homme. Ça ne le rendait pas moins dangereux pour autant. Il se pencha vers un morceau de tissu qui dépassait et tira dessus. Olympe tira dans l'autre sens. Il empoigna l'étoffe à pleine main et tira de nouveau, de toutes ses forces.

– Puterelle de vertudieu, s'écria-t-il avec un haut-le-corps, quoi c'est-y donc là ?

Entraînée par sa robe, Olympe avait dégringolé à ses pieds. Il nota tout de suite qu'elle tenait une pierre à la main.

Des filles courant les chemins, il en connaissait deux ou trois, mais celles qui cherchent vraiment la bagarre, de surcroît vêtues d'une étoffe brillante, ça ne se voyait pas si souvent. D'où sortait celle-ci ? du couvent ? Il avait entendu dire qu'on y dressait les demoiselles de la noblesse avant de les mener au mari, mais celle-ci n'avait pas l'air d'en être. Plutôt une petite domestique faussant compagnie à sa maîtresse, vu sa besace. Quant à sa belle robe, elle était en lambeaux et toute crottée.

Le pas d'un cheval se devinait au loin. Olympe prit peur.

– Laisse-moi passer ! ordonna-t-elle.

Il rajusta son bonnet et bomba le torse, amusé de la voir paniquer pour si peu.

– Oui-da, contre un baiser.

C'était un garçon vigoureux, et il était bien décidé à profiter de sa position de force. Aussi, quand elle avança, la pierre brandie à bout de bras, il ne bougea pas d'un pouce.

– Je te conseille de bien viser, glousse-t-il, parce que t'auras pas une seconde chance !

Le caillou lui rasa l'oreille avant de frapper une oie qui se mit à pousser de grands cris en battant des ailes. Olympe en profita pour déguerpir, tout en fourrageant dans son sac à la recherche du couteau.

– Vertudieu, gronda le garçon en s'élançant à sa poursuite, tu vas me payer ça !

Elle s'enfuit à travers champs vers la forêt, glissant parfois sur les herbes humides. La foulée lourde du garçon collait à son dos sans jamais ralentir. Olympe finit sa course contre une cabane de bûcheron. Adossée à la paroi, elle fit volte-face, le couteau brandi devant elle. La voyant à sa merci, il eut un rire de triomphe. L'espèce de gaieté féroce qui dansait dans ses yeux avait fait place à la rage froide et déterminée du prédateur. Il s'arrêta à bonne distance et reprit son souffle. La fille semblait bien décidée à vendre chèrement sa peau.

– Laisse-moi, tu m'entends ?

Elle se fendit comme à l'escrime, la pointe en avant. Mais la lame était bien trop courte. Il esquiva en levant sa canne. Olympe cria, le poignet cinglé de son coup de badine. Sous la douleur, le couteau lui avait échappé. Le garçon bondit et lui serra le cou.

– Entre là-dedans ! gronda-t-il. Et comme elle résistait, il la poussa d'une bourrade à l'intérieur.

Olympe cligna des yeux en passant à l'ombre du toit de branches. Le garçon la tenait encore au col, et rudement. Elle se dégagea d'un coup d'épaule.

– Lâche-moi, ordonna-t-elle d'une voix rauque. Tout de suite !

– Tout à l'heure, tu serais passée contre un baiser. C'est plus cher, maintenant. Enlève ta robe !

Piégée. Cette brute bloquait la seule issue.

– Je le fais si tu te tournes, dit Olympe crânement.

– Tout de suite, princesse..., ricana-t-il. Mais va pas t'aviser de me faire une entourloupe, sinon...

Il tourna le dos en faisant mine de recompter ses volailles qui se rapprochaient en descendant le pré.

Le ciel s'était encore assombri. L'orage revenait, comme s'il avait pris des forces en tournoyant depuis le matin. Olympe, désespérée, sentit alors la couleuvre s'enrouler à son poignet. Elle revit brièvement le grand maigre de la veille, planté dans la rivière, ahuri, pétrifié à la vue du serpent. L'adversaire qu'elle devait maintenant affronter était d'une tout autre trempe, incontestablement plus jeune, mais beaucoup plus méchant. Campé sur des jambes solides et sûr de sa victoire, il lui barrait la sortie. Sa nuque disparaissait sous un bonnet de feutre crasseux, rapetassé et couleur de fruit pourri. Même de dos, il faisait peur. Quant au couteau, il était resté dans l'herbe.

Elle devait quand même essayer.

– Qu'est-ce que tu fabriques ? grogna le garçon.

– Je dégrafe mes boutons...

Le froissement soyeux de l'étoffe le fit tressaillir. Il se courba pour entrer et s'arrêta net, car la fille se tenait nue devant lui. Son corps blanc luisait dans la pénombre. Elle ne montrait pas la moindre peur et ses yeux étincelaient d'une lueur inquiétante. À la main droite, elle tenait un serpent.

– D'où sort ce... Quoi c'est-y..., coassa-t-il avec un mauvais sourire.

Un peu moins fier, cependant, car il ne pouvait détacher ses yeux de la bête sinueuse.

Avec un fracas épouvantable, la foudre tomba non loin de là. Olympe, malgré sa peur, fit un pas de plus. Le jaillissement de lumière, en bondissant sur son corps, en avait agrandi démesurément l'ombre dans son dos.

– Pour la dernière fois, laisse-moi passer ! Tu ne vois donc pas qui je suis ?

La couleuvre, dans un mouvement de balancier, ouvrit soudain la gueule, et le garçon crut sentir le souffle d'une haleine empoisonnée.

– Une vouivre ! gémit-il, la tête blottie dans les coudes.

Sa plainte, inaudible, se perdait dans les grondements du tonnerre. Il commença à trembler. Une vouivre. Au village, c'est ainsi qu'on nommait les fées malfaisantes qui hantent les cours d'eau. On les disait amies des bêtes rampantes, surtout des salamandres et des vipères. On prétendait aussi, et c'est bien ce qui l'inquiétait, qu'elles sont sans pitié quand elles veulent tirer vengeance du désir des hommes.

– À genoux ! siffla Olympe.

Un éclair bref et aveuglant illumina de nouveau la cabane. Les cheveux d'Olympe se hérissèrent d'un coup, formant un buisson rouge et luminescent. Dans l'obscurité revenue roula un long et puissant coup de tonnerre, accompagné d'une violente bourrasque. Le vent s'engouffra dans les bois en dispersant des nuées de feuilles. La cabane grinçait, des branches s'entrechoquaient au-dessus de leurs têtes avec d'affreux craquements.

Le garçon se laissa tomber au sol, les narines envahies d'une odeur de soufre et de silex brûlé.

– Jarnimavie ! Une vouivre ! La pire des diabolesses !

Olympe poussa son avantage.

– À ton tour, ordonna-t-elle, déshabille-toi ! Vite !

Dans son extrême confusion, il multipliait les signes de croix en implorant sa grâce.

– Par tous les saints du paradis, ne m'obligez point à coucher avec vous, belle sorcière !

– Le diable m'est témoin que c'est ce que tu voulais. Nue, tu me voulais, et nu, tu seras ! Ne m'oblige pas à rappeler la foudre.

Il ôta sa chemise, crasseuse et rapiécée.

– Tes chausses, maintenant, ou je te fais mordre au sang par ma vipère !

En fronçant le nez, elle s'empara du pantalon, plus sale encore que la chemise.

– Tourne-toi, maintenant.

Le garçon s'exécuta en joignant les mains. Il l'entendit remuer du bois, et ses tremblements redoublèrent. Olympe sortit du tas laissé par les bûcherons une bûche de belle taille.

– Par la grande pitié de Dieu, demoiselle, je vous jure de ne plus toucher ni fille ni femme, si vous épargnez mon âme.

– Pardonne-moi, murmura Olympe d'une voix inaudible, en reculant d'un pas.

Elle affermit sa prise sur le gourdin, le soupesa pour en calculer le poids, et l'asséna sur son crâne avec juste assez de force pour l'étourdir.

Il s'écroula sans un cri.

Olympe laissa tomber la bûche.

Elle resta un moment hébétée, les jambes flageolantes. D'un revers de main, elle essuya une larme à sa joue. Jamais encore, elle ne s'était sentie si près de perdre la vie.

À ses pieds, le garçon ne pleurait plus, ne reniflait plus. À peine respirait-il. Elle tremblait encore lorsqu'elle s'agenouilla près de lui, dans l'inquiétude de l'avoir frappé trop fort. Elle posa deux doigts à son cou, et resta penchée sur lui un long moment, jusqu'à distinguer son pouls des palpitations de son propre cœur.

– Dieu merci, tu vis encore, murmura-t-elle.

Elle enfila les chausses et la chemise. Elle récupéra son couteau et tailla dans sa chevelure magnifique à pleines poignées, ne gardant qu'une espèce de brosse rebelle et toute hérissée d'épis. Enfin, elle se coiffa de l'affreux bonnet de feutre brun qu'elle tira jusque sous ses oreilles.

Ainsi affublée, personne ne pourrait la reconnaître.

Un froid glacial avait envahi l'abri. De temps à autre, une rafale chassait violemment la pluie sous les branches. Couché en chien de fusil sur la terre battue, pâle au milieu des flaques, le garçon lui inspirait presque de la pitié. Elle étendit sur lui sa robe en guise de couverture. Tout autour de ce corps inerte, les longues mèches coupées en boucles rousses dessinaient une délicate ceinture de feu.

« Comme un cercle de sortilège », pensa Olympe.

Les oies vinrent aux nouvelles avec de drôles de bruits de gorge. Massées devant la porte, elles se dandinaient sans oser la franchir. Elles protestaient contre l'assassinat de leur maître à grands cris, en allongeant leur cou, le bec pointé vers sa meurtrière présumée.

– C'est bon ! hurla-t-elle. Il n'est pas mort ! C'est plutôt lui que vous devriez accuser !

Elle les dispersa à coups de moulinets, puis reprit son chemin, furieuse. En les maudissant, elles, et leur imbécile de gardien.

*

Elle aperçut bientôt le clocher de Ségur d'Azeille. Le village appartenait au domaine du couvent de Sainte-Cécile-aux-Dames. La culture du blé noir et la récolte des châtaignes ne permettaient pas d'y faire fortune. Les paysans les plus gras avaient de quoi passer l'hiver en tuant le cochon, les autres se serraient la ceinture jusqu'au printemps. Les gens du pays avaient cependant deux beaux sujets d'orgueil : une église richement décorée à fresque, assez grande pour loger trois fois la population aux grandes occasions, et une forge dont la réputation couvrait tout le pays d'Azeillan. Olympe se souvint qu'elle y avait plusieurs fois accompagné son père, quand il avait besoin de ferrer son cheval ou de refourbir ses armes.

L'orage grondait toujours sur les crêtes des environs. La pluie avait transformé la route en pataugeoire, mais il y avait un monde inhabituel dans les rues du village, car c'était jour de foire.

Olympe se félicita de son déguisement qui lui évitait de traîner en robe dans les flaques de boue. L'agression l'avait épuisée, elle en ressentait l'horreur jusque dans sa moelle. Qui sait, sans ce coup de tonnerre providentiel, peut-être aurait-elle été… Il valait mieux ne pas y penser. Elle avait froid, elle avait faim. Avisant une vieille grange à moitié décrépite, elle y entra. Elle grimpa tout en haut du tas de foin qui montait jusqu'au toit. Elle y creusa son nid sous la charpente, bien à l'abri des courants d'air, et s'endormit aussitôt, brisée de fatigue et d'émotions.

Chapitre onze

Foulques arriva sur les lieux de l'embuscade à la pointe du jour. Tassés sur eux-mêmes, les jumeaux ligotés en retrait du chemin se redressèrent en l'apercevant. Le comte s'adressa au plus proche.

– Ulysse, c'est ça ? Tu te souviens de notre marché ? lui demanda-t-il en faisant tourner une pièce d'or entre ses doigts.

L'homme opina d'un mouvement du menton.

– C'est le louis d'or promis, et il y en a un autre pour ton frère. Vous les aurez quand on aura retrouvé la marquise. Si vous tentez quoi que ce soit contre moi, mon père vous fera écorcher vifs et jeter en pâture à ses chiens.

– Ça me va, dit Ulysse en passant la langue sur ses lèvres sèches.

Foulques coupa ses liens, puis lui donna son couteau.

– Va le détacher.

Il le suivit de son pistolet pendant qu'il délivrait Hercule. Tétanisés par les crampes, les deux hommes tenaient à peine debout.

– Vous vous souvenez du borgne ?

L'un des frères eut un rictus, l'autre cracha de dégoût.

– Il s'est joué de moi, continua Foulques. Et de vous. Il a besoin d'une leçon.

Ulysse caressa de l'index la pointe du couteau.

– Ce jean-foutre ne regardera plus jamais personne en face.

– Et il ne s'amusera plus jamais dans le lit d'une garce, ajouta son frère.

Foulques désigna les chevaux.

– Voilà vos montures.

Ulysse les jaugea d'une grimace et poussa son frère du coude.

– Des bourrins ! Sans selle !

– On monte comment ? demanda Hercule.

– Comme ça, répliqua Foulques en les menaçant du canon de son pistolet pour toute explication.

Ils enfourchèrent leurs montures en s'agrippant aux crinières. Foulques effectua une volte pour remettre son cheval dans l'axe du chemin.

– Allons-y !

Ils prirent la route en remontant la rivière. Le jeune comte se laissa volontairement dépasser, préférant fermer la marche pour mieux les tenir à l'œil. Il voulait à tout prix rattraper Olympe avant la fin de la journée. « L'accident du coche » ne tiendrait pas longtemps, et son père n'était pas réputé pour sa patience.

Devant lui, Hercule ruminait de tout autres pensées, que l'on peut résumer ainsi : on va d'abord faire la peau au borgne. Ensuite, on s'occupera gentiment de la marquise et on te fermera le bec, mon cher petit coq. Et après, on ira demander des comptes à ton père.

Les frères Mildiou avaient longtemps fait partie d'une bande d'assassins et de voleurs connus sous le nom de Loups de l'Azeillan, parce qu'ils maraudaient autour de l'Azeille. Leurs méfaits accomplis, ils trouvaient refuge dans les nombreuses grottes et cavernes ponctuant le défilé où coulait la rivière. À maintes reprises, et surtout pendant les hivers les plus rigoureux, les Loups s'étaient exilés plus loin encore, sur les crêtes du mont Cigale. Or, les principaux chemins menant à cette montagne conduisaient au domaine des Saint-Mesme. Certains en avaient conclu, sans preuves, que le comte Enguerrand était leur protecteur ou leur complice.

En peu de temps, la bande avait grossi jusqu'à former un groupe d'une vingtaine d'hommes, pour la plupart anciens soldats, rompus aux embuscades et aux prises d'assaut. Ils voyageaient de nuit, fondaient sur leurs cibles au petit matin avant de disparaître dans leurs retraites au fond des bois. Efficaces et cruels, ils rançonnaient et pillaient sans merci, utilisant la terreur pour élargir leur sinistre réputation, si bien que leur territoire avait fini par atteindre les limites de la Gascogne et de la Guyenne. Et, comme les loups véritables, ils prenaient plaisir à surgir là où on ne les attendait pas, couvrant des dizaines de lieues entre deux apparitions. Les rumeurs les plus folles les accompagnaient : il se disait que leur meneur, mi-homme mi-bête, portait un masque noir et vivait comme un roi, ayant amassé un butin considérable. Les grand-mères racontaient au coin du feu qu'il était le fruit d'une louve et d'un misérable charbonnier perdu dans les bois. D'autres prétendaient qu'il était issu d'une famille d'ancienne noblesse, en citant à mots couverts Enguerrand de Saint-Mesme.

Mais tout le monde s'accordait sur un point : leur chef était cruel, rusé, insaisissable.

Il avait fallu envoyer contre eux une véritable armée, commandée par un brillant officier du roi, un ancien cadet de Gascogne nommé Froissac. La campagne avait duré deux longues années. La bande, traquée sans relâche et affaiblie par les coups qu'on lui portait, s'était dispersée en vain. Un par un, les Loups de l'Azeillan avaient fini par être capturés. Un matin d'hiver, on les avait tous roués de coups et pendus en place publique, au pied du capitole de Toulouse, devant une foule enthousiaste, sous un franc soleil et dans un froid de cristal, la Garonne encore prise dans les glaces. Seuls trois hommes avaient apparemment échappé au châtiment.

Les frères Mildiou.

Et le chef des Loups de L'Azeillan, jamais retrouvé.

– Mordieu, s'exclama soudain le jeune comte, mais qu'est-ce qui pue comme ça ?

– Ah, c'est Hercule, monsieur le comte, dit Ulysse en se retournant avec une méchante grimace en guise de sourire. Faut l'excuser. Un renard lui a pissé dessus, cette nuit. On n'a pas pensé à faire notre toilette avant de vous recevoir.

*

Au même instant, Oost et le borgne arrivaient au pont d'Arupt, dressé sur un chaos rocheux. Le vieux soldat ne put retenir une pensée pour Olympe. Certes, lui n'y voyait que d'un œil. Mais il fallait un sacré cran pour affronter des pentes aussi abruptes en pleine nuit.

– Elle est tenace, la petite, pensa-t-il tout haut.

– Vous m'ôtez le mot de la bouche, approuva son compagnon.

– Est-ce que je te cause, à toi ?

– À qui alors ?

– À personne, animal ! Je me parlais entre les dents.

Il tira sur la longe de sa jument affolée par le bouillonnement du torrent.

– À mon avis, elle sera passée par la voie des airs, dit Oost en laissant errer son regard dans les nuages.

– Que me chantes-tu là ?

– C'est comme ça que font les sorcières. J'en ai vu tout un sabbat, une nuit, à la Saint-Jean d'été, sur l'île de Smarjland… Elles jaillissaient d'un feu de joie comme un essaim de frelons !

Le borgne éclata de rire.

– Vous ne me croyez pas ?

– Si, mais j'appelle ça avoir le rhum imaginatif. On arrive à la route. Marchons !

– Qu'est-ce que je fais d'autre depuis que j'ai eu le malheur de vous rencontrer ? protesta Oost, vexé.

Il traînait en arrière, mais quelque chose en lui attirait la sympathie de son aîné. Peut-être sa naïveté, la droiture de son regard ou cette fraîcheur dans les traits du visage. Il avait l'âge d'être son fils.

Roulant son manteau, le borgne le sangla à la selle.

– Monte, dit-il en lui tendant les rênes de la jument.

– Moi ?

– Et qui d'autre ? Monte, te dis-je.

Oost n'avait jamais fait de cheval. Il se hissa maladroitement sur les étriers, trop courts pour ses longues jambes.

– Laisse plutôt pendre les pieds, ordonna le borgne. Cale tes fesses, garde le dos souple, et ça ira tout seul. Je tiens la bride.

Le premier pas faillit le désarçonner. Puis, trouvant peu à peu son assiette, Oost considéra un moment l'étrangeté de se déplacer au-dessus du sol, cramponné au pommeau. Il regardait la route dans l'échancrure formée par les oreilles de Mirabelle, extrêmement mobiles à cause d'un escadron de mouches qui la taquinaient.

– Alors ?

– Pas mal, répondit Oost dans une grimace. Y a moins de houle que je pensais. Mais je ne serais pas sûr de garder le cap par grand vent. Ça me rappelle une escale aux îles Serilanes. Les pêcheurs de là-bas chevauchent des barques légères comme des cavales, que c'en est merveille ! Voilà-t-y pas qu'un de ces lascars me fait grimper sur ces planches à savon. Je ne savais même pas border la voile ! Et voilà qu'une risée…

– Une quoi ? interrompit le borgne en crachant dans une flaque.

– Un coup de vent. *Vuitttt !* je suis parti en plein ciel comme un boulet de canon ! Et *vlouffff*, direct à la baille ! J'ai bu la moitié de l'océan.

– Parce que tu sais nager ?

– Que non pas ! C'est un des pêcheurs qui m'a remonté, mon chignon entre ses dents.

– Et dis-moi, il y a aussi des femmes dans tes îles Serilanes ?

Oost rougit.

– Bien sûr, capitaine.

– Jolies ?

– C'est qu'on les voit peu…

Le borgne lui coupa la parole en montrant un clocher derrière les buissons.

– C'est Ségur d'Azeille. On va y jeter l'ancre. La jument boite, il faut lui rajuster un fer. Elle a dû perdre un ou deux clous dans ces satanés rochers. Le temps que le maréchal-ferrant s'en occupe, on va se trouver un estaminet, boire un pichet et manger un morceau. C'est toi qui régales.

– Co-comment ça ?

– Du fait qu'hier je t'ai sauvé de la noyade. Et note que je suis dans un bon jour : je ne compte ni la location du cheval, ni la leçon d'équitation.

Oost s'en étrangla d'indignation.

– Mais je n'ai pas un sou en poche.

Le borgne fit sonner la bourse qu'il gardait dans sa casaque.

– J'en ai, moi, dit-il en haussant les épaules. Cadeau d'Ulysse et Hercule, deux beaux gredins à qui j'ai fait tâter de ma canne plombée. Le capitaine Décembre t'invite !

– Décembre ?

– Pour te servir. C'est mon nom. Allons faire bombance sans plus tarder. C'est bien le diable si, en furetant à droite ou à gauche, on ne glane pas quelques nouvelles de notre petite marquise…

Chapitre douze

Les paupières encore lourdes de sommeil, Olympe s'étira. Vaguement inquiète de ne plus sentir de cheveux dans sa nuque, elle mit quelques secondes à en retrouver l'explication, tout comme pour ses habits de paysan crasseux. Elle s'aperçut qu'elle était perchée au sommet d'une énorme meule de foin. Quelques brassées d'herbes rabattues en travers du corps lui avaient servi de couverture. La tiédeur de cette haute et grande couche odorante était presque confortable.

« Me voilà comme une princesse, s'amusa-t-elle. Il doit bien y avoir l'épaisseur de trente ou quarante matelas sous mon dos… »

Elle contempla entre ses doigts la danse des grains de poussière dans la lumière. La grange baignait dans une chaude pénombre. Le jour était déjà avancé, elle avait dû dormir toute la matinée. Au-dehors, les bruits de la foire lui parvenaient assourdis, à cause de l'épaisseur des murs, ou peut-être du léger flottement de sa conscience. De temps à autre, un charroi passait près de la porte de la grange, ou bien c'étaient des bêtes qu'on menait, et qui posaient leur mufle en soufflant des naseaux contre le vantail, comme si elles sentaient une présence étrangère à l'intérieur.

La petite marquise essaya de se figurer un itinéraire pour rejoindre les Nèves. Le hameau se tenait sur une éminence, à l'écart de la route du couvent de Sainte-Cécile-aux-Dames. La neige s'y attardait toujours en hiver, sans que l'on sache vraiment pourquoi, d'où son nom, « les Nèves » signifiant les Neiges. La vieille Léontine vivait au fond d'une combe un peu plus loin, à moins d'une heure à pied des habitations. Le chemin de sa maison n'était pas facile à trouver, mais Olympe l'avait si souvent emprunté avec son père qu'elle était sûre de pouvoir le reconnaître.

Elle se prit à rêver de leurs retrouvailles.

Léontine, c'est sûr, en aurait les larmes aux yeux.

Simplement, la vieille femme serait-elle encore là pour l'accueillir ?

Absolument immobile, la petite couleuvre dormait lovée contre son flanc. Mais une autre compagnie animale avait partagé sa nuit : c'était une poule qui somnolait tout près, accroupie sur son derrière, la tête rentrée dans le cou, l'œil vague sous la paupière entrouverte. Elle caquetait à bas bruit, perdue dans son demi-sommeil. Délicatement, Olympe prit la couleuvre dans la paume de ses mains et la mit à l'abri derrière elle. Puis elle s'avança, l'air de rien, vers la bête à plumes avachie dans son divan d'herbes sèches.

– Ce n'est pas bien, ce que je vais faire, avoua Olympe tout bas, mais crois-moi, je n'ai pas le choix. J'ai vraiment faim.

– *Cooot ?* répondit la pondeuse en se réveillant, du ton légèrement mondain dont on répond : « Plaît-il ? »

– Je t'en prie, ne fais pas de bruit ! murmura la petite marquise en la poussant doucement hors du nid.

– *De quoâ, de quoâ ?* fit la poule en tournant sa crête dans tous les sens.

Et comme Olympe accentuait la pression, elle tenta de la piquer à coups de bec.

– Va-t'en ! Allons, va-t'en ! insista Olympe, les deux mains franchement en appui dans les plumes. Ouste !

La volaille déguerpit en protestant contre l'outrage qu'on lui faisait. Un coup d'aile maladroit la fit glisser en bas de la meule. Elle se mit à décrire des cercles devant la porte de la grange en tricotant des pattes. Les *cot cot codec* qu'elle lançait avaient les accents déchirants d'un appel au secours. Olympe, légèrement effrayée du raffut qu'elle menait, s'aplatit pour fouiller dans son nid. Trois beaux œufs frais pondus y luisaient tout en rond.

Elle en choisit un, perça la coquille de la pointe de son couteau et le retourna pour ouvrir un trou de l'autre côté. Elle porta l'œuf à ses lèvres et en goba le contenu encore tiède. Le deuxième suivit le même chemin, mais Olympe se ravisa avant de sacrifier le dernier.

La petite couleuvre aussi devait avoir faim.

Olympe ne la voyait plus.

Où avait-elle bien pu disparaître ?

Elle la retrouva enfouie dans le foin. Seule sa tête dépassait, un poinçon d'argent dans un océan de couleur fauve.

La petite marquise cassa le dernier œuf et le lui proposa.

La couleuvre ouvrit une gueule démesurée pour avaler le jaune, rond et brillant comme un gâteau de miel. Sa gorge palpitait de plaisir.

Olympe se redressa soudain en étouffant un cri. La porte avait grincé. Tout en bas, un petit garçon sur le seuil la regardait fixement, la poule tenue serrée entre ses bras. Olympe le supplia de ne rien dire, un doigt sur les lèvres, mais il avait déjà disparu.

Elle resta un moment indécise, à genoux au sommet de son donjon végétal. Le haut de l'échelle pour y accéder était là, tout près. Devait-elle fuir tout de suite ou mieux se cacher en attendant la nuit ?

Elle n'eut pas longtemps à délibérer.

La porte de la grange s'ouvrit de nouveau, cette fois à toute volée.

– La voilà !

Olympe se rencogna dans l'ombre en se faisant toute petite. Un homme la montrait de son index tendu. Elle reconnut à son côté le gardien d'oies. Derrière eux, un groupe de furieux brandissaient une armée de fourches.

– Descends de là, maudite sorcière !

– Elle nourrissait son serpent, cette sale créature de Satan !

Affolée, Olympe sauta sur la poutre maîtresse et, en équilibre à douze pieds au-dessus du sol, courut d'un mur à l'autre avec l'agilité d'une belette.

– La garce, elle veut fuir par le toit !

– Prenez garde, elle va s'envoler !

La jeune fille s'élança et atterrit sur une nouvelle poutre. Un homme lança sa galoche en bois dans sa direction et manqua sa cible. Les autres l'imitèrent aussitôt. Une grêle de sabots s'abattit sur Olympe. Touchée à la pommette, elle tomba comme une pierre. Les épaisseurs de paille jonchant le sol amortirent sa chute. Sonnée, elle rampa sur les coudes, menacée de tous côtés par le faisceau des fourches. Déjà, on s'acharnait sur sa petite couleuvre qui se tortillait sous leurs dents recourbées. Avec une joie mauvaise, on l'assassinait devant elle.

– À mort la sorcière !

Le plus déchaîné de ses assaillants était le garçon qu'elle avait humilié, mais comme il la craignait encore, il se tenait derrière ses complices pour les encourager.

– Elle a volé mes habits pour se déguiser en homme !

Olympe le toisa de tout le mépris dont elle était capable.

– Tue ! Tue ! à mort la sorcière ! s'exclamèrent les autres.

Ils étaient trop nombreux, et rendus fous par leur envie de meurtre. Elle ferma les yeux, résignée, priant pour une mort

rapide. Elle souhaitait que le coup de grâce arrive sans délai, qu'il soit brutal et foudroyant, mais un cri épouvantable en suspendit l'exécution. Sortie d'un sombre recoin du bâtiment, une longue plainte écorchée, horriblement disgracieuse, enfla et gonfla entre les murs avant de s'achever en un terrible rugissement. Il y eut un flottement dans l'assemblée. La lâcheté des bourreaux fit place à l'inquiétude, puis à la terreur. On ne savait d'où venait cette colère de bête torturée.

Un chat montra soudain le bout de son museau. Il avança en ondulant, plaqué au sol, ses yeux jaunes clouant l'assemblée, tout en modulant des crachats de colère d'une stridence insupportable aux oreilles. Il gronda et feula encore, puis, en deux ou trois bonds de travers, le dos arqué et la queue hérissée, il franchit le cercle des agresseurs. Olympe était toujours à genoux, plus morte que vive. Or, ce chat venu d'on ne sait quelle région des enfers, ce chat aussi maigre qu'irritable, et qui ronronnait maintenant avec volupté en se frottant à son cou, avait le pelage entièrement noir.

– Voilà son maître ! souffla une femme en le désignant d'un doigt secoué de tremblements.

– Satan ! Satan !

– Il vient reprendre son âme.

Olympe suffoquait. Les fourches s'étaient baissées, les bâtons touchaient le sol, mais tous ces regards hostiles, toutes ces gueules déformées par la haine lui faisaient craindre d'avoir joué avec des forces qui la dépassaient. Elle se raidit sous la caresse, se demandant si ce chat providentiel ne lui était pas envoyé par le diable.

L'animal finit par la délaisser. Il s'éloigna sans cesser de tenir la meute dans l'or de ses pupilles fendues d'une virgule noire. Il sauta sur un vieux tonneau et s'y installa comme sur un trône. Après quoi, superbe d'indifférence, il entreprit de faire une toilette royale en se léchant les pattes. Les bourreaux l'observaient en silence. Loin d'apaiser leur fièvre vengeresse, la patience et le calme souverain avec lesquels il lissait sa fourrure exacerbaient leur besoin de la satisfaire. L'un d'eux osa rompre le silence.

– C'est ce chat noir qui la protège.

– Il n'y a qu'à le tuer aussi !

Nouveau flottement dans l'assemblée.

– Fais-le, toi !

Mais personne n'avait trop envie de se frotter aux moustaches du diablotin. Sa désinvolture, au milieu des piques et des bâtons, ne leur disait rien qui vaille. Il s'en dégageait une autorité sans commune mesure avec sa petite taille, et pesant son poids de menace. Qui sait ce dont peut être capable un chat noir, surtout quand on commet l'imprudence de l'interrompre dans sa toilette ?

Prudemment, ils revinrent à leur victime.

– Emmenons-la chez Mgr l'évêque, chuchota un petit malin, soucieux de se mettre sous la protection de l'Église.

– Bonne idée ! L'évêque n'a qu'à la juger.

– Il a raison ! Sortons-la d'ici !

– C'est loin, l'évêque…

– N'empêche. Le diable et les sorcières, c'est son affaire. Elle a beau être sorcière, elle a droit à un procès, fit remarquer une femme.

Olympe l'aurait volontiers embrassée. L'évêque l'avait baptisée, et jamais il n'irait croire que la fille de Charles de Roquedor était devenue sorcière. Elle se mit à espérer. Un procès, c'était un répit : il faudrait la transporter à Toulouse. Elle aurait tout le temps de trouver des explications à son déguisement.

– Non ! cria le gardien d'oies. Non, non et non. Elle en profitera pour nous jouer un autre de ses tours. Elle a voulu s'envoler. Il faut la brûler ! Tout de suite ! Qu'on ait au moins le plaisir de la voir se tordre dans les flammes !

Cette dernière proposition fit l'unanimité.

– Au bûcher ! Au bûcher !

Trouver une corde, la lover pour y faire un nœud coulant fut l'affaire d'un instant. En revanche, la passer au cou de cette pauvre fille sous l'œil du chat demandait encore une certaine témérité. Ils s'y prirent à plusieurs, avec d'infinies précautions, en se tenant sous la protection des fourches et de tous les saints du paradis. Mais une fois l'opération menée à bien, ce fut un jeu d'enfant de la tirer hors de la grange pour la traîner vers la place du village.

Les gamins s'éparpillèrent gaiement pour prévenir le reste du monde de cette aubaine.

On ne brûlait pas si souvent une sorcière.

On entassait déjà les fagots.

Chapitre treize

Une cour étroite, rendue boueuse par les pluies de la nuit, séparait la forge et l'arrière de l'auberge. Oost y choisit une table, non loin des écuries, où il s'installa avec un soupir d'aise tandis que le borgne s'occupait de Mirabelle.

L'intérieur de l'établissement bruissait de grosses voix et de vaisselle entrechoquée. La fille de salle déposa devant Oost un pichet et deux gobelets crasseux. C'était jour de foire, expliqua-t-elle, et le garçon s'en réjouit : deux étrangers de passage attireraient moins l'attention. Avec sa chemise déchirée, son pantalon crotté et verdi, on le prendrait facilement pour l'un de ces journaliers qu'attirait dans le pays la saison des récoltes. Mais le borgne ? Son bandeau, sa figure en coin et son pourpoint de spadassin ne passaient pas inaperçus.

S'acoquiner avec un tel personnage n'était guère prudent pour le fugitif qu'était Oost. Depuis son évasion, il vivait en sauvage, loin des routes et des fermes. Marcher, se nourrir, trouver un trou pour dormir, tel était l'ordinaire de ses journées. Mais pour combien de temps ? En le dépouillant de tout son bien, la diablesse qu'ils poursuivaient avait réduit à rien ses modestes espérances. S'il aidait son compagnon à la capturer, qui sait, une miette de son succès en retomberait peut-être sur lui ? Il y a toujours place auprès des puissants pour un garçon entreprenant et qui n'a pas froid aux yeux. Au pire, il aurait gagné un repas dans l'aventure, se dit-il. Autant profiter de ce répit inattendu et du plaisant spectacle qu'offrait le va-et-vient de la servante, une brune potelée qui louchait gentiment.

Il n'y avait qu'une autre table dehors. Trois rouliers lui tournaient le dos, leur repas fini, occupés à une partie de dés. Le vin était frais, presque noir, une piquette assurément, mais dont la première lampée le fit défaillir de plaisir.

– Tu ne m'attends pas pour trinquer ?

Le borgne chassa une poule du banc pour s'asseoir à son côté.

– J'avais le gosier sec. Il vous en a fallu, du temps.

S'emparant du gobelet qu'il lui tendait, le soldat l'enfila d'un trait avant de grogner :

– Ce maréchal-ferrant est un âne. Pas question qu'il estropie ma Mirabelle. Encore ! ajouta-t-il en tapant du poing sur la table. Tu ne vois pas que j'ai soif ?

Il avait rabattu son chapeau sur son œil mort et pris place de façon à surveiller de l'autre la ruelle qui s'ouvrait au fond de la cour. Le garçon le resservit généreusement. C'était lui qui payait, après tout.

– À votre santé, capitaine.

– À ma fortune prochaine, tu veux dire.

Le soldat vérifia que les rouliers ne l'écoutaient pas avant d'ajouter plus bas :

– Cette petite marquise m'aura donné bien du tracas, ami Oost. Mais sois-en sûr, la marchandise est précieuse et son propriétaire m'en offrira bon prix.

– Si nous l'attrapons…

– Comment ?

– Je disais : À votre fortune, alors ! Et à mon sac, aussi ! s'écria le garçon, flatté de cet « ami Oost » qui venait d'échapper à son compagnon.

La soupe n'était pas arrivée sur la table qu'ils avaient vidé un premier pichet de vin et entamé le deuxième. La maigre bourse qu'avait fait sonner le capitaine y suffirait à peine, s'inquiéta un instant le jeune homme. Mais qui sait s'il aurait l'occasion de refaire pareil repas de sitôt ? Le potage était goûteux, épaissi de gros pain, si bien qu'il n'y eut bientôt autour de la table qu'un long silence entrecoupé de grands *chlurp* et de grognements satisfaits.

Suivit une volaille juteuse et croustillante à souhait, servie avec force lard et navets. Il y avait bien longtemps que les deux hommes n'avaient été à pareille fête.

– Quand je festoie, j'aime les histoires, dit le borgne en attaquant un troisième pichet. Elles vont avec l'ivresse et tu m'en dois une.

– Une histoire ? Laquelle ?

– Comment tu t'es fait assassin.

Oost sursauta, la bouche pleine.

– Moi ? Vous perdez l'esprit.

– Ton embarquement forcé, Rickard, le fouet, ton évasion… La suite d'hier, allons ! Que crains-tu ? Personne ne t'entend. Si tu veux gagner ton repas, raconte.

Oost soupira.

– Vous me direz après d'où vous vient ce bandeau, alors ?

– En quoi cela te regarde ?

– Je vous dis mon secret, vous me confiez le vôtre.

– Marché conclu, fit le borgne en mordant à pleines dents dans son chapon. Mais ton histoire est plus distrayante que la mienne, je le crains.

*

Moitié buvant, moitié mangeant, Oost reprit le récit de son infortune à l'endroit où il l'avait laissé.

Le *Batavia*, un lourd trois-mâts de quatre cents tonneaux, comptait trente marins expérimentés. Une fièvre ramenée des îles ayant décimé l'équipage, le commandant s'était résolu, conformément aux usages du temps, à recourir à un recrutement forcé afin de permettre au navire de repartir à temps. C'est ainsi que le fils du pasteur s'était trouvé embarqué malgré lui, une bosse au crâne et le ventre tordu par l'abus de mauvais alcool.

Il avait commencé par rendre tripes et boyaux. Puis, quand son estomac avait retrouvé peu à peu son assiette : « Me voilà marin sans le vouloir, s'était-il dit. Eh quoi ! l'aventure en vaut bien une autre pour un garçon comme moi qui n'a jamais connu d'autre horizon que les plats paysages de Hollande. Qui sait le sort que me réserve le destin ? »

Il l'avait très vite appris à ses dépens. À bord, le travail était épuisant, la nourriture exécrable et la discipline de fer. Le commandant Vanderhooten, un homme insignifiant au teint bilieux, sortait rarement de sa cabine. Le vrai maître à bord était Rickard, son second.

– Un vrai enfant de salaud, celui-là. Pas bien grand mais une tête de pierre et des avant-bras comme des bûches.

Il y avait, dans l'équipage, un petit mousse d'à peine douze ans prénommé Jan. Le quartier-maître en avait fait sa victime préférée. Oost, pour s'être interposé une fois, le devint à sa place. Les coups tombaient dru, les corvées aussi. Rickard l'avait dans le nez et ne manquait pas de lui tanner le cuir à la moindre peccadille.

Le navire cinglait vers les Indes orientales, chargé de vin, de drap et de tabac, pour en rapporter poivre, épices, porcelaine de Chine et soie brute.

À la première escale, le garçon faussa compagnie au reste de l'équipage. Mais en se voyant perdu parmi d'étranges créatures bizarrement vêtues, il prit peur et rejoignit le bord avant qu'on jette les amarres. Cette fois-là, il en fut quitte pour le fouet. Aux îles du Cap-Vert, il s'évada pour de bon, prit une cuite mémorable, fut repris et jeté aux fers. Rickard, furieux de voir défiée son autorité, profita de la nuit pour descendre dans la cale et le dérouiller proprement, brisant sa canne sur ses épaules et le laissant pour mort.

Oost, à dix-huit ans, était un grand blanc-bec mal dégrossi. Pataud, querelleur, fanfaron, paresseux comme un jeune chien. Après quelques mois de mer, il ne se ressembla plus. Sa peau de blond avait brûlé au soleil, ses muscles avaient durci comme de la corde, et son dos, à force de coups de fouet, ressemblait à une carte militaire.

– De retour à Rotterdam, j'ai cru en avoir fini avec ma carrière de marin…

– Et ?

– Cette ordure de Rickard m'a rendu responsable d'un ballot avarié. J'étais en dette avec la compagnie, qu'il a prétendu. Soit je rembarquais sur le *Batavia*, soit il me livrait comme mutin aux autorités pour être pendu haut et court.

Le borgne croqua bruyamment dans un morceau de carcasse.

– Il ne pouvait se passer de toi, preuve qu'il n'avait pas la cervelle d'aplomb.

Oost se pencha vers lui avec une grimace, s'assurant qu'on ne l'écoutait pas :

– C'est que vous ne connaissez pas encore la suite. Mais j'ai le gosier sec et la petite servante semble s'être évanouie pour de bon. Je vais au ravitaillement.

Se levant avec peine du banc, il entra dans l'établissement d'un pas qu'il voulait assuré.

À l'intérieur, ce n'était que tapage, fumée et gros rires. On n'y voyait guère après la lumière du dehors. Comme il hésitait sur le seuil, Oost manqua d'être renversé par une espèce d'escogriffe qui se frayait sans ménagement un passage entre les tables.

Son sang ne fit qu'un tour. Il allait l'interpeller quand quelque chose dans l'allure de la brute le retint. Bien lui en prit. Un gaillard large comme une porte et tout aussi noir de poil venait avec le malotru. Les deux personnages se ressemblaient comme deux gouttes d'eau. Ils en escortaient un troisième, un jeune cavalier en habit bleu et dentelles que le patron accueillit avec force courbettes.

Las d'écumer la région sans résultat, assoiffés et couverts de poussière, ils venaient de mettre pied à terre devant le relais de poste. Foulques de Saint-Mesme y prit aussitôt une chambre et s'y fit servir une collation, abandonnant aux frères Mildiou le soin de se mêler à la populace et, tout en se restaurant, d'y poursuivre leur enquête.

Oost n'avait encore jamais eu affaire à eux. Il se contenta de hausser les épaules et d'alpaguer gentiment la servante, qui lui parut encore plus avenante dans la pénombre du comptoir. Mais il faut dire qu'il avait si peu l'expérience des femmes que, même au fond d'une cave, il serait tombé amoureux d'une barrique pour peu qu'elle ait porté un jupon.

Le borgne suçait les os de sa volaille quand Oost le rejoignit, un pichet dans une main, un autre pichet dans l'autre.

– Les nouvelles ?

– Quelles nouvelles ?

– La petite marquise, Oost. Tu n'as point cuisiné l'aubergiste ? Que faisais-tu alors ?

– Je nous cherchais à boire.

– Ne va pas imaginer que je te régale à ne rien faire, dit le borgne en remplissant leurs gobelets à ras bord. Digérons un peu, le temps qu'on me ferre Mirabelle et que tu finisses ton histoire, puis nous irons tâter l'habitant.

Oost se rassit lourdement. C'est qu'il avait perdu l'habitude de manger à sa faim. Il se serait volontiers étendu un moment sous le noyer qui ombrageait la cour. Le soleil dardait fort et, après les pluies de la veille, le ciel était presque jaune, chargé d'une chaleur lourde qui pesait sur les crânes et faisait transpirer.

– Vous avez vu ?

– Quoi ?

– Là, dans le ciel. Comme une langue de feu.

Le vieux soldat rota distinctement avant de sortir sa pipe. Il avait dégrafé sa casaque de cuir, délacé le col de sa chemise et allongé les jambes sur le banc, dos calé contre le mur de l'auberge. Au fond, le maréchal-ferrant donnait du marteau comme un sourd.

Un nouvel éclair silencieux courut au ras des toits.

– La foudre, rien de plus.

– Sans tonnerre ?

– Il pleut quelque part, très loin, voilà tout.

Oost secoua la tête.

– J'ai eu mon content de tempêtes, capitaine. Je sais distinguer la foudre d'un signe maléfique quand j'en vois un. Et ces éclairs n'ont rien de catholique, croyez-moi !

– Fariboles, grogna le soldat en allumant sa bouffarde.

Il n'avait peur de rien, et surtout pas du ciel. Ces fantômes d'éclairs étaient curieux, sans doute, mais rien n'importait davantage pour l'instant que de profiter du tabac, d'un fond de vin frais et d'une bonne histoire.

*

Il était dit pourtant qu'il devrait encore en attendre le dénouement.

Ce fut l'aubergiste qui parut d'abord, pressé qu'ils règlent leur repas, puis la servante qui voulait desservir. À eux deux, le borgne et Oost avaient mangé pour un régiment et bu près d'un demi-tonneau : toute la bourse des frères Mildiou y passa, il restait tout juste de quoi payer les soins de Mirabelle.

– Sans hâter ces messieurs, si je pouvais finir mon service...

– Il reste du vin, et il est payé, dit le vieux soldat en chassant la pauvrette. Cours rejoindre ton amoureux et laisse-nous essorer en paix le fond de ce pichet.

Une soudaine agitation montait de la ruelle. Des cris se faisaient entendre, des groupes passaient en s'interpellant. Dans l'auberge aussi, un bruit de bancs remués, de tables qu'on repousse.

– Le monde entier ne tient donc plus en place ? s'irrita le borgne. Va voir dedans de quoi il retourne.

Était-ce cet orage sec ? L'effet du vin ? Cette effervescence ne lui disait rien de bon. Oost disparu dans l'auberge, le vieux soldat traversa la cour, inquiet soudain pour Mirabelle.

Il la trouva proprement ferrée, mâchant son avoine à l'ombre d'un auvent, en compagnie de trois solides chevaux couverts de sueur qu'un garçon d'écurie bouchonnait vigoureusement.

– Belles bêtes, apprécia-t-il en connaisseur. Des cavaliers de passage ?

Le maréchal-ferrant empocha son dû sans un mot et reprit son travail. Le borgne se tourna vers le palefrenier.

– Je suis pressé. Un sol pour toi si tu laisses ces canassons-là pour seller ma jument.

Le gamin, ravi, saisit la pièce au vol et se précipita. Tandis qu'il s'activait, le soldat, surveillant la ruelle d'un œil, demanda :

– J'ai ouï dire qu'on cherchait une demoiselle échappée d'un couvent. Bien mise, des habits déchirés, cheveux roux... Tu as l'œil vif, petiot, rien ne t'échappe. Saurais-tu quelque chose qui vaille un autre sol ?

Rien, par malheur, bégaya le garçon que la pièce faisait

loucher d'envie. Mais l'un des cavaliers dont il avait les montures en garde l'avait interrogé tout à l'heure, lui aussi.

– Il cherchait ?

– Paraît qu'on aurait attaqué une voiture après le pont d'Arupt, et qu'une dame aurait été enlevée.

– Enlevée ?

– C'est ce qu'il a dit, monsieur. Par un borgne avec un casse-tête, qu'il a précisé.

« Peste ! pensa Décembre, brusquement dégrisé. Le petit Foulques est sur mes talons. Il me croit en possession de la gamine. Pas question qu'il me trouve bredouille. »

– Un borgne, dis-tu, avec un casse-tête ?

– Une canne tout comme celle-là, monsieur, dit le garçon en désignant celle que son interlocuteur portait à la ceinture.

Le soldat le toisa en lissant sa moustache.

– Je vois. Et que répondras-tu à cet extravagant, s'il t'interroge à nouveau tout à l'heure ?

Le garçon lui tendit les rênes de Mirabelle avant de cracher dans la paille.

– Que nous n'avons point de ces créatures par ici, nous autres, assura-t-il en secouant sa tignasse.

– Voilà qui est parler, dit le borgne. Tu as gagné ta pièce. Sais-tu ce qui se passe ici ?

Dehors, la foule avait encore grossi. Malgré le ciel d'orage et la touffeur, le village tout entier semblait saisi par la danse de Saint-Guy. Il en venait de partout, bourgeois, marchands, commères et paysans sans distinction, affluant en une procession improvisée, bruyante et joyeuse, qui convergeait vers le centre du village.

Le gamin ne répondit pas. Il avait déjà détalé, ses pièces dans la main, pour se mêler au mouvement.

« Ne traînons pas davantage ici », se dit le borgne. Tirant Mirabelle derrière lui, il se fraya résolument un chemin à contresens, ignorant les jurons, les coups de coude et les quolibets. Une fille lui tira même la langue – c'était leur petite servante de l'auberge, un fichu propre sur la tête.

Soudain, sentant qu'on l'agrippait, il se retourna, poing levé. Oost, un sourire hideux aux lèvres, lui soufflait son vin au visage.

– Je vous cherchais, capitaine. Où étiez-vous passé ? Venez ! Venez ! On va brûler une sorcière !

Chapitre quatorze

Il n'y avait eu ni interrogatoire ni plaidoirie d'avocat.

Le procès d'Olympe se déroula sur la place de l'église, au milieu des rires – quand il fut question du gardien d'oies – et des malédictions – quand on en vint à l'épisode du chat noir.

Personne ne prit l'initiative d'aller quérir un officier du roi, encore moins de solliciter un juge ou un évêque. C'est dans un concert de vociférations joyeuses qu'Olympe fut condamnée, sans avoir le droit de prendre la parole pour sa défense.

Les faits parlaient d'eux-mêmes.

Selon les dires de Gaétan Despuech (tout le monde connaissait ce vaurien pas très futé qui vivait avec ses parents dans une masure près du calvaire), la donzelle était une vouivre, unie par un pacte avec le diable incarné en serpent. Elle l'avait dépouillé de ses vêtements par haute sorcellerie et avait voulu le forcer à commettre l'acte charnel. Voyant qu'il repoussait ses avances sous la sainte protection du signe de croix, elle avait jeté sur lui la foudre et le tonnerre. Mais comme elle ne pouvait venir à bout ni de sa résistance ni de son courage – là, il eut du mal à les empêcher de rire –, elle avait dû le clouer au sol par magie, en traçant autour de lui, avec des mèches de ses cheveux, un cercle diabolique.

Après quoi, elle avait revêtu son apparence et pris ses habits.

– Prendre les habits au Gaétan, faut déjà le vouloir, lança une femme en se pinçant le nez.

– On ferait peut-être mieux de la noyer avec ! Pour une fois, il aurait des vêtements propres !

Ces moqueries dissuadèrent le Gaétan en question de mentionner la robe d'Olympe jetée sur son corps nu. Sa réputation de bagarreur n'y aurait pas survécu. D'ailleurs, il l'avait gardée dans l'espoir d'en revendre l'étoffe aux prochaines foires. On en ferait de beaux rubans.

On fit aussi témoigner le petit garçon qui avait vu cette fille nourrir son âme damnée, le serpent, en lui donnant à dévorer les œufs d'une brave poule du village. Le pauvre enfant était encore bouleversé de cette vision infernale. Il tenait toujours la poule entre ses bras et la caressait en pleurant.

Enfin, on en vint à l'apparition de ce chat noir doté d'une voix surnaturelle et montrant une effronterie sans pareille. C'est cette bête vouée au diable que la sorcière avait appelée à son secours, mais le Malin avait préféré l'abandonner à son sort.

– Mais le pire, cracha une vieille paysanne très en colère, c'est que cette vilaine garce a fait tourner le lait de ma vache !

Ce dernier forfait, bien que moins spectaculaire, fut élevé à la hauteur des autres crimes. En conclusion, il fallait détruire le corps et l'âme de cette maudite sorcière par le seul supplice permettant d'en éradiquer le poison : le feu.

Dressé sur la place de l'église, le bûcher était prêt. Le tas de fagots avait l'aspect bon enfant d'une grosse meule de foin.

*

Foulques désespérait de retrouver la petite marquise.

Au village, personne n'avait vu la jeune femme arrogante et vêtue de soie qu'il décrivait. Il avait beau récapituler la succession d'événements conduisant à cet échec, il ne comprenait pas pourquoi elle s'entêtait à le fuir. Ce que sa famille lui offrait au sortir du couvent, c'était un mariage avec le plus beau parti de la province.

Et pour la première fois, il s'inquiétait vraiment.

« Ce vieux soldat borgne. Avec son œil de loup… Dieu sait ce qu'il lui a fait… dans quel endroit de la forêt, au fond de quelle caverne il l'a emportée… On retrouvera son corps noyé dans le torrent, ou fracassé contre les rochers. Mon père ne me le pardonnera jamais. Et moi non plus… »

Dans la salle du bas, les frères Mildiou buvaient chope sur chope. Ces deux imbéciles ne lui servaient à rien. En plus, il fallait les surveiller comme le lait sur le feu. Ils étaient de cette sorte d'assassin qui sort le couteau pour un regard de travers.

Repoussant son assiette avec humeur, il sortit de sa chambre et dévala l'escalier.

L'auberge, si bruyante tout à l'heure, était presque vide. Vaisselle sale sur les tables, tabourets renversés, on aurait dit un navire abandonné avant le naufrage.

Les deux frères, rencognés dans un coin sombre, se levèrent à son entrée.

– Eh bien, vous deux, qu'attendez-vous ? cingla-t-il. Nous partons.

– Nous partons ? Maintenant ?

– Elle n'est pas ici. Quelqu'un l'aurait vue. Elle a dû avoir un accident. Elle est peut-être au fond d'un ravin avec une jambe cassée. Il faut battre les berges de la rivière en aval et en amont du pont d'Arupt. Je veux en avoir le cœur net.

– L'Azeille est en crue, ça sert à rien, fit remarquer Ulysse.

– Ouais, ça peut attendre. Surtout si c'est pour aller repêcher une noyée. Le bûcher d'abord, gronda Hercule d'un ton sans appel.

– Le bûcher ? Quel bûcher ?

– Vous êtes pas au courant ? Paraît qu'y z'ont pris une sorcière, expliqua Ulysse d'une voix gourmande. Pas question de rater le spectacle !

*

Ralenti par la foule, le capitaine Décembre suivait la tête blonde de Oost qui dansait au-dessus des autres comme un bouchon.

Tout ce que comptait le village affluait maintenant vers l'église, grossi du flot des marchands et des clients de la foire. Les mouvements de foule rendaient la jument nerveuse. Le borgne ne supportait pas mieux qu'elle cette lourde atmosphère de kermesse. Il l'enfourcha, bouscula du poitrail quelques badauds pour rejoindre Oost.

Ce dernier semblait avoir reçu un coup sur la tête. Pâle, les yeux embués, il bégayait.

– Cé-c'est elle, capi-taine. Là-bas, c'est elle.

Décembre se dressa tout debout sur les étriers. De son œil unique, il essaya de distinguer la victime traînée entre les rangs compacts de ses bourreaux.

Cette frêle silhouette aux cheveux drus et courts ne ressemblait pas à la petite marquise. Elle trébuchait, le corps tendu par la corde qu'on lui avait passée autour du cou. Ils avaient trouvé ce moyen pour la traîner sans la toucher, mais chacun voulait avoir sa part du jeu cruel consistant à imprimer une secousse à son collier d'étranglement. Outre les crachats et les injures, elle recevait quantité de débris de toutes sortes, ordures et fruits pourris. Rien, en tout cas, qui lui fît baisser la tête ou courber le dos.

Malgré les hardes de garçon qu'elle portait, c'est à ce trait que le borgne la reconnut. Il se pencha vers Oost et lui dit d'une voix blanche :

– Prends ce pistolet. Tu vois cette rue, là-bas, entre l'église et le cimetière ? On s'y retrouve tout à l'heure. Ne tire que si tu en as besoin.

– Qu'allez-vous faire ?

– Certainement pas laisser cette bande de charognards s'amuser à faire rôtir une pauvre gamine. Fonce, le temps presse.

En effet, on attachait déjà la pauvre fille au poteau de justice.

Quand elle fut solidement ligotée, quelqu'un jeta une torche enflammée sur l'énorme tas de fagots. Mais le bois était trop vert, humide des dernières pluies. Au lieu de la flambée attendue, il en sortit une épaisse fumée qui repoussa le cercle des spectateurs. Le vent rabattait cet âcre brouillard qui emplissait les narines et piquait les yeux.

Décembre jura en brandissant sa lourde canne plombée et l'abattit sur les premiers crânes à sa portée, créant un début de panique. Il enfonça le poitrail de sa monture dans cette foule dont le flot venait à lui comme une rivière prise à contre-courant, forçant le passage à coups de bottes et de canne.

Soudain, il aperçut le petit comte, son mouchoir pressé contre le nez, encadré par les frères Mildiou qui jouaient des coudes pour se rapprocher du bûcher.

Il planta de toutes ses forces les talons dans les flancs de sa jument. Elle se cabra, frappant à coups de sabots assez de poitrines et d'épaules pour avancer de quelques mètres supplémentaires.

Oost, pris dans les remous, refluait vers lui.

– Capitaine ! Capitaine !

Le borgne lui tendit la main.

– Monte. Vite !

– Monter, mais co-comment ?

– Comme ça, bougre d'âne !

D'un coup de reins, le borgne hissa le jeune homme en croupe et redonna des talons : la jument bondit en avant. Cette

espèce de centaure à deux têtes qu'ils formaient avec l'animal avançait à l'aveugle, en toussant et jurant, avec des moulinets à décapiter une armée.

La bousculade attira l'attention de Foulques. Reconnaissant soudain le vieux soldat, il pointa vers lui son pistolet et tira. La détonation roula, amplifiée par les façades regroupées autour de l'église. Des cris d'angoisse lui succédèrent, modifiant de nouveau la houle des corps malmenés. Le coup avait manqué sa cible mais ajouté à la confusion générale.

– Là ! dit le jeune comte en armant un deuxième pistolet pour le confier au plus proche des frères Mildiou. Tire !

Ulysse ajusta le vieux cavalier. Au moment où il pressait la détente, une bousculade dévia son coup. La balle passa entre les deux cavaliers, mais frappa l'épaule de Oost qui hurla de douleur.

– Où sont-ils ? demanda Décembre en tirant sur les rênes.

– Droit devant, capitaine.

– Bon Dieu, sers-toi du pistolet ! Moi, je n'y vois plus rien.

Oost brandit son arme vers les trois hommes et tira au jugé. Hercule s'écroula, mortellement blessé. Ce troisième coup de feu précipita une nouvelle vague de panique.

– T'en as eu un.

– Je crois, capitaine.

– Bien, petit. Accroche-toi. Cette fois, on fonce dans le tas. Pas de quartier !

Ce fut sans doute la charge la plus glorieuse de toute la carrière du capitaine Décembre. Sa jument Mirabelle, les naseaux dilatés, les yeux exorbités, tournoyait sur elle-même en décochant de terribles ruades. Impossible de l'éviter. Ceux qui tardaient à déguerpir tombaient comme des quilles, fauchés à coups de sabots ferrés. Les autres, le vieux capitaine les sabrait impitoyablement de sa redoutable canne, indifférent à leurs hurlements de terreur.

À leur approche, les derniers rangs s'éclaircirent. La mise à mort de la sorcière n'intéressait plus personne, le parvis de l'église se dépeuplait dans une débandade chaotique, un sauve-qui-peut général. En témoignaient les quelques bonnets et chapeaux dispersés sur l'esplanade, piétinés par les derniers fuyards.

Décembre cabra la jument et bondit dans la fumée du bûcher. Affalée dans les tourbillons et à demi asphyxiée, la petite marquise ressemblait à une poupée de chiffon.

Une manche en travers du visage pour se protéger, il trancha ses liens et la chargea sur son épaule.

– Oost, ordonna-t-il en la jetant en travers de la selle, on fait comme on a dit. Tu prends la rue que je t'ai indiquée et tu disparais. Ne te retourne pas, ne t'arrête pas. Je vous rejoindrai.

Oost piqua des talons. À peine la jument s'était-elle écartée que le bûcher s'embrasa d'un coup, incendiant le poteau où Olympe se tenait l'instant d'avant.

En poussant un juron, Décembre sauta du tas de bois et, profitant du tumulte, s'engagea sous une rangée d'arcades qui couraient sur tout un côté de la place. De là, il parvint assez facilement à la forge. Le cheval de Foulques, sellé, attendait son maître. Il s'en empara et s'élança au galop au moment précis où le jeune comte y arrivait, flanqué d'Ulysse, traînant son frère à l'agonie.

– À se revoir, Foulquinet ! lança le borgne en les bousculant au passage.

Puis, piquant des deux, il franchit la place, dispersant les derniers badauds affolés, renversant les paniers d'une marchande de volailles, avant de s'engouffrer dans la petite rue du cimetière qui se perdait dans les champs.

Chapitre quinze

Un sale brouillard, mêlé aux âcres relents du bûcher, noyait la place de l'église. On y entendait des sanglots et des plaintes. Des appels isolés, aussi, comme après les batailles ou les tempêtes. Une femme épongeait le sang à son front d'un coin de robe ; un homme râlait, plié en deux ; un autre, le cul par terre, considérait l'angle bizarre formé par son avant-bras brisé. Des grappes de badauds erraient, encore étourdis de la charge de ce cavalier de l'Apocalypse, véritable monstre à deux têtes. S'il fallait une nouvelle preuve de la sorcellerie de la créature qu'on avait brûlée, on pouvait la trouver dans cette apparition d'un démon borgne et d'un vaurien maigre montés sur une haridelle lancée à plein galop et culbutant tout sur leur passage.

Les cloches de l'église se mirent à sonner, rameutant les ombres éparses sur le parvis. La grisaille pesait sur ces âmes apeurées, comme si le ciel lui-même voulait les punir d'avoir outrepassé le droit de justice.

Foulques se fraya un chemin dans la foule, Ulysse sur les talons. Il s'arrêta devant le tas de bois à demi calciné, se demandant si c'était bien Olympe qu'on y avait voulu brûler vive. Quel rapport y avait-il entre le pantin en loques qu'il avait aperçu et l'héritière du sire de Roquedor, si fière de son lignage et de son titre de marquise, la blanche Olympe à la nuque si délicate, au port de reine, sa promise, sa fiancée ? Olympe de Roquedor, qui se montrait toujours si hautaine avec lui, et qu'il admirait sans parvenir à s'en faire aimer…

En quête de témoignages, il distribua une poignée de petite monnaie à la ronde. Les réponses fusèrent, toutes plus invraisemblables les unes que les autres.

– Je l'ai vue dans la grange ! Elle a voulu s'enfuir par le toit !

– S'envoler, tu veux dire.

– Cette garce donnait le sein à un serpent.

– Un véritable monstre, couvert d'écailles.

– Ses yeux lancent des éclairs.

– Son haleine empeste le poison.

– Le bûcher n'a même pas voulu d'elle ! Y avait de la fumée comme si toute une forêt brûlait, mais point de flammes !

Certains prétendaient que la suppliciée avait soudain disparu avec un craquement horrible, dans une odeur de soufre et un tourbillon de nuées méphitiques. D'autres juraient qu'une espèce de cyclope l'avait délivrée en bondissant comme un chat dans les flammes, avant de s'enfuir avec une célérité merveilleuse.

Et tous revenaient sur les étranges lueurs de l'orage sec qui avait précédé l'exécution. Oui, tout cela n'avait rien de naturel…

Un chuintement s'éleva du bûcher encore fumant. Rongé par les braises, le poteau noirci s'inclinait, bizarre et solitaire. Il finit par s'écrouler en soulevant un nuage de cendres.

Se dégageant de la forêt de mains tendues, Foulques donna le signal du départ. Les deux hommes traversèrent la place en diagonale.

– C'était elle, j'en suis sûr, cracha Ulysse. Sale petite peste. Avec le borgne.

– Tu n'en sais rien. Et ne parle pas comme ça de la marquise, répliqua sèchement Foulques.

Si c'était bien Olympe, alors, il ne concevait pas comment la jeune fille, à peine sortie du couvent, pouvait s'être attiré autant de haine en si peu de temps, au point de se faire condamner au plus atroce des supplices. Encore moins comment elle avait réussi à se gagner les bonnes grâces du vieux soldat, aidé de ce grand échalas venu d'on ne sait où.

Tous trois avaient littéralement disparu à la faveur de la pluie et de l'obscurité.

Il avait l'impression de poursuivre des fantômes.

– Tu sais d'où il vient, toi, ce blond ? demanda-t-il, penché sur l'encolure de son cheval pour deviner le chemin.

– Ce bâtard a tué Hercule, répondit dans son dos la voix pleine de colère du bandit. Peu importe d'où il vient, je vais l'envoyer danser en enfer.

– Fais-en ce que tu veux, du moment que tu nous débarrasses d'abord du borgne. Et n'oublie pas : tu ne touches pas à la marquise.

Dégoûté, Ulysse renifla bruyamment.

– On n'y voit pas à deux pas. Vous êtes sûr qu'on doit continuer par là ?

– Ils ont pris cette route.

Ils allaient au pas, le dos courbé, entourés de la rumeur de la pluie dégouttant des branches et du clapotis des sabots dans les flaques. Une vapeur tiède montait du poil mouillé des chevaux.

Foulques frissonna.

Le brouillard et la compagnie d'Ulysse le décourageaient. Comme son père, le jeune comte adorait la chasse, l'ivresse du galop, les cris des chasseurs, leurs sonneries de trompe et leurs appels, et les aboiements des chiens relancés de taillis en taillis.

Rien à voir avec la poursuite qu'il menait depuis deux jours, et dont la violence, qui se déguisait sous la douceur des liens du mariage, manquait singulièrement de panache.

Lente, impuissante et triste, cette traque avait un goût amer, parce que la proie, décidément, ne jouait pas le jeu.

La proie trichait et se dérobait.

La proie changeait d'allure et d'aspect.

Elle sautait dans les rochers et le prenait de haut.

Elle avait un nom de bataille, un nom qui claquait au vent, et que la pluie et la nuit recouvraient de mystère :

Olympe de Roquedor.

Elle ne l'aimait pas.

Foulques serra les dents. Si, par malheur, elle avait été reconnue par quelqu'un du village, c'en était fini de leur honneur et de leur mariage. Elle ferait porter le poids de sa déchéance sur tous ses descendants, et la honte d'avoir été condamnée à une peine ignominieuse la suivrait jusqu'à sa mort. Il fallait la retrouver au plus vite, l'éloigner de cette populace, effacer les traces de son passage. Heureusement, il était peu probable que les gens aient pu faire le rapprochement entre la belle Olympe de Roquedor et cette pouilleuse accusée de sorcellerie, accoutrée en garçon, les cheveux hérissés en épis. Lui-même avait du mal à se convaincre qu'il s'agissait bien de la même personne. Il grinça des dents. Si la petite marquise sortait indemne de cette histoire, quelqu'un devrait la faire revenir aux usages dus à son rang, lui rappeler ses devoirs, lui enseigner les bonnes manières. Qui d'autre que son mari ? Il allait falloir la dresser, et sévèrement. D'une main ferme, il tira sur le mors de sa monture, lui tordant cruellement la bouche. Le cheval fit un brusque écart et entra jusqu'au poitrail dans les fourrés.

– Oh là ! monsieur le comte, dit Ulysse en rattrapant la bride, vous quittez le chemin.

Foulques serra les talons et replaça son chapeau secoué par l'embardée. Le sourire servile du bandit lui inspirait un vague dégoût. Cette brute avait le vice inscrit sur la face, davantage encore que son défunt frère, affligé d'une immense bêtise. À coup sûr, il éliminerait le borgne et son complice. Mais la récompense promise serait-elle suffisante pour l'empêcher d'aller plus loin ? Les frères Mildiou avaient plusieurs fois fait allusion, sans grande finesse, aux charmes d'Olympe…

Et tout là-bas, dans son château, l'attendait son propre père, le redoutable comte Enguerrand Louis Robert de Saint-Mesme, impatient, colérique, pour qui ce mariage avait tant d'importance. Jamais il ne pourrait supporter l'infamie d'une mésalliance. Comment lui cacher la conduite d'Olympe ? Et si Ulysse s'avisait, simplement pour le plaisir de nuire, de tout lui révéler ?

Machinalement, Foulques vérifia la présence de son pistolet. Tôt ou tard, il aurait à s'en servir.

– Vous distribuez facilement votre argent, remarqua Ulysse, après un moment. Un peu plus, et ces gueux vous mangeaient tout cru. Pas très prudent…

– Je fais ce que je veux de ma bourse. Tu seras payé comme promis, ne t'inquiète pas.

– Notre marché tenait pour le borgne. Mais le blond n'était pas prévu.

– C'est juste. Je double la mise.

– Et pour mon frère ?

– Ton frère est mort.

– Ça ne change rien au travail. Sa part me revient.

Foulques donna son accord d'un hochement de tête, et continua d'avancer, engoncé dans son manteau. La pluie redoubla de violence. Un éclair fit cabrer leurs chevaux. Il leva vers le ciel un regard furieux.

– Cet orage ne finira donc jamais !

– On ne peut pas continuer, monsieur le comte, répliqua dans son dos Ulysse. La nuit va tomber. Ce n'est pas en se perdant qu'on va retrouver votre marquise.

Foulques s'arrêta. Le tonnerre martelait le ciel, les chevaux roulaient des yeux affolés et faisaient de brusques écarts, ils menaçaient à tout moment de s'emballer.

– Tu as raison, il faut retourner à l'auberge.

Chapitre seize

Oost avait pris de l'avance bien malgré lui. Sans qu'il pût rien y faire, Mirabelle s'était mise au trot et il n'avait pas assez de ses grands bras pour se cramponner au pommeau et retenir en même temps le corps inanimé couché en travers de la selle.

– C'est bien ma chance, gémit le garçon dont le trot faisait claquer les mâchoires. Me voilà avec une sorcière sur les bras et le pays aux trousses ! Je finirai brûlé si cette carne ne m'a pas désossé avant !

Au sortir du village, la ruelle plongeait vers un champ pentu planté de mauvaises croix et de pierres de guingois. C'était le cimetière. Au geste qu'il fit pour se signer, il manqua de perdre l'équilibre et c'est miracle si, se rattrapant à un bout de crinière, il ne finit pas cul par-dessus tête.

Il avait encore dans l'oreille les hurlements de la foule, dans les narines l'âcre odeur de la fumée. Il lui semblait entendre un tumulte dans son dos, tout proche, qui le rattrapait, mais ce n'était que le bruit des sabots de Mirabelle ricochant entre les murets de pierre sèche. La route s'était transformée en chemin creux, les dissimulant à la vue. Il attendit pourtant d'avoir fait une demi-lieue avant de trouver le courage de jeter un regard en arrière.

Nul ne les poursuivait, par chance. Mais ce qu'il découvrit fut loin de le rassurer. Ségur d'Azeille avait disparu, comme avalé par un ciel d'encre.

– Je vous l'avais bien dit, lança-t-il comme si le borgne avait pu l'entendre. Le ciel jaune tout à l'heure, maintenant, cette nuit en plein après-midi ! Votre petite sorcière nous conduit au trépas.

Un gémissement lui répondit. La pauvre enfant était ballottée comme un pantin par le trot rapide de Mirabelle. L'air s'était fait glacial soudain, d'une fraîcheur de crépuscule, sillonné d'hirondelles qui rasaient les champs avec un sifflement de faux.

Résistant à la panique, s'arc-boutant aux rênes qu'il avait pu attraper on ne sait comment, il parvint à remettre leur monture au pas. La sorcière, toujours inconsciente, geignait par instants. Et le borgne qui n'arrivait pas…

Qu'avait-il dit ? « Ne te retourne pas, ne t'arrête pas. Je vous rejoindrai. » Facile à dire. L'orage grondait autour d'eux. Ils étaient déjà à bonne distance du village, il fallait trouver un abri au plus vite, un trou où s'enfoncer avant que le ciel ne croule sur leur tête.

Parvenue à une fourche, Mirabelle sembla hésiter. Lui martelant le flanc du talon, Oost l'obligea à quitter la route. Une piste sinuait dans un sous-bois épais, ils s'y enfoncèrent. Les frondaisons étaient si basses qu'il devait se coucher sur l'encolure, les épaules cinglées par les branches crochues qui se refermaient sur eux.

Oost, depuis qu'il était en cavale, avait développé cet instinct de bête. Ils dénicheraient par là une tanière où se cacher, il le savait. Après ? Il préférait ne pas y penser pour l'instant. Ni imaginer ce que la foule avait fait du borgne s'il était tombé entre ses mains.

N'être pas cavalier a du bon quelquefois. Livrée à elle-même, c'est Mirabelle qui fit l'essentiel de la besogne. La sente n'existait plus depuis longtemps quand elle dégota un ruisseau, large d'un bras à peine, qui serpentait dans un lit de cresson.

Tandis qu'elle s'y désaltérait, Oost se laissa glisser à terre. D'avoir été tant secouée, sa carcasse le portait à peine. Tombant à genoux, il plongea avec délices la tête dans l'eau, buvant avidement comme s'il avait encore la bouche pleine de cendres.

Puis, la traînant plus qu'il ne la portait, il allongea la jeune fille sur la mousse. Ses cheveux taillés à la diable étaient poissés de sang, sa face maculée et terreuse. Les yeux clos, abandonnée sans résistance, elle n'avait plus rien de l'apparition qui l'avait terrifié quelques jours plus tôt. Sous la chevelure saccagée se dévoilaient des traits délicats, aux pommettes hautes, aux paupières bombées, frangées de cils qui frémissaient par instants comme des ailes d'oiseau-mouche.

« Les sorcières, engeance maléfique, ont donc parfois l'apparence innocente d'une demoiselle endormie ? » se dit-il, saisi d'une pitié inattendue devant le corps sans connaissance de celle qui l'avait menacé de son serpent.

Tant que la fille n'avait pas repris ses esprits, il ne risquait rien d'elle.

Il déchira un bout de manche et, avec mille précautions, entreprit de lui baigner le visage. Elle avait une entaille au crâne, et la fraîcheur de l'eau lui tira un gémissement sans l'éveiller pour autant. Sa peau était blanche, d'un bleu très pâle de porcelaine à l'endroit des tempes.

Parvenu au cou, Oost s'arrêta. Sous la chemise rapiécée de petit paysan, se devinaient des formes moelleuses qui n'étaient plus d'une enfant.

« Peste Dieu, se dit-il en rougissant jusqu'aux oreilles. Ma mère, ma pauvre mère, que ne m'avez-vous prévenu davantage contre la séduction des diablesses ? »

La pudeur l'empêcha d'en faire davantage, ainsi que Mirabelle, qui se goinfrait plus loin et le surveillait d'un œil.

Délicatement, il fit jouer les poignets inertes de la fille, ses minces chevilles. Intactes, par bonheur. Une veine qui palpitait doucement dans le V de son cou acheva de le rassurer. Elle était solide. Elle survivrait à son supplice.

Il y avait, non loin de là, une étable adossée à un pommier. Elle était assez grande pour les loger avec la jument.

C'est là qu'ils passèrent la nuit, elle couverte du grand manteau du borgne, Oost accroupi à côté d'elle tandis que la pluie tambourinait sur le toit de feuilles.

Chaque éclair, chaque coup de tonnerre le faisait sursauter. Il semblait qu'on tirait le canon quelque part, à travers le déluge, de brefs tremblements de lumière illuminant toute la cabane à chaque trait de foudre.

Oost ne craignait ni la nuit ni la solitude. Cela faisait des semaines qu'il vivait dans les bois, pillant les collets, se nourrissant de baies, de fruits glanés dans les vergers et d'œufs volés aux poulaillers. Souvent, on l'avait pris en chasse, paysans ou chiens de ferme. Il en avait toujours réchappé, dormant à la belle étoile quand le temps était sec, ou dans l'abri d'une grange qu'il quittait dès l'aube, le cœur léger et les poches vides.

Cette fois, pourtant, il avait peur. Il semblait que le ciel s'acharnait au-dessus de sa tête, troué d'éclairs et de fracas comme si les esprits des ténèbres avaient voulu rendre vie au corps roulé en boule à son côté, l'appelant à eux de toutes leurs forces déchaînées.

Chaque fois que ses yeux se fermaient, il revoyait le bûcher, les fourches. Un sursaut l'éveillait, le cœur cognant dans la poitrine, et il n'avait qu'une idée : fuir. L'abandonner. Rompre le sortilège qui les avait rapprochés. Se fondre comme un voleur dans la nuit et disparaître à tout jamais.

*

Il dut finir par sombrer dans le sommeil car, soudain, il sentit qu'on le serrait à la gorge.

Un poids énorme pesait sur sa poitrine. Il tenta de se redresser, repoussant l'assaillant qui le tenait au sol, quand une main de fer se plaqua sur sa bouche.

– Pas un mot, animal. Tu vas réveiller la petite.

Le souffle coupé, il se dressa sur son séant tandis que le borgne se laissait choir à son côté, ses os craquant avec un bruit de petit bois.

– C'est ainsi que tu veilles ?

– Vous êtes fou ! J'aurais pu vous tuer !

– J'aurais eu tout le loisir de te trancher la gorge avant.

Un coup de tonnerre ébranla la cahute, éclairant d'une lueur de soufre le visage coupé en deux du vieux capitaine.

– Mes ordres étaient clairs. Tu devais rester sur la route des Nèves.

– Trop risqué. Vous ne veniez pas. Mais comment…

– Je t'avais dit que je vous retrouverais.

– On ne vous a pas suivi ?

– Les villageois ? Après la danse que nous leur avons donnée, nous n'en entendrons plus parler de sitôt. Et la petite ?

– Sonnée. Elle n'a pas rouvert l'œil.

– Ta blessure ?

– Une simple écorchure, grimaça Oost en remuant l'épaule.

Tout au soin de sa protégée, il avait oublié la balle qui l'avait touché.

– Tu me montreras demain. Mirabelle ?

– C'est elle qui nous a menés là. Mais vous, comment…

– Un cheval que j'ai volé. Cela retardera d'autant le petit comte et ses sbires. Enfin, ce qu'il en reste : tu en as mouché un proprement.

– Mort ?

– On ne peut l'être davantage. Hercule, un nuisible. C'est lui qui a attaqué la berline. Ils cherchent la petite. Je te raconterai tout en détail. Son frère, Ulysse, va vouloir te faire la peau.

– Ah ! murmura Oost.

C'était la deuxième fois qu'il tuait un homme. La première, au corps à corps, il y allait de sa propre vie. Mais abattre un inconnu de sang-froid était tout autre chose. Le borgne avait deviné juste à l'auberge : il était maintenant un assassin patenté. À tout juste vingt ans.

– Son frère a manqué te faire sauter la cafetière, dit le borgne comme s'il avait lu dans ses pensées. C'est moi qu'il visait mais qu'importe. Il t'aurait étripé sans lever un sourcil.

Comme Oost se taisait :

– J'ai battu la campagne une partie de la nuit par ta faute. Va t'occuper de mon cheval, attache-le près de Mirabelle et rapporte-moi la selle.

– Il pleut à seaux. Pourquoi moi ?

– Je dors debout. Ça te changera les idées. Et je suis ton aîné. Cela fait trois raisons en tout.

Chapitre dix-sept

C'était l'aube quand Olympe s'éveilla.

Où était-elle ? On aurait dit un coin d'étable ou une cabane. Sur elle, un manteau pesait comme un animal mort. Elle s'en dégagea, tenta de se mettre sur ses jambes, mais la tête lui tournait si fort qu'elle se laissa retomber avec un gémissement sur la brassée de fougères qui lui servait de couche.

Tout son corps lui faisait mal et, avec la douleur, les souvenirs se ranimèrent violemment. Des images la submergeaient. La liesse cruelle de la foule, les quolibets, les coups tandis qu'on lui frayait un chemin vers le bûcher à travers une pluie d'insultes et de crachats… Une bouffée de terreur l'envahit, tordant son ventre et inondant ses joues d'un brusque flot de larmes.

Elle avait vraiment cru sa dernière heure arrivée. Comment en avait-elle réchappé ? Elle se rappelait le collier d'infamie, sa résistance désespérée tandis qu'on l'attachait au poteau… Rien après. Elle avait dû s'évanouir, de pure terreur et de faiblesse. Avait-elle eu seulement le temps de confier son âme à Dieu ?

Un bruit la fit se redresser. Une silhouette massive obscurcissait l'entrée de la cahute.

– Voilà notre oiseau réveillé, dit une voix.

Une seconde silhouette se profila derrière la première.

Olympe se rejeta dans l'ombre, remontant sur elle le manteau de cuir comme un bouclier dérisoire. Les deux hommes barraient la sortie. Impossible de fuir, quand bien même elle en aurait eu la force.

Le premier laissa tomber à terre la brassée de branchages qu'il portait. Olympe crut défaillir en le reconnaissant : c'était le soldat borgne qui la traquait dans la forêt.

L'autre s'était coulé à son tour dans la cabane. Elle reconnut le galérien au dos labouré dont elle avait éparpillé les effets dans la rivière et volé le sac.

– Tout doux, fit le borgne qui avait surpris son sursaut apeuré. N'ayez crainte, mademoiselle, nous ne vous voulons aucun mal.

– Qui êtes-vous ? siffla Olympe. N'approchez pas, sinon…

Le borgne ôta son chapeau.

– Capitaine Décembre, pour vous servir. Celui-là s'appelle Oost, un brave garçon, quoiqu'à moitié batave. J'en réponds comme de moi-même.

Oost s'accroupit à distance respectueuse. Il mangeait une pomme trouvée dans l'herbe, dont il tendit une moitié à Olympe.

La jeune fille hésita, mais la faim finit par l'emporter sur la défiance.

– Bien, dit le borgne. La vie va vous revenir en mangeant.

La pomme était un peu dure et acide, mais Olympe n'en fit qu'une bouchée, évaluant ses chances de fuite sans quitter des yeux les deux hommes.

– Attendez au moins d'avoir repris des forces, suggéra le soldat comme s'il lisait dans ses pensées.

– J'ignore ce que je fais ici. Laissez-moi sortir.

– Faible comme vous êtes, vous n'iriez pas bien loin.

– Je vous préviens, on me cherche, prétendit-elle. Mon parent, le comte de Saint-Mesme…

– Foulques, opina le borgne en allumant sa bouffarde. Le petit comte en habit bleu.

– Vous le connaissez donc ?

– Un peu. Il m'a offert une récompense pour votre capture.

– Une récompense ?

– L'histoire est longue, jeune demoiselle. Avant que je ne vous la raconte, nous direz-vous, s'il vous plaît, à qui nous avons l'honneur ?

– Le comte ne vous l'a pas dit ? s'étonna-t-elle.

– Monseigneur ne m'a pas fait cette grâce.

– Je suis la marquise de Roquedor, monsieur. Olympe de Roquedor.

Ce nom illustre aurait impressionné un vulgaire malandrin. Mais ce capitaine Décembre n'avait pas l'air de ce bois-là.

– Mes hommages, marquise, dit-il en s'inclinant. Vous sentez-vous un peu mieux ?

– Je crois.

Il s'assit en tailleur avec un soupir.

– Alors, laissez-moi vous conter mon versant de l'histoire. Vous me donnerez le vôtre ensuite.

– Faites, monsieur. Mais je n'ai pas pour habitude de me confier à des étrangers.

– Étrangers, étrangers… Le ca-apitaine vous a quand même sortie des fla-ammes, fit remarquer Oost.

– Comment, monsieur ? C'est donc vous qui m'avez sauvée ?

– Lui-même en personne, opina Oost avec fierté.

Olympe resta un instant sans voix.

– Je vous demande pardon. Je ne me souviens de rien… Mais comment… Vous ne connaissiez pas mon nom, à l'instant. Vous avez donc risqué votre vie pour une inconnue ?

Le borgne étala ses jambes avec un soupir.

– Je n'aime pas qu'on fasse fête de rôtir vivante une créature de Dieu, voilà toute mon excuse. Mais il faudra me dire à votre tour ce que vous faites en garçonne et pourquoi on a voulu vous brûler.

– À cause du serpent, s'écria Oost. La sale bête !

– On m'a vue la nourrir, dit Olympe, les larmes aux yeux. J'avais volé des œufs aussi, estourbi quelqu'un… Ils ont cru… Ma pauvre Couleuvrine a fini au bout d'une fourche.

Cette perte l'affligeait tant que le garçon n'eut pas le cœur de s'en réjouir. Il risqua :

– Et mon sac ?

– Je suis désolé, monsieur Oost. Ils l'ont pris aussi.

– Chiens de vo-voleurs ! pesta-t-il, avant de devenir écarlate. Je ne dis pas ça-a pour vous, marquise, hein ?

*

Le borgne, en quelques mots, instruisit Olympe de ce qu'elle ignorait : l'attaque de la berline par les frères Mildiou, le rôle qu'il avait joué dans l'affaire, la récompense promise par Foulques s'il ramenait la fuyarde saine et sauve.

Devait-elle le croire ? Olympe avait trop payé de sa personne pour faire confiance aveuglément. Mais son parler raboteux et ses manières rustiques semblaient droits et sans malice.

– Et que comptez-vous faire, monsieur, maintenant que je suis entre vos mains ?

– Attendre que le brouillard se dissipe. La vindicte de la populace ne désarmera pas de sitôt, mais cette brume nous donne quelque répit.

– Et ensuite ?

– Vous mettre en sécurité, mademoiselle. Là où l'on vous reconnaîtra pour ce que vous êtes malgré votre accoutrement de vilain. Vous avez la peau trop blanche pour qu'on y croie, et pour vous le dire tout net, il ne vous sied guère. Je vous aimais bien mieux en marquise qu'en paysan.

– N'ajoutez pas à ma honte, monsieur, grommela Olympe en ébouriffant rageusement sa tignasse. Je suis à faire peur.

– Que nenni ! s'insurgea Oost.

Cet accès de coquetterie inattendu fit sourire le borgne.

– Le dégât est bénin, rassurez-vous. Rien qu'un peu de poudre et une perruque ne puissent rattraper. Mais sérieusement, marquise, c'est pour échapper à votre parent que vous en êtes venue à cette extrémité ?

Olympe baissa la tête. Le capitaine, avec son œil borgne, eût effrayé plus courageuse qu'elle. Pouvait-elle lui faire confiance ?

– J'ai menti, avoua-t-elle après un silence. M. de Saint-Mesme n'est pas mon parent, du moins pas encore.

– C'est qu'il veut le devenir alors. Votre fiancé ?

Olympe se renfrogna sans répondre.

– Je vous ai dit ma part, marquise. J'ai besoin de la vôtre pour pouvoir vous aider.

– M'aider, monsieur ? Quel sera votre intérêt ?

– Aucun. Je déteste ne pas finir une tâche que j'ai commencée, voilà tout, répondit le borgne en haussant les épaules. Quel âge avez-vous, jeune demoiselle ? Seize ans ?

– Bientôt dix-sept. Mais brisons là. Ma reconnaissance ne va pas jusqu'à tolérer un interrogatoire de basse police.

– Votre père ?

– Je l'ai perdu, ainsi que ma mère.

– Des frères, un oncle, quelque proche à qui…

Olympe l'interrompit avec humeur.

– Cessez, vous dis-je. Vous n'apprendrez rien de plus.

– Une jeune fille de votre condition ne vit pas comme un oiseau sur la branche. Il n'y a donc personne ?

Olympe soupira.

– Si. Un tuteur…

– Ah ! Voilà un commencement.

– Croyez-vous ! C'est lui au contraire qui veut me marier. Il m'a fait tirer du couvent pour ça.

– Fâcheux, dit le borgne en se grattant le menton. Son nom ?

– Enguerrand de Saint-Mesme.

– Le père de…

– Lui-même.

Le capitaine médita un instant ces informations.

– Vous savez tout, maugréa Olympe, fâchée de s'être laissé si facilement tirer les vers du nez. Il ne vous reste qu'à fixer le montant de votre rançon.

Le borgne tourna vers elle un œil courroucé.

– Encore ? Savez-vous que vous allez me fâcher avec vos impertinences, marquise ?

Olympe soutint un instant son regard avant de baisser les yeux.

– Je vous demande pardon. Je suis une ingrate. J'oublie que vous m'avez sauvé la vie.

Le borgne leva sa main gantée.

– Écoutez-moi. Votre prétendu fiancé m'avait promis une bourse bien remplie, c'est vrai, mais le marché ne tient plus depuis notre rencontre d'hier, à Ségur.

– Comment ? Foulques aussi était là ?

Le borgne hocha la tête.

– Je ne sais s'il vous a reconnue, ni s'il aurait été de taille à vous tirer de ce mauvais pas. Un de ses sbires a tenté de m'assassiner avant. Ulysse Mildiou, l'un des deux frères qui ont attaqué votre berline. Ce cher Foulques semble s'être acoquiné avec ces deux gredins pour vous donner la chasse.

Olympe ne put cacher son étonnement.

– Je ne comprends pas. Son père ne manque ni de gens ni de ressources. Pourquoi faire appel à des bandits de grand chemin ?

– Il n'en reste qu'un seul, la rassura le capitaine. Notre

brave Oost nous a débarrassés d'un de ces teigneux... Vous sentez-vous la force de vous lever, mademoiselle ?

– Je crois, fit Olympe que ces révélations étourdissaient.

– Il y a un petit ruisseau devant, vous pourrez vous y débarbouiller pendant que nous faisons du feu.

– Du feu ?

– Vous claquez des dents.

– Je crois que je préfère encore mourir de froid.

Elle se leva, vacillant sur ses jambes, le corps si endolori qu'elle se mordait la lèvre pour ne pas crier.

– Bien, dit le borgne. Ne vous éloignez pas trop, hein ?

*

Quand elle fut hors de vue :

– Ne crains rien, ami Oost, elle ne s'enfuira pas, assura Décembre.

– C'est qu'elle revienne que je crains, chuchota le garçon, non sans s'être assuré qu'elle ne pouvait entendre. Vous nous avez mis dans de beaux draps en vous piquant de sauver cette donzelle. Si l'on nous trouve avec elle, c'est au bûcher que nous finirons, nous aussi !

– Peut-être, grommela son compagnon. Mais que veux-tu, elle me touche, moi, malgré ses airs de princesse. Tu feras bien ce qu'il te plaira. Mais une promesse d'abord : ne pars pas sans m'avoir fini ton histoire, d'accord ? Tu as piqué ma curiosité au vif.

– À quoi bon partir ? On nous a vus ensemble. Nous voilà dans le même sac, désormais.

– C'est ce qu'il me semblait, acquiesça le borgne. Tiens, prends mon pistolet. Tu as montré que tu sais t'en servir.

– C'est un autre talent que j'ai, c'est vrai, se rengorgea le garçon.

– Tu grimaces ?

– Mon épaule… Elle me fait un mal de chien.

La douleur, lancinante, s'était ravivée à l'évocation de la fusillade. La balle d'Ulysse avait manqué l'os, mais laissé dans le muscle de l'épaule une estafilade de la largeur d'un index.

– J'ai du fil dans mon barda, une aiguille. Laisse-moi te la recoudre.

– Non, merci !

– Ou la cautériser au fer rouge, si tu préfères.

– Sans façon !

– Oost, soupira Décembre, tu es un douillet.

Un moment, ils restèrent accroupis en silence, à se chauffer les mains au feu qui venait de prendre.

– Chut ! N'entends-tu rien ?

– Non.

– Ce doit être elle, au ruisseau.

– Voulez-vous que je m'en assure ?

– Jamais. Elle t'a vu nu, je ne voudrais pas qu'elle pense que tu lui rends la pareille.

– Moi ? Pour qui me prenez-vous, capitaine !

La petite marquise revint bientôt, grelottant de la tête aux pieds, enveloppée dans le manteau du capitaine. Ses brûlures, anesthésiées par l'eau glacée, ne tarderaient pas à se réveiller, mais elle se sentait ragaillardie pour un temps, propre aussi, comme purifiée.

– Pardon, messieurs. Je vous ai fait attendre.

Elle s'agenouilla, laissant entre les flammes et elle une distance prudente. Après ce qui lui était arrivé, il lui faudrait longtemps, se dit-elle, pour que le feu redevienne un ami.

En découvrant ce qu'elle déposait dans l'herbe, le borgne faillit rugir de bonheur.

– Des écrevisses ? Mais par quel miracle…

– J'ai grandi sur ces terres, expliqua Olympe. Mon père m'emmenait souvent pêcher et chasser avec lui.

– Le brave homme ! Te rends-tu compte, Oost ? Des écrevisses !

Grillée, la chair en était succulente. Ce n'était pas un festin bien copieux mais, pour trois ventres affamés, il valait bien la table d'un roi.

À la fin :

– Merci pour la collation, chère marquise, fit Décembre en se léchant les doigts.

– C'est bien mon tour, répondit-elle avec grâce (elle avait lavé les siens au ruisseau). Mais qu'avez-vous, monsieur Oost ? Votre chemise… Vous saignez.

Le garçon, le visage blême, se tenait l'épaule en silence.

– Vous êtes blessé ?

– Troi-ois fois rien.

– Il a reçu la balle qui m'était destinée, expliqua le borgne. Laisse-moi regarder, camarade… Hum ! La plaie n'est pas très belle.

– J'en ai vu d'autres, capitaine.

– Je sais, Oost. Mais tu risques de perdre ton bras. Quoi faire ?

– Je connais quelqu'un, dit Olympe.

– Un chirurgien ?

– Une guérisseuse.

– Une gué-érisseuse ? s'alarma Oost à qui revenait sa terreur des diabolesses.

– Elle connaît les plantes et les potions. Il vous faut un emplâtre pour soigner l'infection.

Chapitre dix-huit

Olympe guidait ses compagnons à travers bois. Ils avaient quitté leur bivouac depuis un bon moment, marchant le plus souvent en dehors des chemins carrossables. Juste avant d'arriver aux Nèves, ils bifurquèrent dans un sentier si étroit qu'on ne pouvait y tenir à cheval. La petite marquise voulait absolument éviter le hameau et passer au large des masures et des enclos. Concentrée sur ses souvenirs, elle cherchait les repères de son enfance, lorsqu'elle randonnait encore dans ces terres sauvages avec son père. Oost, brûlant de fièvre, la suivait en menant Mirabelle en longe. Décembre fermait la marche avec le cheval de Foulques.

Parfois, la jeune fille laissait ses compagnons, le temps qu'elle puisse explorer les alentours. Décembre s'étonnait de son agilité à monter dans les arbres ou à gravir les rochers. Peu à peu, elle retrouva ses marques. Ils s'enfoncèrent dans un vallon escarpé, pataugeant dans les fonds boueux tapissés de feuilles mortes. Olympe, les mains en conque posées sur ses lèvres, imita plusieurs fois le cri d'une chouette.

La guérisseuse vivait près d'une source, dans un ermitage abandonné, au creux d'une combe plantée d'aulnes et de frênes. À défaut d'une bonne vue, la vieille femme courbée en deux, toute menue et toute sèche, avait l'ouïe très fine. Elle reconnut la petite marquise à son premier appel et sortit l'attendre sur le pas de sa chaumière.

– Ma princesse, dit la vieille en la prenant entre ses bras, tu es enfin venue. Je craignais de mourir sans jamais te revoir. Dieu que tu as grandi !

Elle encadra le visage d'Olympe de la paume de ses mains noueuses en prenant garde à ses éraflures, à la bosse sur son front et au gonflement marbré de bleu sous son œil gauche.

– Mais, demanda-t-elle, qui t'a mise dans cet état ? Qu'as-tu fait de tes cheveux si beaux ?

– J'ai dû les couper, ma pauvre Léontine, expliqua Olympe en se dégageant avec douceur. Ce serait bien long à te raconter. Ces deux messieurs sont compagnons de mon infortune. Voici le capitaine Décembre, qui m'a sauvé la vie.

Le vieux soldat salua en soulevant son chapeau.

– Et ce jeune homme, continua Olympe…

Raide comme un automate, Oost s'avança pour se présenter. Il fit deux pas et s'écroula d'un coup, sans un mot.

*

La maison de Léontine était si petite que Décembre dut s'incliner pour en passer la porte. Elle n'avait qu'une seule pièce, meublée d'une table, d'un buffet et d'un lit dressé sur un matelas de paille. La cheminée, ouverte dans le pignon, recevait une chaise et un banc de paille de part et d'autre de l'âtre. Un coffre à habits complétait le mobilier. De l'autre côté, une cloison à claire-voie donnait sur la bergerie occupée par deux chèvres. Mis à sécher sous les poutres, de grands bouquets d'herbes pendaient en touffes compactes, si bien qu'on avait l'impression de donner de la tête dans un jardin de graminées planté à l'envers. Leurs senteurs dominaient les odeurs animales de litière et de lait caillé.

Aidé d'Olympe, Décembre hissa Oost sur le lit, pendant que Léontine mettait à bouillir une vieille chemise réduite en charpie dans un chaudron. Elle commença par nettoyer la plaie, puis l'enduisit d'un emplâtre à base d'argile.

– Ce n'est pas grave, au moins, ma bonne Léontine ? demanda Olympe.

– On le saura demain. La plaie n'est pas très belle, mais ça devrait aller. Il a surtout besoin de se remplumer et de prendre un peu de repos. Et toi, que fais-tu sur les chemins ? Je te croyais au couvent.

– C'est à cause des Saint-Mesme.

– Je m'en doutais bien un peu. C'est pour ça que tu te déguises en garçon ?

– Ça me convient pour l'instant, répondit la jeune fille en s'asseyant au bord du lit. Ne crois pas que ça m'amuse.

– Ta joue est toute gonflée. Laisse-moi regarder ça.

Léontine passa une pommade sur les contusions. Ses vieilles mains caressaient doucement le visage d'Olympe, épousaient la courbe du sourcil et la fuite de la tempe. Elle effectua de légères pressions du pouce sur les bosses pour en évaluer la gravité, soulagée de n'y trouver ni fracture ni fêlure cachées. Elle souriait avec indulgence, renouant sans y penser avec une ancienne habitude.

– Tu as toujours été comme ça, à courir les bois comme un braconnier. Tu revenais chaque fois couverte de bleus et d'écorchures. Et tu voulais toujours te déguiser. Hélas, ton pauvre père t'a élevée comme il a pu… Va savoir pourquoi, il m'a laissé pour toi cette vieille épée et ce pourpoint de cuir, et rien de ce qu'on donne d'ordinaire aux jeunes filles ! J'ai tout gardé dans le coffre.

En voulant se déplacer pour aller l'ouvrir, elle heurta Olympe du genou. La jeune fille poussa un cri et porta la main à sa jambe.

Léontine découvrit alors qu'elle était couverte de plaques rouges.

– Bonté divine ! Où as-tu attrapé ces vilaines cloques ?

Olympe préféra se mordre les lèvres plutôt que lui répondre.

Léontine décrocha du mur une faucille.

– Il ne faut pas les laisser comme ça. Je vais chercher de quoi te soigner.

*

Assis sur le seuil, le borgne étudiait les lieux en bourrant sa pipe. Le sentier qu'ils avaient emprunté se coulait discrètement à travers les arbres. Nichée dans un bosquet, la source se réduisait à un filet d'eau léchant son lit de pierre et de mousse, et le toit de chaume de la masure de Léontine, colonisé par les fougères, se fondait dans les feuillages. On voyait à peine le ciel dans tout ce fouillis végétal. Un endroit parfait pour se retirer loin des regards.

Pourquoi diable la vieille Léontine avait-elle éprouvé le besoin de s'installer dans cet ancien ermitage, loin de tout passage ?

Chacun ses secrets, après tout…

La vieille sortit de la maison, une faucille à la main. Elle avait encore moins de dents que lui, presque autant de poils au menton, et elle se tenait au mur, tordue comme un sarment de vigne. À dire vrai, s'il fallait vraiment une sorcière à ce pays, elle en proposait un excellent portrait. Mais, dans le réseau des rides plissant sa peau tavelée par toute une vie passée au grand air, elle avait des yeux d'un bleu très pâle, d'une bonté à fendre le cœur le plus endurci.

– Le garçon ? demanda-t-il.

– Ça ira si la fièvre passe.

– Sinon ?

– Il a connu pire, dit-elle en songeant aux épaules de Oost lacérées de cicatrices.

Le borgne approuva d'un hochement de tête, mais la vieille fronça les sourcils en le dévisageant.

– Qui a brûlé ma petite ?

Elle attendit un peu, puis attrapa un bâton qui lui servait de canne et s'éloigna sans insister. Décembre étira les jambes en soufflant un rond de fumée. Si la vieille voulait des réponses, elle n'avait qu'à s'adresser aux bonnes personnes.

Elle partit cueillir du millepertuis et de la menthe fraîche pour les brûlures d'Olympe. En chemin, elle ramassa une dizaine de pleurotes qu'elle glissa dans son tablier, tout en réfléchissant à la présence du borgne. Massif, taiseux, défiguré, plein de violence contenue. Pas du tout le genre d'homme qu'elle s'attendait à trouver en compagnie de sa petite marquise. Pas plus que le jeune maigre, d'ailleurs. Encore que ce dernier lui semblât inoffensif, même si le fouet ne vaut d'ordinaire qu'aux mauvaises bêtes, et aux criminels de la plus basse condition.

Elle savait y faire avec le feu. Les blessures d'Olympe guériraient vite.

Seul son silence l'inquiétait.

Chapitre dix-neuf

– Lâ-lâ-chez ça !

Décembre dressa l'oreille en reconnaissant la voix de Oost. Au fond de son lit, il devait faire un cauchemar sous l'effet de la fièvre.

– Lâ-chez, vous dis-je. Mon sac ne vous a pas suffi ? C'est au capi-pitaine !

Cette fois, pas de doute : la voix indignée de Oost n'était pas celle d'un homme qui rêve. Décembre entra dans la masure en grondant, mais pour tomber sur son propre pistolet pointé sur lui.

– N'avancez pas, l'avertit Olympe.

Tenant l'arme d'une main, elle s'efforçait de l'autre de déplier un carré de papier chiffonné. Décembre poussa un juron.

– Où avez-vous trouvé ça ?

– Dans la doublure.

Elle recula d'un pas en désignant le manteau du vieux soldat, retourné sur le dossier de la chaise.

– Rends-moi ça, ordonna-t-il.

Ignorant le tutoiement qui avait échappé au capitaine, elle considéra le papier couvert d'une fine écriture. Il était maculé de taches sombres, et si usé par endroits qu'il semblait transparent.

– Vous devez y tenir beaucoup pour le garder sur votre cœur.

– Donne ou tu vas me mettre en colère.

– Pas avant que vous ne m'ayez dit votre nom véritable, riposta-t-elle.

– Je vous l'ai dit.

– Pourquoi me fierais-je à la parole d'un soudard ? Si vous êtes capitaine, où donc est votre régiment ? Qui me dit que vous n'êtes pas plutôt déserteur ? Ou tueur à gages, qui sait ?

Le borgne s'en étrangla d'indignation.

– Tueur à gages, moi ? Je vous ai sauvé la vie !

– C'est à cause de vous pourtant que j'ai failli la perdre : je suis montée au bûcher en essayant de vous fuir.

Le borgne jura intérieurement. Il ne lui voulait aucun mal, depuis le début. Il pensait l'avoir convaincue de ses intentions, avoir gagné sa confiance. Elle feignait donc, attendant l'instant propice ? Comment lui donner tort, aussi… Sa jeunesse en faisait une proie rêvée pour les nuisibles de tout poil. Pourquoi se serait-elle fiée à lui ? Sur sa simple bonne mine ? Elle avait l'avantage, mais une tension vibrait dans sa voix, comme si elle craignait de voir la situation lui échapper à nouveau. L'arme, trop lourde pour elle, faisait trembler son poignet.

Dressé sur son lit, Oost papillonnait des paupières, louchant tour à tour sur le canon du pistolet et sur le borgne, ramassé de colère. Il posa un pied au sol.

– Tout doux, l'ami, murmura Décembre en lui faisant signe de se recoucher. C'est entre elle et moi, ne t'en mêle pas.

– Je vous aurai cassé le genou avant, confirma la marquise en affermissant sa position. Alors, monsieur ?

– Je suis bien soldat. Enfin, je l'étais, soupira-t-il. Donnez-moi ce papier. Tout est dedans.

Olympe parut hésiter. Sous le bandeau qui le coupait en deux comme un coup de sabre, le visage du capitaine semblait soudain très vieux.

Elle lui rendit son bien en fronçant les sourcils.

– Un sauf-conduit, je suppose ? Très bien. Lisez-le.

– Je ne puis.

– Vous le devez, monsieur. J'insiste.

Décembre montra son manteau :

– Pas sans mes lunettes.

D'un mouvement du menton, elle l'autorisa à fouiller sa poche. Il en sortit une paire de fines bésicles d'apothicaire qu'il chaussa furtivement. Avec leurs branches en fil de fer, elles semblaient bien à l'étroit perchées sur son grand nez. Un verre manquait à l'endroit du bandeau, et l'autre œil, arrondi par un effet de loupe, semblait celui d'un hibou.

Il se tourna vers le lit avec une grimace.

– Écoute, Oost, dit-il en dépliant délicatement la missive. Ça te concerne aussi.

– Moi ? s'étonna le garçon.

– Je te l'avais promis, à l'auberge. Tu n'aurais rien su de cette lettre mais je t'aurais dit le reste.

– Lirez-vous, monsieur, à la fin !

– J'y viens, marquise, dit l'autre en la considérant avec humeur. Parce que vous êtes une petite sotte ingrate et entêtée. Rangez donc ce pistolet. Cette lettre m'est plus chère que ma vie... Pouvez-vous croire un seul instant que je ne me serais pas fait tuer cent fois plutôt que de vous l'abandonner ? Écoutez maintenant. Elle est triste.

Les lunettes n'étaient qu'un leurre, une manière de cacher qu'il en connaissait le moindre mot par cœur. Il l'avait relue si souvent, au vent ou à la pluie, qu'elle ne tenait que par morceaux, l'encre si délavée que certains mots en avaient disparu.

Mon ami,

J'ignore si cette lettre vous parviendra ni même si vous êtes toujours de ce monde. N'en soyez pas désolé. C'est votre condition que d'être toujours loin de moi, et la mienne de vous attendre. J'en ai pris vaillamment mon parti le jour où nous nous sommes unis devant Dieu. Mais il ne se passe pas une heure sans que je prie Notre-Seigneur de vous tenir en sa sainte garde.

Je n'aurais pas pris la liberté de vous importuner de mes émois si un grand événement n'était advenu. Vous m'avez laissée grosse pour rejoindre la guerre. Sachez, mon ami, qu'une petite fille nous est née le jour de la Saint-Jean d'été.

C'est une belle petite. Je l'ai prénommée Prudence afin qu'il vous souvienne de prendre toujours garde à vous.

Je vous sais batailleur, le sang vif, et prompt à faire votre devoir. Préservez-vous pour elle, je vous en conjure humblement. Et pour moi, votre épouse, qui vous chéris et vous attends.

Un mot encore : je confie à Froissac le soin de vous porter mon cœur. Il part ce jour rejoindre votre régiment.

– C'est tout, dit le borgne en ôtant ses lunettes.

Sans elles, son visage parut un instant plus nu. Sa voix n'avait pas tremblé une seule fois.

– C'est-est une belle lettre, murmura Oost.

Olympe hocha la tête.

– Je vous demande pardon, monsieur. Si j'avais su ce papier si intime, jamais je n'aurais exigé…

– Vous ne savez rien, coupa le vieux soldat. Qui vous dit que ces mots s'adressent seulement à moi ?

– Comment ! s'étonna Olympe. Votre façon de lire…

– J'avais cette lettre dans la poche quand on m'a trouvé mort au fond d'un fossé. Une embuscade. La mitraille ennemie nous avait cueillis à bout portant quelque part près de Rottweil… Du moins, à ce qu'on m'a raconté. Sans Mirabelle qui broutait mes épaulettes, le bonhomme qui m'a sauvé passait dans la neige sans me voir. C'est un chirurgien allemand qui m'a rafistolé la caboche à coups de vis et de métal.

Olympe ne put étouffer un petit cri d'effroi. Le borgne la dévisagea sans aménité.

– J'oubliais que vous n'êtes encore qu'une enfant, marquise. Mais c'est vous qui avez insisté pour connaître l'histoire. La voici toute crue. Quand je suis revenu à la vie, aussi muet qu'un nouveau-né, je ne savais plus qui j'étais. En plus d'un œil, le canon espagnol m'avait enlevé un morceau de cervelle. Mon brave sauveur m'a donné la becquée tout l'hiver et, pour nom de baptême, celui du mois où j'ai ressuscité : Décembre. Je n'en connais pas davantage.

– Mais cette dame…

– Hein ?

– Votre épouse. Vous portiez sa lettre sur vous.

– Dans la poche d'une veste d'officier, oui. Mais qui dit que cette veste, je ne l'ai pas volée à un mort ?

– Enfin, monsieur, il y a bien un nom sur cette missive, un destinataire !

Décembre eut un ricanement amer.

– Un nom ? Vous l'avez vu vous-même : le sang et la boue l'ont lessivé depuis longtemps.

– Et ce Froissac…

– Un fantôme, lui aussi, dit le borgne avec un geste d'impuissance.

– Vertudieu ! s'exclama Oost en grattant sa tignasse. C'est bien vrai, capitaine ? Vous ne savez donc pas…

– Rien, te dis-je. Pas même si je suis capitaine.

– Ni soldat ?

– Je l'ai oublié aussi. Mais ma carcasse m'en fait rappel chaque matin.

– Je ne comprends pas, murmura Olympe. Cette lettre n'est peut-être pas à vous et vous êtes prêt, pourtant, à vous faire tuer pour elle ?

Décembre s'était levé. Récupérant le pistolet qu'elle lui abandonna sans résistance, il en rabattit prudemment le chien et le passa à sa ceinture.

– Il n'y a rien avant Décembre, marquise. Rien de rien. Un grand vide à quoi l'enfer doit ressembler s'il en existe un quelque part… Cette lettre est tout mon passé. Et même si je ne suis pas sûr qu'il soit le mien, j'aime à imaginer qu'il y a peut-être une femme et une petite Prudence qui m'attendent quelque part.

Chapitre vingt

– Monsieur Décembre ?

– Marquise ?

– Vous ne me gardez pas rancune, vous êtes sûr ?

– Encore ?

Elle fit une feinte de coupé, suivie d'un dégagé, avant de se camper devant lui, sourcils froncés, le front en sueur.

– C'était lâche, ingrat, stupide, indélicat... Vous devriez me détester ! Je le ferais si j'étais vous.

– N'en parlons plus. Asseyez-vous donc là.

Olympe fit siffler l'épée de son père et se mit en garde. Incapable de tenir en place, elle faisait des passes d'escrime devant la chaumière, attaquant, ripostant, se fendant à en donner le tournis. Pas maladroite, d'ailleurs, même si elle manquait de pratique. Elle avait été à bonne école, apprécia le borgne en professionnel. Pendant qu'il fumait sa pipe, adossé à la chaumière, elle avait bien embroché à elle seule une bonne centaine d'adversaires.

– N'êtes-vous donc jamais fatiguée ?

– Fatiguée ? répéta Olympe en esquissant un redoublement avant. Alors que je puis être chez moi demain ?

Léontine l'avait convaincue d'échanger ses loques contre

une chemise, une culotte et des bas d'homme que la bonne femme avait tirés du coffre et ajustés sur elle. Sans la tignasse rousse, on aurait eu du mal à reconnaître dans ce jeune escrimeur aux mâles attitudes le petit paysan qu'on avait voulu brûler. Ne manquait qu'une moustache dessinée au bouchon et l'illusion serait parfaite. Du moins pour quelqu'un qui n'a qu'un œil, se dit le borgne.

– Chez vous ?

– À Roquedor. Où croyez-vous ?

– Vous n'y pensez pas. Je vous ramène au couvent dès que Oost ira mieux.

Le pauvre garçon avait passé la nuit à gémir sur son grabat.

– Au couvent ? Jamais ! s'emporta Olympe en le menaçant involontairement de sa lame.

– Tout doux, mademoiselle. Nous causons gentiment. Je n'ai pas plus envie que vous de revoir la face de carême de sœur Matin. Mais il n'y a qu'au couvent que vous serez en sécurité, le temps de rétablir vos affaires…

Olympe l'interrompit sèchement :

– J'y ai passé quatre ans cloîtrée, monsieur Décembre. Jamais je n'y retournerai.

– Ce sera Roquedor, donc, soupira le borgne. Qu'espérez-vous y retrouver, après une si longue absence ?

– Le château de mes aïeux.

– Qui vous dit qu'il n'est pas ruiné ?

– Et puis, la tombe de mes parents. Nos terres. Mon enfance.

– Votre enfance, répéta le capitaine avec une grimace. Et comment ferez-vous pour la défendre contre les appétits de Foulques ?

Elle cingla la pointe de ses bottines.

– Jamais je ne l'épouserai, m'entendez-vous ?

– Son père saura bien vous y forcer. Ce M. de Saint-Mesme n'est que comte, vous êtes marquise, mais il est riche, puissant, et vous n'avez rien. La lutte est par trop inégale. Il vous aura bientôt gobée toute crue.

Olympe releva fièrement le menton.

– Je saurai bien lui rappeler la promesse qu'il a faite à mon père.

– Quelle promesse ?

– De veiller sur moi comme sa pupille. De m'apporter appui, protection et de faire mon bien en toute circonstance.

L'exercice l'avait mise en sueur. L'air du matin était frais et le borgne lui tendit le pourpoint qu'elle avait ôté pour être plus libre de ses mouvements.

C'était, précieusement conservée par Léontine, la veste de chasse du marquis de Roquedor. En l'enfilant, elle fut saisie de se découvrir presque de sa stature déjà, elle qui n'était qu'une enfant la dernière fois qu'elle avait vu son père.

– Fort bien, opina Décembre tandis qu'elle s'asseyait à son côté. Mais être votre tuteur confère au comte de Saint-Mesme toute autorité sur votre personne. Même celle de vous donner à son fils pour le faire marquis.

– Jusqu'à mes dix-sept ans seulement, répliqua vivement Olympe. Après, je serai libre de mon destin.

– D'où sa précipitation à vous tirer du couvent et à vous marier au trot.

– Cela ne se fera pas, vous dis-je.

– Et comment comptez-vous l'en empêcher ?

– Avec cette épée, monsieur, s'emporta-t-elle en dessinant dans l'air des 8 menaçants. Je suis une Roquedor, je saurai défendre ma vertu, croyez-moi. J'en appellerai au roi s'il le faut. Mon père l'a bien servi. Sa Majesté ne tolérera pas qu'on s'en prenne à l'héritière du fief de Roquedor !

Elle s'échauffait toute seule, sûre de son bon droit et prête à bousculer la terre entière. Mais ses résolutions semblaient rebondir sur le vieux soldat comme des pierres contre un mur, lui en dévoilant à mesure l'inanité. Seule, sans défense ni ressources, que pesait-elle contre ses ennemis ?

– J'aime votre fougue, dit Décembre en lui prenant la main dans les siennes. C'est celle d'une enfant. Mais réfléchissez, Olympe. Ce mariage vous rend riche, après tout. Je ne sais rien des affaires des nobles et ne veux rien en connaître, mais tel était peut-être le calcul de votre père en vous donnant Saint-Mesme pour tuteur : assurer votre avenir en vous alliant à une famille puissante.

– Mon père m'a éduquée à toujours être libre et maîtresse de mes choix, répliqua la jeune fille en se dégageant, les yeux pleins de larmes. Jamais il n'aurait consenti à me marier contre mon gré.

Elle se leva comme un ressort, enfonça sur sa tête son petit chapeau d'escrimeur.

– Vous et M. Oost en avez fait mille fois assez pour moi, dit-elle sans le regarder. J'espère qu'il se rétablira très vite. Adieu. Je pars pour Roquedor tout à l'heure. Nous ne nous reverrons plus.

– Attendez ! la rappela Décembre tandis qu'elle s'enfonçait à grands pas sous les arbres du verger. Restez, marquise, nous n'avons pas fini de causer !

– Laisse, dit Léontine.

Le soldat sursauta. La vieille femme était donc là, depuis le début, petit fagot veillant dans l'ombre sur sa protégée ?

Elle se fit une place à côté de lui sur la pierre qui servait de banc.

– Qui peut quelque chose contre le chagrin des filles ? Elle reviendra quand il sera passé.

Le borgne ne répondit pas. La détresse de la petite marquise, quand elle surgissait, le laissait plus démuni que ses colères ou ses insolences.

– C'est que mon Olympe a raison, poursuivit la bonne

femme. Son père avait beau être comme cul et chemise avec M. de Saint-Mesme, il n'a jamais voulu marier leurs enfants avant qu'elle soit en âge d'y consentir.

– Et qu'en sais-tu, bonne femme ?

– Il me l'a dit lui-même.

– À toi ?

– M. de Roquedor me faisait l'honneur de me demander avis quelquefois.

– Voilà autre chose : un marquis rebouteux ! ironisa Décembre que la vieille édentée mettait mal à l'aise.

Il n'était pas superstitieux. Mais – souvenir peut-être de sa propre convalescence – l'odeur de médication qui émanait de son antre lui perlait de sueur le haut de la lèvre.

– Il tenait registre des plantes, l'ignora Léontine. Je lui montrais les endroits, comment les reconnaître, celles qui soignent les bêtes et celles qui soulagent les hommes. Il les classait par espèces dans de grands cahiers et leur donnait leur nom savant. Quand la petite avait la fièvre, c'est souvent moi qu'il faisait appeler.

– Ce sont tes tisanes, alors, qui l'auront rendue capricieuse, plaisanta le vieux soldat en lui tendant à contrecœur sa blague à tabac.

« Plutôt apprivoiser cette étrange bonne femme que s'en faire une ennemie », se dit-il. Elle préleva quelques brins, les roula en une boule serrée qu'elle se fourra dans la bouche comme on gobe une mûre.

– Comment est mort le père de la petite ? interrogea Décembre.

– Brutalement, dans la force de l'âge. Quand le mal lui a pris, on m'a dépêché Mélusine.

– Mélusine. Une fée, maintenant ?

– La fille de Léonce, l'intendant du château.

– Continue.

– Je suis arrivée trop tard. M. de Roquedor avait déjà passé. Joncourt, le médecin du comte, m'a interdit sa porte.

– A-t-il dit de quel mal a péri le marquis ?

– Embolie. Mais Joncourt est un âne. Ou un perroquet qui répète les paroles de ses maîtres.

Le borgne fronça les sourcils.

– Que veux-tu dire ?

La vieille femme le fixa un moment sans répondre.

– Parle. Tu soupçonnes autre chose ?

Léontine jeta un coup d'œil vers le verger pour s'assurer qu'Olympe ne pouvait les entendre.

– Si c'était le cas, ce n'est pas à toi que je le dirais.

– Prends garde, Léontine. Les tribunaux pendent chaque jour des diseurs de sornettes plus avisés que toi.

– On ne m'empêchera pas de croire ce que je crois.

– Et que crois-tu ?

Elle se pencha vers lui :

– Que M. de Roquedor n'est pas mort de mort naturelle.

– Et de quoi, alors ?

Léontine cracha son jus de chique sans répondre.

– On l'aurait assassiné ? Parle ! Qu'est-ce qui te fait dire ça ?

La guérisseuse haussa les épaules.

– Sa langue. Elle était aussi noire que s'il l'avait trempée dans un encrier.

Le capitaine ricana.

– Voilà bien de tes sortilèges de bonne femme. Et comment sais-tu, pour sa langue, si tu n'as pas vu le corps ?

– Léonce l'a vu, lui.

– L'intendant ? En quel honneur t'aurait-il fait cette confidence ?

– C'est mon frère.

Décembre vida sa pipe contre sa botte. Rosser quelques brigands, rattraper une demoiselle en fuite, terroriser un village, contrarier des épousailles – l'aventure était bien suffisante pour ne pas y ajouter les élucubrations d'une vieille folle.

À trop vivre seule dans les bois, la pauvre femme n'avait visiblement plus toute sa tête. Avait-il bien fait seulement de la laisser soigner Oost ? se demanda-t-il. Le garçon, depuis un moment, ne donnait plus signe de vie.

– J'espère que tu n'as pas inquiété notre petite demoiselle avec tes billevesées, maugréa-t-il en se levant pour aller voir.

– Pour qui me prends-tu ? Ma parole ne pèse rien contre celle d'un médecin. Je n'aurais fait qu'ajouter à son chagrin.

Décembre entrait dans l'ermitage quand un cri terrible retentit.

Chapitre vingt et un

Le verger de la guérisseuse, à l'arrière de la maison, était fait d'arbres nains et crochus sous lesquels il fallait se baisser. Un muret l'abritait. Derrière, une prairie minuscule où Décembre avait mis les chevaux à paître.

C'est la tache blanche du cheval volé à Foulques qui avait attiré leur attention.

Olympe ne les entendit pas arriver. Elle croquait rageusement dans une pomme, ruminant sa dispute avec le capitaine, quand une large paume se plaqua sur sa bouche.

– Pas un mot, papillon, souffla une voix à son oreille.

D'une ruade, elle se dégagea, poussa un cri en découvrant l'homme derrière elle. Elle tenait son épée à la main, tenta un coup droit mais, gênée par les branches, elle le manqua. L'autre, ripostant d'une taloche, l'envoya rouler au sol sans connaissance.

– Doucement, maraud ! s'emporta Foulques en surgissant à son tour. Qu'as-tu fait ?

Ulysse lui intima silence d'un geste. On entendait un bruit de voix près de la masure.

– Je te jure que si tu me l'as tuée…, murmura Foulques en s'empressant auprès d'Olympe.

Elle était juste sonnée, constata-t-il avec soulagement. Elle en serait quitte à son réveil pour un solide mal de crâne.

– Aide-moi, bougre d'âne, ordonna-t-il en la saisissant sous les bras. Tu entends ce que je te dis ? Prends-la par les pieds et filons.

Ils avaient embusqué leurs montures tout près. Ils n'avaient plus qu'à déguerpir maintenant, aussi discrètement qu'ils étaient arrivés. Tomber sur Olympe, quand il croyait l'avoir définitivement perdue, tenait proprement du miracle, et Foulques ne put s'empêcher d'avoir une pensée pour sœur Matin et sa foi en un Dieu capable de favoriser semblable providence. Il était grand temps d'achever la mission dont son père l'avait chargé. Ils s'occuperaient du borgne après.

Mais Ulysse ne l'entendait pas de cette oreille. Savoir si proches l'homme qui l'avait rossé et l'assassin de son frère lui mettait le feu aux sangs.

S'emparant de l'épée d'Olympe, il s'avança vers la masure. Il en tournait le coin quand il reçut de plein fouet le poids du vieux soldat qui, alerté par le cri d'Olympe, se ruait à son secours.

Le choc fut brutal. Les deux gaillards, roulant dans la poussière, s'empoignèrent dans un terrible corps à corps. C'est le borgne qui avait le dessus mais Ulysse, plus jeune, offrait la résistance d'un taureau. D'un coup de tête, Décembre lui enfonça l'arcade sourcilière avec l'impression de donner du front contre un rocher. L'autre, à peine étourdi, riposta du coude, touchant son adversaire au nez. Ce dernier crut avoir pris la foudre. Ulysse en profita : d'un coup de reins puissant, il renversa le vieux soldat sous lui et noua les mains autour de son cou. Il l'aurait étranglé pour de bon sans la pauvre Léontine qui, poussant des cris d'orfraie, lui cassa son bâton sur la nuque.

Ulysse se retourna contre elle en rugissant. Crochetant une de ses chevilles, il la tirait à lui quand la crosse d'un pistolet vint le cueillir en haut du crâne.

– Ba-as les pattes ou je te brûle la cervelle.

C'était Oost, vacillant sur ses jambes, une épaule en écharpe. Au bout de son bras valide, il tenait le pistolet à tête de loup que lui avait confié le borgne.

Ulysse, malgré le sang qui brouillait sa vue, reconnut aussitôt l'arme qu'on lui avait volée. Celle-là même qui avait tué son frère. Il poussa un meuglement rauque tandis que le borgne, reprenant péniblement ses esprits, tardait à se remettre sur ses jambes.

Oost, dans son état, n'aurait pas pesé lourd contre la fureur d'Ulysse, mais une voix figea sur place les combattants.

– Suffit, messieurs !

C'était le jeune comte de Saint-Mesme. Blanc comme un linge, il portait Olympe inanimée en bouclier devant lui, son pistolet dans l'autre main.

Oost, aussitôt, braqua son arme sur lui, avant de revenir vers la brute qu'il tenait en joue.

– Tue-le, dit Foulques. Que me chaut cet imbécile ?

– Tout doux, intervint le borgne, autant pour Oost que pour son adversaire. Posons plutôt nos armes et causons, voulez-vous ?

Du sang perlait à son nez et le souffle lui manquait.

– Et de quoi donc ?

– De vos intentions, monsieur, s'il vous plaît.

– Vous le voyez : je reprends mon bien, aboya Foulques.

– Votre bien ?

– Le cheval que vous m'avez volé et ma fiancée.

Le poids de sa captive, tenue d'un bras, lui crispait les mâchoires, faisant trembler son pistolet. Le mélange de morgue et de peur qu'on lisait dans ses yeux pouvait le conduire à toutes les folies, songea Décembre. Il fallait à tout prix éviter une pistolade.

Il tenta de parlementer :

– Mlle de Roquedor s'est placée sous notre protection, monsieur le comte. Puis-je vous demander respectueusement où vous l'emmenez ?

Son interlocuteur l'ignora.

– Partons, ordonna-t-il à Ulysse.

Comme l'autre hésitait :

– Viens. Nous n'en avons pas fini avec ces messieurs, je peux te l'assurer. (Puis, se tournant vers Décembre :) N'essayez rien, surtout. Nous réglerons nos comptes après.

– Je l'espère bien.

– Je vous avais promis une récompense, cingla le jeune comte en le toisant avec mépris. Vous m'avez trahi, mes hommes vous paieront votre dû, soyez-en sûr.

Ulysse avait chargé Olympe en travers de ses épaules. Mais aux regards qu'il leur lançait à tous deux, on ne pouvait deviner, de Oost ou de son maître, lequel il rêvait d'occire en premier. Puis, Foulques tenant toujours en respect leurs adversaires impuissants, les deux hommes s'enfoncèrent dans la profondeur du bois.

– Vous les laissez filer, capitaine ? s'emporta Oost.

– Mon Olympe ! gémit la vieille Léontine quand ils furent hors de vue.

– Va me chercher ma canne, vite, lui enjoignit le borgne. Oost, mon pistolet.

Ce dernier glissa l'arme dans l'écharpe qui lui bandait l'épaule.

– Je viens aussi.

– Avec un seul bras ?

– Vous n'avez bien qu'un œil, riposta le garçon en lui lançant l'épée d'Olympe oubliée dans la poussière.

Décembre soupira et la glissa à sa ceinture. Il aurait bien besoin d'un bras supplémentaire pour tirer Olympe des griffes de ces furieux.

– Dépêchons, alors ! ordonna-t-il.

Comme Léontine lui tendait son casse-tête :

– Je la ramènerai, bonne femme, promit-il. Je te ramènerai la petite, dussé-je pour cela la chercher aux enfers.

*

Le jeune comte, pour être sûr qu'on ne les poursuivrait pas, avait libéré Mirabelle, et Oost et Décembre perdirent de précieuses minutes à la rattraper.

Par chance, elle ne s'était pas trop éloignée, mais le temps de la seller, les ravisseurs avaient pris beaucoup d'avance.

Le borgne eut toutes les peines du monde à repérer sur la terre labourée par les intempéries les traces de leur passage. Il donna du talon, Oost accroché en croupe, mais même en forçant l'allure, leur monture chargée de deux cavaliers avait peu de chances de rattraper les fuyards.

Le temps avait tourné à l'orage. Comme ils traversaient les coteaux, la pluie se mit à tomber, légère d'abord, puis plus drue, tandis que des rafales les poussaient dans le dos.

Bientôt, ils rejoignirent la route. Inutile d'être grand clerc pour le deviner : Foulques emmenait sa captive à Saint-Mesme. Une fois là-bas, tout serait perdu. Elle serait sous la garde des hommes du comte et nul ne pourrait la reprendre.

– Vois-tu quelque chose ? interrogeait Décembre à intervalles réguliers.

La pluie tambourinait bruyamment sur son chapeau militaire, et son œil valide, tuméfié par le poing d'Ulysse, n'était plus qu'une fente douloureuse.

– Rien, capitaine ! lui criait Oost dans l'oreille.

À un moment, ils crurent apercevoir des formes qui fuyaient sur la crête. Mais ce n'était qu'un arbuste agité par le vent.

– Droit devant ! fit soudain Oost en désignant un point au loin.

La route, à cet endroit, plongeait vers le fond du vallon. La pluie y faisait rage mais, courbés sous la bourrasque, se devinaient, minuscules, deux cavaliers tirant au pas un cheval.

Tout en bas coulait l'Azeille, bordée de peupliers que le vent tordait en tous sens. Ils n'iraient pas plus loin. À moins que…

Le bac, comprit soudain le vieux soldat en voyant les fuyards obliquer vers la rive.

Il connaissait déjà l'endroit pour y être passé. La rivière s'y étrécissait, formant un coude où le courant était moins fort. Un bac était installé là. Une barge de bois rudimentaire qu'un système de treuil permettait de haler d'une rive à l'autre, faisant gagner un temps précieux aux voyageurs ou au bétail qu'on menait au marché.

Si le jeune comte et Ulysse y arrivaient les premiers, c'en était fini de l'espoir de les rattraper.

Piquant des deux, il coupa à même le versant. Comment le pauvre Oost ne fut-il pas éjecté cent fois ? Cramponné d'un seul bras à la taille de son compagnon, il semblait dans cet état second que seule donne la fièvre et qui favorise toutes les folies.

Ils débouchaient au grand galop sur la rive quand une détonation retentit. Mirabelle s'affaissa lourdement sous eux, comme foudroyée, envoyant les deux cavaliers rouler à vingt pas.

Quand le borgne se releva, sonné, le bac avait quitté la berge. Il tombait des trombes maintenant, et la barge, ballottée par le courant, semblait près de rompre les filins qu'on entendait grincer atrocement. À l'arrière, son pistolet fumant à la main, le jeune comte dressait le poing vers lui, le couvrant d'injures qu'emportaient les rafales.

Surgissant à découvert, ils avaient formé une cible parfaite et sans le chahut de l'embarcation, Foulques l'aurait tué net.

– Grand Dieu, dit Oost en déboulant vers son compagnon. Vous n'avez rien, capitaine ?

Le borgne avait perdu son bandeau et, un bref instant, le

trou sanguinolent qu'était son orbite parut à Oost une blessure mortelle qu'il venait de recevoir.

Sans répondre, Décembre rejoignit Mirabelle qui s'était relevée, indemne, et s'ébrouait avec reproche.

– Qu'attends-tu ? cria-t-il à Oost. Tire donc, tu vois bien qu'ils nous échappent !

Le garçon secoua la tête. Inutile, le bac était déjà trop loin. Les eaux bouillonnaient, grossies par les pluies des jours précédents. Malgré les haleurs qui s'escrimaient sur l'autre rive, l'embarcation avait pris de la gîte. Les chevaux des fuyards, ballottés par le roulis, hennissaient de terreur et il fallait toute la force des deux hommes pour les empêcher de se jeter par-dessus bord.

*

C'est l'occasion qu'attendait Olympe.

Elle n'avait pas tardé à reprendre connaissance. Mais jetée en travers de la monture d'Ulysse, elle avait feint l'inconscience et s'était laissé déposer comme un paquet au fond du bac. Ses ravisseurs la surveillaient de trop près pour tenter quelque chose.

Bientôt, la plus grande confusion s'était emparée de l'embarcation. Les deux hommes, aux abois, hurlaient des ordres au passeur, les chevaux piétinaient à s'en casser les jambes, faisant vibrer les planches sous sa joue.

Le coup de feu de Foulques faillit lui arracher un cri d'effroi. Le capitaine était donc sur leurs traces ? Un instant, elle l'imagina blessé, mort peut-être, mais le juron dépité du comte lui rendit espoir.

Quand il la vit se dresser soudain sur ses jambes, Foulques resta pétrifié une seconde de trop, comme s'il n'arrivait pas à imaginer qu'elle eût encore la ressource de leur filer entre les doigts.

Le temps qu'il réagisse, elle avait plongé dans l'eau.

La fraîcheur du courant lui coupa le souffle. Elle avait appris à nager dans les gaves de montagne qu'on trouvait autour du domaine. L'onde y était glacée, même au plus chaud de l'été. À certains endroits, elle formait des vasques si profondes et d'une eau si cristalline qu'on voyait par transparence des libellules s'envoler quand on remontait du fond.

Tout le contraire des eaux tumultueuses de l'Azeille. Le courant, bourbeux et opaque, était si rapide que, lorsqu'elle refit surface, le bac était déjà loin. Ses vêtements gorgés d'eau entravaient ses mouvements, l'empêchant de nager. C'est à peine si elle parvenait à garder la tête hors de l'eau.

Entraînée comme un fétu, elle lutta frénétiquement pour se rapprocher de la rive. Mais chaque fois, un tourbillon l'entraînait plus loin. L'eau envahissait ses poumons, ses forces l'abandonnaient.

– Olympe ! hurlait une voix. Olympe !

Elle ne l'entendit pas. Roulée en tous sens, aveuglée par le clapot, elle n'aperçut pas non plus Mirabelle lancée au galop sur la berge. Sur son dos, Oost et le borgne l'encourageaient de leurs cris.

Ils la virent disparaître dans l'eau noire, reparaître plus loin, se débattre soudain, empêtrée dans un nid de branchages qui la ralentissait.

Ce fut leur chance. Forçant la monture épuisée, Décembre gagna un endroit en aval où la berge s'abaissait en pente molle. Comme Mirabelle renâclait à descendre dans l'eau, Oost sauta dans le courant. Pataugeant jusqu'à la taille, il parvint à saisir la jeune fille à l'instant où le courant l'emportait et à la ramener saine et sauve jusqu'à la rive.

– Tu l'as échappé belle, ma fille, murmura le borgne en la tirant au sec.

Olympe peinait à reprendre son souffle. L'eau lui coulait par

les narines et par la bouche. En découvrant le visage sans bandeau qu'il penchait sur elle, elle eut un mouvement de recul. Le trou vide de son orbite lui donnait l'apparence grimaçante d'un crâne.

– Vous êtes blessé, monsieur ?

– Aucun risque, grogna le soldat en se détournant. Votre Foulques tire comme une vache.

Oost avait fait la même méprise tout à l'heure. Toussant et crachant, il s'affala à côté d'eux. Olympe lui toucha furtivement la main.

– Merci, monsieur Oost. Vous m'avez sauvée à votre tour.

– Et d'un seul bras, renchérit fièrement le borgne.

– Bah ! dit Oost en rougissant. Je vous aurais sor-ortie de l'eau avec les dents s'il l'avait fa-allu.

Chapitre vingt-deux

Lorsqu'il apprit que le coche parti chercher la marquise au couvent ne pouvait pas revenir, Enguerrand Louis Robert de Saint-Mesme entra dans une colère noire. Bien qu'ils fussent habitués à ses éclats de voix, laquais et domestiques rentrèrent la tête dans les épaules et rasèrent les murs. Son fils était introuvable, le garde Joseph avait été tué, et il ne restait plus qu'un cheval sur les quatre attelés à la voiture. Mais le pire de tout, c'était la fuite à travers bois de cette dévergondée de marquise, incapable de tenir en place. Du plat de la main, il frappa la lourde table en noyer où s'accumulaient des liasses de papiers près d'un nécessaire à écrire.

– C'est bien une Roquedor ! Toujours à traîner dans les ruisseaux ou à courir la lande !

La lumière déversée par une fenêtre à meneaux découpait son profil de rapace. Derrière lui, une cheminée, assez grande pour y rôtir un bœuf, séparait en deux le mur orné d'immenses tapisseries représentant des scènes de chasse au sanglier et au loup.

Figé au milieu de la pièce, Gervais Grison triturait son chapeau.

– Elle a filé vers la rivière, dis-tu ? continua le comte. Comme une va-nu-pieds ! Une marquise de caniveau ! Et personne pour la retenir ! Où étiez-vous donc, ma sœur ?

Sœur Matin, tremblante comme une feuille, retenait ses larmes à force de soupirs. Elle se ratatinait en laissant passer l'orage, comme le petit cocher. Ce dernier avait bien tenté de déguiser les circonstances et de dissimuler au mieux l'ampleur des dégâts, mais le vieux Saint-Mesme ne s'en laissait pas si facilement conter. Il avait vite deviné que le prétendu accident n'en était pas un, et sa colère débordait au fur et à mesure que Gervais s'enferrait dans ses explications.

– Et à part ça, Foulques n'a rien fait d'autre que dételer le coche ?

– Au contraire, monsieur le comte, au contraire. Votre fils a engagé un brave et rude soldat, officier à n'en pas douter, vu qu'il se tenait tout droit, bien que borgne. D'ailleurs, sans lui, je ne serais pas là pour tout vous raconter.

– Un borgne ? Mais tu viens de me dire il n'y a pas deux minutes que Foulques avait trouvé deux gentilshommes pour lui venir en aide.

– Ah oui, c'est exact : des jumeaux, monsieur le comte. Justement. Pour lui courir après… au borgne. Je veux dire, en renfort…

– Tonnerre ! Il faut des jumeaux et un borgne pour rattraper une pauvre donzelle à marier ? Qu'est-ce que tu me chantes, Grison ? Que mon propre fils est un demeuré ? Je vais te faire peler la peau du ventre si tu continues à m'embrouiller avec tes fadaises.

– Je vous jure, monsieur le comte…

– La paix ! hurla celui-ci.

Saint-Mesme se massa le front, les deux coudes posés sur la table. Il fouillait loin dans ses souvenirs.

– Des jumeaux, dis-tu ? Comment sont-ils ?

– Dame ! monsieur le comte, tout pareil que pour une paire

d'animaux. Je veux dire… comme deux frères semblables… mais, euh… qui se ressemblent.

– Évidemment, crétin ! C'est à ça qu'on reconnaît les jumeaux. Mais de quelle famille ? Tu as leurs noms ? Tu les as vus, oui ou non ?

– Oui-da, mais j'avais à m'occuper du grand Joseph, moi. Pis, sauf votre respect, j'avais pris un méchant coup sur la caboche que j'en suis resté un moment tout estourbi. C'est pas trop facile à se rappeler quand on a eu la cervelle embrumée…

– Moi, je m'en souviens très bien, monsieur le comte, osa sœur Matin. Noirs comme des pruneaux et du poil jusque sous les yeux. Pas bien grands, mais la poitrine comme une barrique. Les dents pourries. Entre eux, ils parlent une langue qui roule encore plus les *r* qu'un torrent de galets. Avec ça, un air féroce à vous faire fuir la bête du Gévaudan au fond du trou du diable.

– Les frères Mildiou ! gronda Enguerrand. Mon imbécile de fils a engagé la pire racaille du royaume de truanderie pour ramener une fille à marier ! Des égorgeurs qui saccagent la vertu des femmes jusque dans les églises !

Sœur Matin se signa en poussant un cri d'oiseau.

– Ils ont interdiction de mettre un pied sur mes terres, sous peine d'être ébouillantés et pendus par les pieds. Grison, approche. Où et comment mon fils les a-t-il recrutés ? Réfléchis, c'est important.

– Mais, euh, monsieur le comte, sur place.

– Sur place ? Où ça, sur place ?

Le cocher dansait d'un pied sur l'autre en tordant son chapeau comme s'il voulait l'essorer.

– Dame ! finit-il par avouer d'un filet de voix, c'est eux-mêmes qu'avaient attaqué la voiture, monsieur le comte. Du coup, votre fils n'a pas eu beaucoup de chemin à parcourir pour les trouver, puisqu'y z'étaient déjà là à nous attendre.

– Des imbéciles, je suis entouré d'imbéciles ! (Fou de rage, Enguerrand bondit de sa chaise, un doigt pointé vers la porte.) Hors de ma vue, Grison ! Vite !

– Mais…

– Vous aussi, ma sœur ! SORTEZ !

À grands pas, il les escorta jusqu'à la porte du vestibule qu'il claqua violemment dans leur dos. Plusieurs fois, il tourna comme un lion en cage en faisant craquer le parquet.

« Ulysse et Hercule Mildiou ! Les deux derniers de la ligue des Loups de l'Azeillan ! Ils avaient juré de disparaître. »

Il ouvrit le tiroir à secret de sa table de travail et en sortit un lourd trousseau à trois clés. Puis il se dirigea vers la cheminée et souleva la tapisserie sur laquelle figurait une meute de chiens et de cavaliers courant dans un sous-bois.

Elle dissimulait un coffre encastré dans le mur. La porte, sans poignée ni serrure apparentes, était compartimentée en seize carreaux d'acier noir séparés par de larges bandes faites du même métal. Au centre de chaque carreau, et à l'intersection de chacun des croisillons, il y avait un gros bouton d'acier, forgé en demi-sphère. Le comte tourna deux de ces boutons et en tira un troisième vers le bas, ce qui lui permit de faire coulisser une des plaques carrées, découvrant une serrure dans laquelle il actionna une première clé. La manœuvre libéra un nouveau bouton, qu'il dut actionner en même temps que deux autres pour soulever vers le haut un deuxième compartiment à serrure, cette fois dans la partie gauche du coffre. Cette opération commandait la dernière serrure, accessible en imprimant un quart de tour à trois autres boutons disposés en diagonale et en faisant coulisser le dernier carré de métal, au centre du dispositif. Tous ces mécanismes, insoupçonnables à l'œil nu, révélaient une science digne du plus habile des horlogers. Épaisse de la largeur d'une main, la porte pivota sans un bruit sur ses gonds.

Derrière se trouvait un cabinet à tiroirs en bois précieux. Le

comte en sortit un parchemin qu'il relut rapidement, un vague sourire flottant sur ses lèvres.

« Ce n'est pas rien d'être tuteur d'une marquise », songea-t-il, en glissant le document dans l'échancrure de son pourpoint.

Il repoussa le tiroir et s'apprêtait à refermer le coffre lorsqu'il se ravisa. Il en sortit un épais manchon de cuir qu'il déroula avec précaution, découvrant un lourd pistolet. C'était une arme magnifique. La platine en acier noir, damasquinée d'argent, était ornée de scènes représentant des cavaliers masqués. La crosse en ébène se terminait en tête de loup, si finement sculptée qu'on pouvait voir des poils gravés sur ses reliefs. L'animal, le museau retroussé, semblait prêt à mordre. L'artiste avait poussé très loin le souci du détail, jusqu'à faire de fines incrustations d'ivoire pour les dents, de sorte que, dans la gueule de ce fauve noir, on ne voyait briller qu'elles.

Le comte appuya sur la détente, satisfait de voir que le mécanisme fonctionnait à merveille. Il emmaillota de nouveau le pistolet et glissa l'ensemble dans un sac de cuir.

Ensuite, il referma le coffre en actionnant soigneusement chaque serrure, remit en place la tapisserie et tira un cordon près de la fenêtre.

Quelques minutes plus tard, on frappa à la porte du vestibule.

– Entre, Froissac ! tonna le comte.

Celui qui se présenta avait de hautes bottes en cuir de buffle et une boucle d'or à l'oreille droite. Presque de l'âge du comte, mais tout en nerfs, avec la jambe arquée d'un homme qui a passé davantage de temps à cheval que dans un lit. La rapière pendue à sa ceinture était nue, et plus longue d'une paume que la plupart des épées. Elle datait d'au moins un siècle, mais sa lame semblait sortir de la forge, tant par son tranchant que par l'éclat de son acier.

– Réunis dix hommes armés. Prends des lanternes et prépare les chevaux. On part ce soir pour Roquedor.

Chapitre vingt-trois

Cette nuit-là, la cour du château de Saint-Mesme s'anima d'ombres belliqueuses projetées par des lanternes courant le long des murs. La herse se souleva, les deux lourds vantaux du portail s'ouvrirent, et la voûte du porche trembla au grondement d'une douzaine de cavaliers lancés à plein galop sur le pavé. Ils avalèrent la grande allée bordée d'ormes centenaires descendant vers la route de Hauteceilles, passèrent en coup de vent le pont de la Sourgide et s'enfoncèrent dans un chemin qui s'écartait de l'autre rive.

En tête, et tenant à bout de bras sa lanterne, Froissac, ancien cadet de Gascogne, menait le train en bon connaisseur du terrain. Le comte le suivait, penché sur l'encolure d'un étalon tout en nerfs. Derrière eux, la colonne s'étirait en une longue file sinueuse. Dans le lointain, on ne vit bientôt plus que cette procession de points lumineux qui se faufilait à travers les bourrelets noirs des buissons.

– Ils sont fous ! constata Gervais Grison.

– C'est un train à se briser les membres, approuva sœur Matin, penchée au parapet de la muraille.

Tous deux s'étaient postés sur le chemin de ronde pour observer leur départ le plus longtemps possible. De là, ils avaient une vue plongeante sur le pont de pierre au pied du château et les champs grimpant à l'assaut de l'autre rive.

– S'il n'y avait que ça ! Mais prendre la route du mont Cigale ? Même en plein jour, on est bien peu à pouvoir s'y aventurer avec des mulets, et Dieu sait si ces braves bêtes ont le pied sûr. Mais de nuit ? Après une tempête et avec des chevaux ? C'est de la folie !

Le cocher secouait la tête avec conviction, comme si c'était à lui qu'on demandait de braver l'impossible.

– M. le comte sait ce qu'il fait, observa sœur Matin. Tenez, ils vont déjà moins vite.

Effectivement, ils les virent gravir au pas un raidillon creusé comme un long sillon dans les prés en pente.

– Ils vont devoir mettre pied à terre dans pas longtemps, croyez-moi, s'ils ne veulent pas revenir en morceaux. Ce n'est pas pour rien que la route ordinaire fait un si long détour en longeant la rivière pour aller à Roquedor. Mais par là... (Il souleva son chapeau pour se gratter la tignasse.)... c'est pire que tenter le diable.

– Ma mère l'a pourtant fait, dit sœur Matin d'une voix étonnamment douce. Elle est venue toute petite par cette droite route.

Grison se raidit à cette affirmation farfelue.

– Elle s'est trompée, ma sœur.

– Non. Elle était en fuite avec ses parents. Elle était huguenote, comme toute ma famille. Il n'y a que moi qui me suis convertie.

Grison la regarda en coin, avec une moue dubitative. La religieuse lui rendit son regard.

– Vous ne me croyez pas ?

– Que votre famille est huguenote ? Bien sûr que si ! Cette engeance pullule encore, que c'en est une misère. Le marquis de Roquedor, paix à son âme, en a tellement recueilli que ses domestiques sont tous à moitié parpaillots. Léonce, par exemple. Il en a fait son intendant.

– Ma mère y est lavandière.

– Ah ? je ne savais pas. Je ne parle pas pour vous, ma sœur, mais si votre mère est toujours une mécréante, il lui était facile de vous mentir.

– Elle n'a pas menti. Elle a pris la route du mont Cigale. Celle qu'on appelle le chemin des loups.

– Faut être montagnard pour aller là-haut, et bon montagnard, je dirais, et même montagnard de père en fils.

– Pas elle. C'était une petite fille, quand elle l'a fait.

Grison ricana.

– Sauf votre respect, je m'y connais mieux que vous pour tout ce qui touche aux routes et aux sentiers : c'est ma partie. Personne ne peut m'en raconter là-dessus. Le col des Adrets se mange chaque année deux à trois fanfarons qui pensent qu'on peut aller y pisser en gardant le nez en l'air ! Et il en recrache autant, sinon plus, qui ont rebroussé chemin en y laissant leurs chaussures. Et quand bien même on y parvient, il reste encore un bon tiers à marcher avant d'atteindre l'autre col, celui du Mont-Cigale, qu'est bien pire. C'est pierraille sur pierraille, là-haut ! Ça vous roule sous les sabots, ça vous tord les chevilles, et si vous avez le malheur de glisser, ça vous dégringole sans prévenir dans un maudit précipice de huit cents pieds de haut. En hiver, quand il gèle à pierre fendre, c'est hanté par les loups. C'est la vraie vérité que je vous dis là, ma sœur. C'est pas des menteries.

– Et pourtant, elle l'a fait ! murmura la grosse nonne, en se parlant à elle-même.

Grison haussa les épaules, le regard fixé à l'horizon.

– On ne les voit plus, remarqua-t-il. J'arriverai peut-être avant eux, qui sait !

– Vous ? Comment cela ?

– Dame, monsieur le comte m'a donné l'ordre de conduire son notaire et le curé de Hauteceilles à Roquedor en carrosse, expliqua Grison en redescendant les marches au flanc de la muraille. Je m'en va prendre la route de la rivière. On ira à notre train, pas bien vite, allez ! mais sûrement. (Il gloussa pour lui-même :) C'est la fable des lièvres et de la tortue.

Sœur Matin ne répondit pas. Elle se sentait traversée d'une joie inexplicable. Ce n'était pas seulement d'imaginer sa mère, toute petite, perdue avec ses parents dans un désert de roches et de cailloux pour fuir les persécutions. Non, elle repensait à la petite marquise, sautant à bas du carrosse et courant à toutes jambes vers la liberté.

Elle enviait leur courage.

*

Comme l'avait prévu Grison, les cavaliers durent les uns après les autres descendre de leurs montures, mais ils franchirent sans accident le col des Adrets. Le chemin était d'autant plus dangereux que les fortes pluies l'avaient raviné en de multiples endroits. Enveloppés dans leurs longs manteaux et chichement éclairés par les lanternes, ils avançaient en trébuchant, la main près de la bouche des chevaux pour les empêcher de refuser. Froissac se retournait souvent, aboyant ses consignes dans les passages difficiles. Malgré tout, la colonne s'était démesurément allongée, et les dernières lanternes dans le lointain semblaient si ternes, si fragiles, qu'on pouvait les croire près de s'engloutir dans les ténèbres. Juste après le col, le chemin ondulait pendant une ou deux lieues sur un plateau couvert de maquis.

– Nous devrions attendre les traînards ici, monsieur le comte, dit Froissac en s'arrêtant. Les hommes ont besoin de reprendre un peu de forces. Le plus dur est encore devant nous.

Saint-Mesme approuva. Il s'assit sur une grosse pierre, se trancha un large morceau de fromage avec son pain et, tout en mastiquant avec application, il pointa de son couteau la direction du domaine de Roquedor.

– L'important, Froissac, c'est d'arriver là-bas avant demain, et alors que personne ne nous y attend. La foire de Ségur attire trop de monde sur la grand-route, on y parle de tout et de n'importe quoi, on se ferait repérer. La petite marquise n'a qu'un endroit où se réfugier, et c'est le château de son père. Tôt ou tard, elle va y remettre les pieds, et croyez-moi, on sera là pour l'accueillir.

Le reste de la troupe les avait rejoints. Ils laissèrent brouter un moment les bêtes en les attachant aux genêts. Les nuages fuyaient au-dessus de leurs têtes en dégageant de grands pans de ciel étoilé. Froissac distribua une dizaine de chandelles neuves pour remplacer celles qui s'étaient consumées dans les lanternes.

Saint-Mesme attrapa une gourde en peau de chèvre et se versa entre les lèvres un long jet de vin qu'il but à la régalade. Puis il s'essuya la bouche d'un revers de main et se leva pour aller resserrer la sangle de sa selle. Même dans ces moments de calme, il ne perdait jamais la brusquerie de ses manières de soldat. C'était une machine de guerre, capable de libérer une très grande violence. Ceux qui avaient eu la malchance de croiser le fer avec lui n'étaient plus là pour en parler. Il passa devant Froissac en donnant le signal du départ, d'un simple coup de menton.

Le plateau montait graduellement vers une masse plus claire. À distance, on pouvait prendre pour de la neige cette étendue de cailloux où le vent prenait force et vitesse. Les sabots des chevaux y dérapaient, il fallait sans cesse les retenir ou les encourager, alors que les manteaux s'enroulaient aux jambes, fouettés par d'invisibles rafales. Hommes et bêtes courbaient la nuque, tendus par l'effort. Saint-Mesme en prenait sa part, ni plus ni moins que ses compagnons. Il avait cependant l'avantage de bien connaître la piste, pour l'avoir souvent prise de nuit et par tous les temps. Ce n'était pas seulement à cause des meutes de bêtes sauvages, en effet, qu'on l'appelait le chemin des loups. Des assassins à deux pattes l'avaient aussi beaucoup fréquentée, quand ils étaient tenus par serment dans une fraternité de bandits, celle des terribles Loups de l'Azeillan.

Le col du Mont-Cigale passait au ras de cette montagne massive et solitaire, plantée comme un gros bouton sur ses larges pentes pierreuses. C'était un chemin muletier en corniche, renforcé par endroits de murets de pierres sèches. Grâce à l'expérience des deux meneurs, et sans doute aussi parce que l'obscurité cachait la profondeur terrifiante du précipice, ils réussirent la descente sur l'autre versant, particulièrement scabreuse. Ensuite, le chemin s'enfonçait dans la forêt avant de retrouver, beaucoup plus bas, les gorges de l'Azeille. Ils arrivèrent au château une heure avant le lever du soleil.

*

Les premiers seigneurs de Roquedor avaient bâti leur forteresse au Moyen Âge. Le donjon prolongeait un éperon dominant la rivière, et ses hautes murailles, flanquées de quatre tours, en suivaient la crête. Cependant, dès qu'on avait passé le porche massif, on entrait dans une vaste cour en trapèze, agrémentée d'un jardin donnant sur l'élégant corps de logis du château proprement dit, qui datait de la Renaissance. Deux ailes en partaient avec, d'un côté, les logements des domestiques et, de l'autre, un ensemble de bâtiments comprenant un chai, une grange, le fournil et diverses remises. Ces deux ailes étaient réunies par les écuries, percées en leur centre d'un passage voûté. De là, on rejoignait le verger, où s'élevait un des plus beaux pigeonniers de la région, puis des vignobles qui descendaient en pente douce vers la rivière.

Léonce Cabrezan, l'intendant du défunt marquis, entretenait le domaine avec autant de soin que de son vivant. Il avait une fille, Mélusine, de trois semaines l'aînée d'Olympe et qui était presque une sœur pour elle. Comme le reste de la maisonnée, elle vivait dans l'attente du retour de la petite marquise. Elle leur manquait. C'était pour eux un second deuil de la savoir au couvent, comme une emmurée vivante, à la fois si proche et frappée d'interdiction. Chacun savait qu'elle devait cet enfermement à la volonté inflexible d'Enguerrand de Saint-Mesme, son tuteur. Tous les ans, à la Saint-Jean d'été, ce dernier s'enfermait trois jours avec Léonce pour ouvrir les comptes, et le malheureux intendant devait chaque fois lui céder davantage en prélevant sur les revenus du domaine. Mais jamais encore, le redoutable seigneur de Saint-Mesme n'était venu à Roquedor sans s'annoncer, ni accompagné d'une troupe d'hommes en armes.

Ce fut le branle-bas d'un bout à l'autre du château. En chemise et regroupés dans la cour, les domestiques, tirés du lit, se demandaient quelle foudre leur tombait dessus. Cela ressemblait à une prise de force et à un coup d'État. Léonce Cabrezan tentait de rassurer les siens du mieux qu'il pouvait. Après tout, aucun de ces cavaliers n'avait tiré l'épée. Enguerrand exigea qu'il lui remette tous les trousseaux de clés, qu'il confia aussitôt à Froissac.

– Allez-y ! Fouillez partout !

Froissac répartit ses hommes et leur désigna les différentes entrées des bâtiments. Des bruits de bottes emplirent aussitôt les escaliers. Lui-même se réserva les pièces les plus importantes du château : la salle d'honneur, puis la « librairie », perchée tout en haut du donjon.

– Monsieur le comte, que cherchez-vous ? s'indigna Léonce. Nous sommes des gens honnêtes. Nous n'avons rien à cacher.

– Vous, non. Mais la marquise Olympe de Roquedor a reçu de sa mère, à percevoir en héritage après la mort de son père, une dot de dix mille écus d'or ainsi qu'une cassette de bijoux. Vous le saviez ?

– Non ! Mais c'est doublement nous offenser, monsieur le comte, de croire que nous pourrions l'avoir dissimulée, et de penser que M. le marquis de Roquedor n'aurait pas pris les dispositions qu'il convenait pour sa fille.

– Je viens simplement m'assurer qu'elle entrera bien en possession de ce trésor pour son mariage.

– Mademoiselle se marie ? Mais quand cela ?

– Au plus vite, et avec mon fils.

Chapitre vingt-quatre

Durant les quatre années qu'elle avait passées au couvent, Olympe avait souvent imaginé le jour où elle regagnerait le château familial.

Seule cette pensée l'avait sauvée du désespoir. La règle du couvent n'avait pas eu raison d'elle, au contraire. Plus on la contraignait, plus elle aspirait à cette liberté qu'on lui avait ôtée. À l'automne, le cancan des oies sauvages survolant le potager clos de murs l'emplissait d'une terrible nostalgie. Elle aurait voulu être l'un de ces petits nuages à forme de poneys qu'on voyait filer dans les ciels vifs de printemps. À deux reprises, elle s'était échappée, sans autre résultat que de resserrer autour d'elle la vigilance de sœur Matin. Reprise, elle avait été privée de promenade, contrainte de garder ouverte, la nuit, la porte de sa cellule. Combien de fois aussi, au tintement de la cloche du portail, avait-elle abandonné son travail pour accourir, le cœur battant à tout rompre, persuadée contre toute raison que c'était son père, revenu pour elle d'entre les morts, qui venait la chercher... Mais ce n'était que l'évêque ou son diacre, un livreur de tonneaux, un mendiant... Rabrouée par la sœur portière, elle rejoignait son ouvrage, serrant les dents pour qu'on ne la voie pas sangloter.

Un jour qu'on refusait l'entrée du couvent à un visiteur, Olympe avait cru reconnaître la voix de Léonce. Ce n'était pas la première fois. Le vieil intendant de Roquedor avait-il seulement reçu les lettres qu'elle écrivait à Mélusine, sa fille, sa seule amie ? Sœur Matin s'était engagée à les lui faire parvenir afin de soulager la solitude de sa jeune pensionnaire. Celle-ci y demandait des nouvelles du château, des récoltes, de sa chère nourrice. Elle s'y épanchait aussi – un peu seulement, par fierté, mais trop sans doute pour les yeux secs de la religieuse qui tenait, chez une jeune fille, la sensibilité pour une faiblesse, et l'exaltation pour un vice.

Les lettres d'Olympe étaient restées sans réponses, creusant un peu plus le puits de détresse où on l'avait ensevelie.

Un fol espoir s'était emparé d'elle quand Foulques l'en avait tirée quelques jours plus tôt, il y a des siècles, lui semblait-il. Mais c'était pour un sort plus haïssable encore et, quand elle l'avait compris, elle n'avait pas hésité. L'attaque de la berline avait été sa chance – si l'on peut appeler chance le fait d'avoir été traquée, battue, brûlée, assommée et à demi noyée pour prix de sa nouvelle liberté.

Même dans ses rêves les plus fous, elle n'aurait pu imaginer qu'elle reviendrait à Roquedor ainsi : à pied, tondue, costumée en petit cavalier de théâtre, sous l'escorte d'un borgne au masque de sieur triste et d'un grand escogriffe en haillons, semi-bègue et empêché d'un bras…

Bel équipage pour une marquise ! Elle en riait sous cape en pressant les deux hommes à qui, depuis qu'ils l'avaient sauvée des eaux, elle faisait mener un train d'enfer.

Sachant que leurs ennemis tenaient l'autre rive, ils étaient retournés brièvement chez Léontine. Puis, après les Nèves, ils avaient coupé à travers bois pour rejoindre la route de Roquedor. À peine avait-elle consenti à leur accorder quelques heures de repos, à l'abri d'une vieille grange, les éveillant bien avant l'aube, trépignant d'impatience, Mirabelle déjà sellée.

– Il fait nuit noire encore, ronchonnait Décembre dont le corps endolori criait définitivement grâce. L'heure de dormir pour un bon chrétien…

– Qui parle de dormir alors que nous sommes si près ? Regardez M. Oost : frais comme un gardon ! N'est-ce pas, monsieur Oost ?

Le garçon opina en bâillant. L'emplâtre de Léontine avait fait des miracles, à moins que ce ne soit le bain forcé de la veille dans les eaux froides de la rivière. La fièvre l'avait quitté. Seule une douleur sourde lui rappelait encore la balle qui avait labouré son épaule.

Le borgne enfonça son chapeau d'un coup de poing sur son crâne.

– Votre jeunesse à tous deux aura raison de mes dernières forces. Mais c'est bien mal traiter le dévouement d'un vieux soldat.

– Vieux, monsieur Décembre ? Allons, c'est tout juste si vous êtes dans la force de l'âge, protesta Olympe en guidant la jument vers la route. Vous monterez d'abord Mirabelle, puis nous nous relaierons. Je vous promets bon gîte et bonne chère quand nous serons chez moi.

Oost les suivait, sautillant sur une jambe pour enfiler ses bottes.

– Du vin aussi ? demanda-t-il.

– À pleins tonneaux. Et du meilleur, à ce qu'on dit.

– Un lit ?

– Autant qu'il vous en faudra, et moelleux à souhait. Mais hâtons-nous, messieurs, s'il vous plaît !

– À vos ordres, grogna le borgne. Vous venez de nous acheter pour pas cher, marquise. Je tuerais un homme sans sourciller pour une cuisse de poulet et un oreiller.

Roquedor n'était qu'à quelques heures de marche, caché derrière les contreforts qu'arasaient les premières lueurs de l'aube. La route escarpée, sinuant dans l'obscurité, avait la pâleur de la craie.

Décembre dut piquer un somme, droit comme un cierge sur sa selle. Quand il rouvrit l'œil, ils longeaient un vallon couvert de prairies jaunes, presque aveuglantes dans la lumière du matin.

– Où est-elle ? s'inquiéta-t-il en ne voyant pas Olympe.

Le foulard noué autour de sa tête à la place du bandeau perdu lui donnait l'air ahuri d'un homme surpris en bonnet de nuit.

– Devant, dit Oost qui marchait à côté de Mirabelle, mâchonnant une herbe pour tromper sa faim. Elle court comme un cabri depuis que vous dormez.

– Je ne dormais point : je songeais.

– Vous ronflez donc en songeant ? s'étonna le garçon. Et à quoi songiez-vous si profondément ?

– À ce que je ferai après, une fois à Roquedor.

– Et que ferez-vous ?

– Rien.

– Rien ?

– Je prendrai un bain.

– Mais encore ?

– Rien, te dis-je. Et tu ferais bien de suivre mon exemple, l'ami. Tirer d'un mauvais pas une jeune fille dans les bois, rosser quelques vilains, la reconduire saine et sauve chez elle, voilà qui est dans nos cordes, à nous, gens de peu. Mais se mêler des affaires des grands, aider à rétablir une marquise dans ses biens ? Tu feras ce que tu voudras. Mais je n'y risquerais pas le doigt si j'étais toi.

*

Lasse de la lenteur de Mirabelle et de rebrousser sans cesse chemin pour presser ses compagnons, Olympe avait pris de l'avance.

Se savoir si proche du château familial, retrouver des paysages dont elle connaissait les moindres replis, l'emplissait d'une ivresse mêlée de crainte.

Les mises en garde de Décembre résonnaient encore à son oreille. Que pouvait-elle contre des adversaires si puissants et si déterminés ? Foulques avait dû regagner Saint-Mesme, rendre compte à son père de l'échec de sa mission. Il ne tarderait pas à fondre sur Roquedor pour y reprendre sa proie. Il fallait y être avant lui, cadenasser le château, organiser sa défense. Léonce serait de bon conseil. Le vieil intendant avait toujours été le plus fidèle serviteur de sa famille. En l'absence d'Olympe, c'est lui qui avait administré le domaine en son nom. Sa femme avait été la nourrice d'Olympe et leur fille, Mélusine, sa sœur de lait. Elle trouverait refuge et consolation auprès d'elles après un trop long purgatoire dans le monde sans tendresse du couvent.

Olympe s'était toujours identifiée à son fief. Tout enfant déjà, elle le savait, elle était l'héritière de Roquedor. C'est de là qu'elle tirait sa force, comme un arbre tire sa sève du terreau où il se trouve enraciné. Ses hauts murs de défense, son donjon, sa situation dominante à l'entrée de la vallée en avaient fait à ses yeux une forteresse inexpugnable qui la protégerait toujours des atteintes du dehors, de la souffrance ou du malheur. Son père, homme libéral et bon, vivait en harmonie avec la terre et les gens qui la faisaient fructifier pour lui, respecté de ses voisins et aimé de ses domestiques. Avec sa mort brutale, le monde d'Olympe s'était effondré. Orpheline à douze ans, elle n'avait pu qu'accepter le sort qu'on lui destinait. Mais elle en aurait bientôt dix-sept ; dans quelque mois, elle serait majeure, libérée de la tutelle de Saint-Mesme. Maintenant qu'elle allait retrouver la protection de Roquedor, la stratégie était simple : gagner du temps.

Car elle n'avait pas tout dit à Décembre. Dans la partie

qui s'engageait, elle gardait un atout. Un trésor de guerre. Sa mère, Louise de Roquedor, morte en lui donnant le jour, lui avait légué une fortune en pièces d'or et en bijoux. Une dot considérable qui reviendrait à Olympe le jour de son mariage et que son père, en homme avisé, avait tenue secrète, attendant qu'elle ait l'âge de raison pour le lui révéler.

– Ma chère Louise t'a fait là un cadeau empoisonné, ma fille.

– Empoisonné ? s'était-elle étonnée.

– Cette dot assure ton avenir autant qu'elle le compromet. Si ta fortune venait à être connue, tu serais la proie de toutes les convoitises, Olympe. La soif de richesses corrompt les âmes et peu d'hommes savent y résister… Tu as raison de froncer le nez, ce sont des propos bien obscurs pour une enfant de ton âge. Mais souviens-t'en, le temps venu, et tu comprendras pourquoi il est nécessaire de garder ce legs caché. Ce sera notre secret. M'en fais-tu la promesse ?

– Oui, père.

– Sache qu'il est à l'abri. Je te dirai où, le jour de tes dix-sept ans, pas avant, cela ne ferait que peser sur ta jeune cervelle. Mais s'il devait m'arriver quelque chose…

– Oh ! ne dites pas cela, père !

– Le destin de ta pauvre maman m'a enseigné la prévoyance, Olympe. Alors, écoute attentivement. S'il m'arrive quelque chose, tu trouveras dans un endroit qui nous est cher une petite énigme qui te conduira à la cachette.

– Une énigme ?

– Un mot qui ne s'adresse qu'à toi et que toi seule pourras comprendre.

– Mais comment ?

– Comment ? avait repris son père en lui adressant un clin d'œil. Je fais confiance à cette intelligence en herbe que je vois chaque jour s'épanouir davantage.

Comme elle rougissait sous le compliment :

– Tu es une bonne petite, avait conclu le marquis en l'accompagnant jusqu'à la porte de son cabinet de travail. Va maintenant, et ne t'en soucie plus.

*

L'on avait passé midi quand Roquedor surgit derrière un épaulement de la colline.

Le soleil était haut, et dans l'air vibrant de chaleur, la forme élancée du château semblait celle d'un aigle veillant sur la vallée. À ses pieds, prairies et vignobles alternaient avec de vastes étendues de forêts rousses entre lesquelles miroitaient les méandres de la rivière.

Les jambes d'Olympe faillirent lui manquer. Elle avait couru si souvent dans ces prairies et dans ces bois, chevauché tant de fois avec son père sur ces versants. C'était dans ces paysages qu'elle avait appris à marcher. Ses pieds en reconnaissaient chaque pierre, ses yeux chaque arpent. Cette alouette qui lançait ses trilles, il lui semblait reconnaître son chant aussi, et de l'entendre à nouveau, son cœur était près d'exploser.

Tout était donc là, inchangé, malgré sa trop longue absence ? Elle dut s'asseoir sur un muret pour ne pas défaillir, des larmes plein les yeux.

– Vous êtes toute pâle, s'inquiéta Oost en lui tendant quelques noisettes glanées en chemin dont il cassait l'écorce entre ses dents. Il faut vou-ous requinquer.

Le borgne, d'autorité, lui tendit les rênes de Mirabelle.

– Montez.

– Je ne suis pas fatiguée. Juste un peu étourdie.

– Montez, vous dis-je. Ce n'est qu'une vieille rosse, mais vous êtes marquise, pas coureur de grand chemin. Que diront vos gens s'ils vous voient faire votre entrée à pied ?

Ils finirent le chemin en silence. Décembre ouvrait la marche, surveillant les alentours, prêt à donner l'alerte au moindre signe qui pût trahir qu'on les attendait.

Au bout de la montée menant au château, le grand portail était ouvert. Tout était calme, silencieux, comme si le château avait été à l'abandon. « Trop calme », songea le borgne.

– Attendez ici, marquise. Je vais en reconnaissance.

– Non.

– Je vous l'ordonne.

– Jamais je n'entrerai chez moi comme une voleuse.

– Et si Foulques…

– Je le chasserai de chez moi.

Le borgne soupira. Il n'aurait jamais raison contre son impatience.

– Comme vous voudrez… Mais restez derrière moi, par pitié. Ton pistolet, Oost. Tiens-le prêt.

Le garçon montra la bosse déformant l'écharpe qui tenait son bras.

– Bien, dit Décembre.

Profitant de l'ombre du porche, il risqua un coup d'œil à l'intérieur de l'enceinte.

– Personne, s'étonna-t-il. Où sont vos gens ?

Pour toute réponse, Olympe éperonna Mirabelle et pénétra dans la cour déserte.

– Vous voyez bien, lança-t-elle joyeusement. Nous arrivons les premiers.

À cet instant, un personnage surgit du corps de logis, les yeux écarquillés comme par quelque apparition.

Décembre voulut retenir Olympe. Mais déjà, elle avait sauté à terre et couru se jeter dans les bras du vieillard qui tentait de la repousser en murmurant :

– Partez, je vous en conjure !

– Voyons, mon cher Léonce, c'est moi, Olympe ! Ne me reconnais-tu pas ?

– Fuyez, mademoiselle ! Je vous en prie, fuyez ! répéta le bonhomme.

C'était trop tard. Sortis des bâtiments, une dizaine de spadassins avaient fondu sur eux et les encerclaient, l'épée au poing.

Le borgne voulut se défendre. Mais, comme il se saisissait de sa canne, la pointe d'une rapière vint se loger entre ses omoplates, l'obligeant à la lâcher.

– Voilà qui est raisonnable, fit une voix dans son dos, avant d'ordonner sèchement : À genoux. Qu'on les fouille tous les deux.

Oost, les mains levées au-dessus de la tête, n'avait rien pu faire lui non plus. Décembre s'exécuta, pestant contre leur imprudence. Une embuscade menée de main de maître... Celui qui donnait les ordres était sec, vif comme un ressort, et portait à une oreille une petite boucle en or.

– Que signifie, monsieur ? s'emporta Olympe qu'on avait brutalement séparée de Léonce. Je suis ici chez moi, et cette intrusion...

– Ordre du comte, coupa l'inconnu en rengainant son épée. N'ayez crainte, vous êtes sous sa protection.

– Foulques ? Il est ici ?

Un bref ricanement lui répondit.

– Mon incapable de fils ne devrait plus tarder à se joindre à la fête, chère Olympe. Bienvenue à Roquedor.

En voyant Enguerrand de Saint-Mesme surgir sur le perron, Olympe eut un hoquet de surprise. C'était donc à lui qu'appartenaient ces hommes ? Les domestiques s'étaient massés aux fenêtres, l'air apeuré, tardant à reconnaître leur maîtresse.

Olympe, ravalant sa colère, esquissa une courte révérence.

– Merci, monsieur. Peut-être aurez-vous l'obligeance de m'expliquer votre présence ici et ce qui me vaut un accueil aussi… cavalier ?

– Votre sauvegarde, mon enfant, répondit Enguerrand, et l'amitié sacrée qui m'unissait à votre père.

Il la toisa des pieds à la tête, s'attardant sur le costume rapiécé, ses joues sales, sa chevelure coupée à la diable.

– Votre petit caprice vous a mis en bel état, ajouta-t-il froidement. On vous tiendrait pour une souillon si l'on ne vous connaissait pas.

Olympe, malgré elle, baissa les yeux. Elle n'avait jamais aimé le vieux comte de Saint-Mesme. Quand il venait au château, il avait toujours pour elle quelque menu cadeau. Mais ses manières brusques, son profil de corbeau, son rire glacial emplissaient de crainte l'enfant qu'elle était. Qu'il fût intime avec son père ne cessait de l'étonner. Hors un passé militaire et un veuvage précoce, les deux hommes n'avaient rien en commun.

– Conduisez-la à ses appartements, ordonna-t-il. Qu'on s'occupe de sa toilette et qu'on lui trouve une tenue décente.

– Je suis donc prisonnière chez moi ? suffoqua Olympe à qui l'on venait de confisquer son épée.

Mais le comte s'était déjà détourné d'elle.

– Qui sont ces deux-là ? aboya-t-il en désignant Oost et Décembre agenouillés sur le pavé de la cour.

L'homme à la boucle d'oreille haussa les épaules.

– Aucune idée, monsieur le comte. Des moins-que-rien que j'interrogerai tout à l'heure. Mais regardez plutôt ce qu'on a trouvé sur celui-là.

Le comte de Saint-Mesme étouffa un juron en reconnaissant le motif gravé sur l'arme qu'on avait prise à Oost.

– Les Loups de l'Azeillan, murmura-t-il. Je croyais ces brigands exterminés jusqu'au dernier.

– Ces messieurs ne sont pas des brigands, tenta de plaider Olympe. Je m'en porte garante, ils…

– Emmenez-la, aboya le vieux comte sans l'écouter.

Puis, se tournant vers le chef des spadassins :

– Débarrassez-moi de ces gueux. Qu'on les enferme dans l'écurie pour l'instant.

– À vos ordres, monsieur le comte, fit l'homme à la boucle d'oreille.

– Vous m'en répondrez, Froissac, dit Enguerrand avant de tourner les talons pour disparaître dans le château.

Froissac ?

Ce nom fit sur Décembre l'effet d'un trait de foudre.

Sans résistance, il se laissa conduire avec Oost jusqu'à leur geôle, où l'on enferma Mirabelle avec eux, non sans avoir retourné par terre les fontes du borgne et fouillé son manteau qu'on jeta à ses pieds.

La porte à peine refermée sur eux, il en tâta fiévreusement la doublure.

La précieuse lettre s'y trouvait encore.

Chapitre vingt-cinq

« Froissac ». Décembre remâchait ce nom pour le retenir avant qu'il ne se dissolve à nouveau dans la brume de souvenirs où sans cesse il replongeait. Il n'avait pas besoin de déplier la lettre pour y retrouver le passage qui le hantait : *Un mot encore : je confie à Froissac le soin de vous porter mon cœur. Il part ce jour rejoindre votre régiment.*

Quel régiment ? Cet homme à boucle d'oreille était-il le Froissac mentionné dans la lettre ?

Rien, il ne se souvenait de rien. En poussant un soupir, il attacha la jument à un anneau et lui flatta l'encolure. Puis il revint se poster derrière la porte qu'on avait refermée sur eux. En chêne massif, elle était dotée de solides ferrures et d'un verrou à toute épreuve, mais un petit jour en forme de meurtrière restait entre le battant et le mur.

Le borgne colla son œil unique à cet interstice.

De là, il avait une vue partielle sur la cour.

Celui qu'ils appelaient M. le comte devait être le père de Foulques. Même profil, en plus grand, plus puissant, et surtout, même morgue. Il donnait ses ordres en soldat : des consignes sèches et précises, d'un ton sans appel.

Il avait vite disparu.

Ne restait que son second, Froissac, justement, qui faisait les cent pas devant son champ de vision. Décembre le scrutait désespérément. Il s'accrochait à sa voix, à sa façon de se déplacer, cependant qu'il le voyait répartir les tâches. Un homme menait des chevaux à l'abreuvoir, un autre pressait des paysans chargés d'approvisionner un énorme tas de bûches, sans doute pour entretenir un feu pendant la nuit. Deux autres encore faisaient bonne garde juste sous son nez. Tous étaient armés de dagues et d'épées, et l'un de leurs geôliers avait en plus un pistolet passé dans la ceinture.

– Ce mariage ressemble fort à une occupation militaire, si tu veux mon avis…

Malgré lui, le borgne se sentait repris par l'excitation nerveuse qui précède les batailles. Il comptait les forces ennemies, évaluait leurs moyens. Il s'accroupit pour établir un plan des lieux en grattant de la pointe du doigt le sol en terre battue. Il indiqua d'une petite croix les emplacements successifs des gardes.

– D'abord cette embuscade, fort bien menée, ma foi. On n'y a vu que du feu. Puis cette façon de prendre leurs quartiers sans rien laisser au hasard. Nom d'un chien, ce Froissac connaît son affaire…

Écroulé dans la paille, le dos au mur et les coudes posés sur les genoux, Oost le regardait faire, complètement découragé.

– Froissac…, continua Décembre en roulant le mot dans sa bouche comme s'il mastiquait un vieux morceau de cuir.

Revenu à son poste d'observation, son œil valide plissé tout contre l'étroite meurtrière, il se dévissa le cou pour tenter d'apercevoir la partie du château réservée aux habitations. Mais l'angle du mur la cachait complètement à sa vue.

Deux hommes sortaient des jarres et de grands paniers d'osier qu'ils renversaient sur le pavé.

– Bon sang, qu'est-ce qu'ils cherchent ? J'enrage d'être

désarmé et enfermé ! Tudieu ! Si seulement j'avais une épée ! Je me demande où ils ont emmené la petite marquise…

*

Les deux sbires qui encadraient Olympe en montant les marches du perron la laissèrent sur le seuil. L'émotion submergea la jeune fille quand elle franchit la porte surmontée d'un blason aux armes des Roquedor. Hélas, dans le vestibule, personne pour l'accueillir. Le vieux Léonce, qui subissait les remontrances de Saint-Mesme pour avoir tenté de la prévenir, lui adressa un petit signe navré. Elle aperçut également Constance, la cuisinière, qui passait discrètement sa bonne tête par une tenture. Ni le premier ni la seconde n'osaient lui adresser la parole.

Après quelques instants, elle entendit un froissement de robe. Une jeune fille accourut du fond de la pièce. Parvenue à deux pas devant elle, elle marqua une pause pour esquisser une courte révérence. Olympe ne la connaissait pas. Elle portait une robe de serge et un casaquin de couleur prune, couvert aux épaules d'un grand mouchoir de col en batiste. Une coiffe de lin blanc soulignait à son front les jolies boucles de ses cheveux noirs. En relevant la tête, elle tourna vers la petite marquise un regard plein de larmes.

– Mélusine ? demanda Olympe.

– Mademoiselle…, souffla la jeune fille, sans cacher la surprise que lui causait l'étrange tenue de sa maîtresse.

Elles restèrent ainsi quelques secondes, à se dévisager tout étonnées.

– Chassagne ! hurla soudain le comte.

À ce coup de tonnerre rebondissant sous le haut plafond, Olympe sentit un courant d'eau glacée lui parcourir l'échine. Un homme se détacha de l'ombre où il se tenait. Gros sourcils charbonneux, grosses moustaches et de gros yeux à fleur de tête, il soufflait par les narines en avançant à la manière d'un taureau lâché dans l'arène.

Il souleva néanmoins son chapeau.

– Je dois vous accompagner à vos appartements. Ordre de M. le comte.

– Vous m'en voyez ravie, lui répondit Olympe en lançant un regard cinglant vers Saint-Mesme.

Elle attrapa la main de Mélusine, chuchota pour ne pas être entendue.

– Tout a changé ici…

– Hélas ! répondit Mélusine. Ça n'était pas comme ça quand vous êtes partie.

Elles gravirent un escalier, accompagnées du souffle bruyant de leur garde du corps. La traversée d'une première salle horrifia la petite marquise. Tout y était saccagé, les coffres ouverts, leur contenu éparpillé, les tableaux décrochés et retournés contre le mur, les tapis poussés et roulés en tas. Une nouvelle volée de marches les conduisit devant une porte.

– Monsieur, dit Olympe en se retournant, je ne crois pas que vos instructions aillent jusqu'à m'honorer de votre présence pendant ma toilette. Ayez la courtoisie, je vous prie, de nous attendre derrière cette porte.

Chassagne, le chapeau à la main et passablement gêné, entra malgré tout en se défendant de toute intrusion.

– Je dois simplement vérifier les meubles et les accès, mademoiselle la marquise.

Il arpenta la pièce, se pencha à la fenêtre dominant la cour d'une bonne quinzaine de coudées, souleva la courtepointe du lit pour en rabattre draps et couvertures, désigna enfin une porte basse masquée par une tenture.

– Ouvrez donc, monsieur, dit Olympe depuis le palier, il faut juste tirer sur le loquet.

La porte donnait sur un petit cabinet éclairé d'un fenestron. Il n'y avait là qu'une baignoire et quelques accessoires de bain.

Satisfait de son inspection, Chassagne les rejoignit à l'entrée.

– Mesdames, dit-il en effaçant son gros ventre pour les laisser passer, la place est à vous.

Il referma la porte de la chambre et prit sa faction, appuyé contre le mur.

Quelques secondes plus tard, la porte s'ouvrit dans son dos, et Mélusine déposa un tabouret près de lui.

– Mademoiselle vous fait porter ce siège pour alléger les rigueurs de votre garde.

– Vous remercierez bien de ma part la marquise. Je suis confus d'avoir à la tenir enfermée sous son propre toit.

*

Une fois seules, elles tombèrent dans les bras l'une de l'autre. Olympe s'assit sur le bord du lit et invita sa sœur de lait à la rejoindre.

– Mélusine, tu as tellement changé ! Il faut que tu me dises tout. Que se passe-t-il ?

– Ah, mademoiselle, je ne saurais par où commencer. Le comte de Saint-Mesme…

– Cette canaille, gronda Olympe.

– Depuis que vous êtes entrée au couvent, il a tellement maltraité votre domaine que vous ne le reconnaîtrez pas ! Les champs, les vignes, vos métairies, tout doit rendre chaque année un peu plus, et qu'importe si la grêle a couché les moissons ou le gel fendu les poiriers. Nous sommes pressés jusqu'à l'os. Mon père en a perdu le sommeil. Il tient vos biens à bout de bras, il s'épuise à défendre votre terre.

– Le pauvre Léonce, dit Olympe en lui prenant les mains.

– Ah, mademoiselle, continua Mélusine en ravalant un

sanglot, si vous saviez comme vos gens ont souffert. C'est comme si le beau nom de Roquedor s'était retourné contre ceux qui l'aiment et le nourrissent. Les criquets ne feraient pas de plus gros dégâts que les Saint-Mesme. Avec l'arrivée de cette troupe, c'est encore bien pire. Ils mettent votre château à sac ! M. le comte voudrait raviver certaines vieilles rumeurs qu'il ne s'y prendrait pas autrement.

Olympe s'était postée à la fenêtre. De là, elle avait une vue plongeante sur la cour.

– Quelles rumeurs ?

– Ici, beaucoup l'accusent d'avoir été autrefois le chef d'une bande d'assassins et de voleurs.

– Les Loups de l'Azeillan ? Je croyais qu'on les avait tous pendus.

En bas, le vieux comte s'entretenait avec Froissac. Celui-ci lui montra la porte d'une des petites écuries gardée par deux hommes en armes. Saint-Mesme approuva d'un hochement de tête et continua son chemin vers les hommes occupés à fouiller les bâtiments.

– Cher capitaine Décembre, murmura la petite marquise, pauvre Oost. Dire que je les ai menés tout droit dans la gueule du loup !

*

Chassagne s'émerveilla du nombre de baquets d'eau chaude qu'il fallait transporter pour remplir une baignoire. C'était la cuisinière qui s'acquittait de cette tâche, en multipliant les allers et retours à la cuisine. Elle était trop heureuse de cette occasion pour revoir, elle aussi, sa chère petite marquise. Quand elle eut terminé, Chassagne ferma la porte à clé et s'assit le dos contre la muraille pour reprendre sa garde.

Constance revint deux heures plus tard avec le repas sur un

plateau. Le gros homme souleva le couvercle de la soupière, loucha sur la tourte, huma le fromage, enfonça le pouce dans la croûte du pain tout chaud. Il laissa cuillères et fourchettes, mais saisit les deux couteaux.

– Bonté divine ! s'emporta la cuisinière. Ce ne sont que de pauvres couteaux de table !

– J'ai ordre de ne laisser entrer aucune arme.

– Mlle la marquise n'a pas pour habitude de manger à pleines mains, savez-vous !

– Bonne femme, ce sont les ordres. Je dois tout couper moi-même, dit-il en tirant du fourreau une dague longue comme le bras.

Il s'appliqua à faire des tranches avec méthode, le nez chatouillé par toutes ces odeurs délicieuses, sous le regard exaspéré de Constance. En ressortant de la chambre, quelques instants plus tard, elle le toisa une nouvelle fois en y mettant tout le mépris dont elle était capable.

Chassagne souffla par les naseaux pendant qu'elle s'éloignait. Il aurait jeté son gant à la face d'un homme pour moitié moins d'une telle arrogance. Il allait engager la clé dans la serrure lorsque Mélusine se glissa devant lui, une assiette à la main.

– Monsieur Chassagne ? Vous devez avoir faim. Mademoiselle vous fait porter ce morceau de tourte et quelques tranches de jambon.

Il bredouilla des remerciements et referma la porte le plus discrètement possible, comme s'il veillait sur le sommeil d'un nouveau-né.

L'assiette sur les genoux, il dévora sa collation de fort bon appétit. « Elle est bien brave, cette jeune marquise », pensa-t-il en se léchant les doigts. Il s'affaissa un peu, repu, en souriant d'aise, ses grosses lèvres entrouvertes et les yeux mi-clos.

*

Trois robes étaient étalées sur le lit. Des robes toutes simples, comme Olympe les aimait.

– D'où viennent-elles ? demanda-t-elle en portant la première à ses épaules.

– Ce sont les miennes, s'excusa Mélusine. Nous… nous n'avons pas été prévenus à temps de votre mariage.

– Dis plutôt *leur* mariage… Je n'ai rien à voir avec cette pantalonnade ! Je vais essayer celle-ci. Aide-moi, s'il te plaît.

Le tissu tombait juste et soulignait sa silhouette.

– Dieu que ça fait du bien de passer une robe après tout ce temps au couvent. Là-bas, on n'avait le droit de porter que de la bure. C'est horrible. Ça gratte tout le temps.

Elle tourna sur elle-même devant le miroir pour en apprécier le bouffant.

– Tu es toujours aussi bonne couturière.

Mélusine rougit sous le compliment.

– Et vous, toujours aussi belle !

– Vraiment ? (Olympe tira une poignée de cheveux.) Regarde donc cette coiffure. Et cette enflure, là, juste sous l'œil. J'ai l'impression d'être la fée Carabosse !

– Asseyez-vous, dit Mélusine en avançant un fauteuil. Je vais arranger vos cheveux.

La dernière fois qu'elles avaient joué à se coiffer, elles étaient encore des enfants. Mais ces quelques années de séparation, et plus encore les deux derniers jours, avaient fait grandir Olympe si vite qu'elle ne pourrait plus briser la distance. Elle n'avait plus de place pour la naïveté de leurs jeux. Elle n'en avait plus le goût. Elle voulait continuer l'œuvre de son père, alors que sa sœur de lait désirait le plus simplement du monde retrouver sa petite maîtresse.

– J'ai pensé, dit Mélusine, des épingles pincées entre

les lèvres tandis qu'elle ajustait une coiffe sur la nuque d'Olympe, j'ai pensé que je pourrais remettre à votre taille une des belles robes de madame votre mère. Je voulais dire, pour la cérémonie. Cela ne prendrait que quelques heures…

– La cérémonie ! Tu n'as pas entendu ce que j'ai dit ? Mélusine, je ne me marierai jamais avec un Saint-Mesme. Jamais, tu m'entends ? Jamais ! Ce sont deux monstres, le père comme le fils ! Tu ne peux imaginer les épreuves que j'ai dû traverser pour échapper à leurs griffes. Qu'ils aillent au diable chercher des femelles si ça leur chante ! Il n'y a que là qu'ils trouveront ce qui leur convient. La terre des Roquedor restera aux Roquedor, je t'en fais le serment. Même si Mgr l'évêque, en la cathédrale de Toulouse et devant tout son chapitre réuni, me demandait lui-même solennellement d'accorder ma foi et mes faveurs à ce pauvre Foulques, crois-moi, il me resterait toujours assez de force pour prononcer les trois lettres qui composent le mot NON.

– En ce cas, mademoiselle, il y a grand risque de voir s'abattre sur votre domaine les plus terribles malheurs. Le comte de Saint-Mesme nous a pratiquement promis la mort si…

Olympe balaya l'argument d'une main agacée.

– Des mots, du vent, du pipeau !

– Je vous assure, mademoiselle…

Elle avait peur à s'en tordre les mains. Olympe se leva pour l'embrasser, puis elle s'en écarta doucement. Le front posé contre la fenêtre, la petite marquise laissa errer son regard dans la cour. Elle fut prise d'un bref vertige à la vue du tas de bois élevé près des écuries. Il lui fallut rassembler tout son courage pour chasser la terreur des jours précédents. Les hommes à la solde des Saint-Mesme continuaient à fouiller les remises.

– Combien sont-ils ? demanda-t-elle.

– Douze : M. le comte, M. de Froissac, son second, et dix hommes en armes.

– Ajoute Foulques et cet horrible bandit qui ne le quitte plus d'une semelle. Je m'étonne d'ailleurs qu'ils ne soient pas encore arrivés. Il faut dire que le petit comte est d'une telle couardise devant son père ! Il a dû hésiter entre rentrer à la niche ou venir me traquer jusque chez moi.

– Ce sont des pillards, mademoiselle. Vous devriez vous plaindre au roi, en souvenir des services rendus par votre père.

– Cela ne servirait à rien, Mélusine. Il est trop tard, de toute façon... Laissons cela, conclut-elle avec un soupir, je ne peux rien tenter pour l'instant.

– Voulez-vous que je me retire pour vous laisser vous reposer ?

– Non, non, surtout pas. Reste encore, ça fait si longtemps. Je n'avais aucune nouvelle, sais-tu...

Mélusine, inquiète, vit d'un coup les traits de sa jeune maîtresse accuser la fatigue. Les traces de ses épreuves se lisaient à même la peau : la pommette bleue et gonflée, les éraflures sur les joues et les estafilades au cou et, sous les yeux, de grands cernes mauves creusés en demi-lune. La belle détermination affichée quelques instants plus tôt s'était effondrée. Il ne restait plus qu'une immense détresse au fond de son regard fiévreux.

– Mélusine, murmura Olympe, ma chère Mélusine, pourquoi n'as-tu jamais répondu à mes lettres ?

– Grand Dieu, mademoiselle ! sur mon honneur, que dites-vous ? Quelles lettres ? Rien n'est venu jusque chez nous de votre couvent ! Comment aurais-je pu ne pas vous répondre ?

– Je m'en doutais... Cela ne leur suffisait donc pas de m'enfermer. Il fallait encore m'enlever le peu de joie que j'aurais pu recevoir.

Elle s'assit sur le lit, le dos contre l'oreiller, les bras repliés autour des jambes.

– J'avais douze ans quand je suis partie, tu te souviens ? (Puis, tapotant le dessus-de-lit :) Viens t'asseoir : raconte-moi…

– Quoi ? chuchota Mélusine en se hissant à ses côtés.

Elle était encore bouleversée de la dernière révélation.

– Roquedor…

*

– Capitaine ! Réveillez-vous !

– Mmm ?

Décembre se gratta la tête puis, tâtonnant de la main à la recherche du pichet d'eau, il s'en empara pour le porter à ses lèvres. Il but deux longues rasades à même le goulot.

– Vite, venez voir ! insista Oost.

Décembre balaya leur cellule d'un regard désabusé.

– Comment disait notre petite marquise, déjà ? Ah oui ! ça me revient, bon gîte et bonne chère, du vin à pleins tonneaux.

Il se leva en faisant craquer tous ses os.

– Ah, et aussi un lit moelleux à souhait… Hum, encore un tour à sa façon, elle transforme les carrosses en citrouilles.

– En pépins, vous voulez dire. Mon estomac est aussi plat qu'un gant retourné. Voilà qui devrait vous intéresser.

Avec un grognement, le borgne poussa son compagnon collé à leur poste d'observation.

– Eh bien ? Je ne vois rien.

– Juste derrière l'abreuvoir. Regardez bien.

Le vieux soldat pressa le visage contre la fine ouverture comme s'il voulait le faire passer au travers.

– Foudre et tonnerre, c'est une blague ? Des chevaux à l'abreuvoir ! C'est pour ça que tu m'as tiré de ma sieste ?

– Justement, les chevaux, capitaine ! souligna Oost.
– Eh bien, quoi ?
– Leur poil est encore trempé de sueur. Ils viennent d'arriver.
Décembre recula d'un coup.
– Mordiou ! C'est ceux de Foulques et de son homme de main.

Chapitre vingt-six

Assis à la table de la grand-salle, le vieux comte, les mains jointes sous le menton et les sourcils froncés, écoutait le rapport de Froissac. Celui-ci indiquait, sur un plan du château fourni par Léonce, les bâtiments déjà fouillés et ceux qu'il fallait encore explorer. Plusieurs hommes se penchaient sur le parchemin, de même que l'intendant, désespéré d'avoir trahi sa jeune maîtresse en livrant le précieux document. Du chocolat chaud fumait dans les tasses, accompagné de petits pains dorés. L'entretien s'interrompit à l'arrivée de Foulques.

– Monsieur mon fils ! s'exclama Enguerrand. Quelle belle et bonne surprise ! Ne vous voyant revenir à Saint-Mesme, j'ai pensé que vous feriez sans doute le détour par Roquedor. Je suis donc venu vous y attendre. Nous y sommes très bien reçus, voyez vous-même : ce brave Léonce se met en quatre pour rendre notre séjour agréable. Alors, avez-vous fait bon voyage ?

Foulques se raidit. Cette entrée en matière affable et bon enfant n'était pas dans les habitudes de son redoutable père.

– Mais, continua celui-ci, je ne vois pas la marquise ?

Foulques, empourpré de honte, salua, le chapeau à la main. Quelques hommes éclatèrent de rire. Seul Froissac restait impassible, son œil rivé sur Ulysse Mildiou, qui se tenait en retrait du jeune comte.

– Père, expliqua Foulques, nous avons malheureusement…

– J'ai appris votre prétendu accident par notre cocher Grison, coupa Enguerrand de Saint-Mesme. Rien de très glorieux. Vous avez laissé échapper la marquise, m'a-t-il dit. Mais n'en parlons plus. Elle se repose en ce moment des fatigues de la route, ici même, dans sa chambre. Je l'ai trouvée un peu changée…

Il désigna le plafond de l'index en s'adressant à sa garde rapprochée.

– … toujours aussi impertinente, mais très, très désireuse de porter le pantalon… C'est fâcheux pour son futur époux. Bigre, comment la retiendrez-vous, quand elle partagera votre lit ?

Une nouvelle salve de rires salua cette saillie. Foulques, passant outre aux sarcasmes, voulut plaider sa cause.

– Je vous assure que j'ai fait mon possible, père. S'il n'y avait pas eu ce scélérat pour assister Mlle Olympe dans sa fugue…

– Un borgne, je crois. Grison m'en a également parlé. Ce vieux sabreur est ici, sous bonne garde, avec le grand niais qui l'accompagne. Des éclopés, pour le peu que j'en ai pu voir. Fameux adversaires que vous aviez là.

– J'aurai grand plaisir à vous en débarrasser, monsieur le comte, intervint Ulysse Mildiou en se penchant derrière Foulques avec son habituel sourire carnassier. Il vous suffit d'ordonner…

– Au diable ! tonna le comte en frappant la table de son poing. Ces deux vauriens sont entre mes mains, et j'entends jouir de leur exécution à ma guise, en temps et en heure.

– Comme il vous plaira, monseigneur ! ironisa Ulysse, sans déguiser la menace que trahissait sa voix. Je m'en voudrais de gâcher votre plaisir.

Le vieux comte fit un geste, et aussitôt les rieurs mirent la main à l'épée. En l'espace d'un instant, Ulysse Mildiou fut entouré et saisi. Froissac s'empara de son épée et de son pistolet.

– Soubeyran, Peysourde, emmenez-le ! ordonna le comte.

– Quoi ? prisonnier ? s'indigna Ulysse, cependant que Foulques détournait la tête pour fuir son regard.

– Tu n'es pas le bienvenu. La marquise de Roquedor pourrait prendre ombrage de ta présence sous son toit, surtout la veille de son mariage. Nous allons unir nos deux familles, et elle ne donne sa confiance qu'aux gens de notre maison. Pas aux ordures de ton espèce.

– Je n'en ai pas fini avec vous, gronda Ulysse en toisant tour à tour le père et le fils. Mais, patience.

– Froissac, trancha le comte, veille à ce qu'il reste à l'écart des autres prisonniers.

Après avoir renvoyé ses hommes, Enguerrand tomba sur Foulques comme la foudre.

– On ne peut rien vous confier. Vous avez fait montre de la plus extrême légèreté en recrutant ce gibier de potence ! Pourquoi faut-il toujours que vous mettiez autant d'ardeur à me décevoir ? Quand allez-vous enfin agir en homme ? Quand ?

– Je...

– Vous puez. Allez donc vous décrotter, votre chambre est prête. Je ne vous retiens pas.

Foulques marcha vers lui, le chapeau toujours à la main.

– Père, laissez-moi au moins vous expliquer...

– Rien du tout ! Je suis fatigué de votre incompétence et de vos errements. Vous n'êtes né que pour me mécontenter. Allez, vous dis-je, et ménagez votre salive, vous en aurez besoin demain pour prononcer vos vœux. Retrouvez-moi au souper, j'ai encore deux ou trois choses à vous dire. Pour l'heure, j'ai fort à faire et peu de temps à vous consacrer. Il faut bien que quelqu'un s'occupe de vos noces, puisque vous y prenez si peu d'intérêt. Léonce, où en es-tu des préparatifs ?

– La chapelle est prête, monsieur le comte, mais il faut songer à faire venir des musiciens, et j'attends encore de l'aide pour la cuisine.

– Hâte-toi, dans ce cas !

– C'est que… vous nous avez prévenus bien tard, monsieur le comte. On ne trouve pas si facilement des marmitons.

– Tudieu ! explosa Enguerrand en se levant d'un bond, c'est à en devenir fou ! Gervais Grison arrive demain avec le curé et le notaire. Personne ne te demande de dresser un banquet royal, surtout pour cette union ridicule entre un propre-à-rien et une tondue ! Ce n'est quand même pas le bout du monde, de mettre à rôtir deux ou trois cochons de lait !

Puis, apercevant Foulques qui passait d'un pied sur l'autre, bouillant de rage sous l'outrage et l'humiliation.

– Vous êtes encore là, Foulques ? Disparaissez !

Le petit comte frappa violemment la table plusieurs fois de son chapeau.

– C'est la dernière fois, monsieur mon père, que vous me parlez sur ce ton. Et ne vous avisez plus jamais d'insulter Olympe, ou bien vous m'en rendrez raison.

Enguerrand se contenta de le regarder partir en ricanant.

*

Décembre avait retrouvé sa place contre le mur. Oost, las de rester à surveiller la cour, n'arrêtait pas d'aller et venir.

– Vas-tu t'arrêter ?

– Pourquoi, mais pourquoi vous ai-je suivi ? J'avais une belle vie, j'étais libre…

– Assieds-toi, animal ! Et cesse de geindre, tu me donnes le tournis. La guerre, c'est neuf parties contre une : neuf pour l'attente, et une pour le combat. Là, on attend.

– La guerre ? Quelle guerre ? Non, mais regardez-vous ! Votre monture à l'attache, sans épée, sans pistolet…

– Ils m'ont pris aussi ma pipe, ce qui est plus ennuyeux.

– Sans oublier votre casse-tête… Ah ça ! vous faites un hardi capitaine !

– Je te l'accorde. Ce sont de petits désagréments. Quoique le plus dommageable, si tu veux mon avis, soit d'avoir repêché mon écuyer cul nu dans une rivière… Et alors ? Rien n'est encore écrit. Le vieux comte est de la plus belle race des imbéciles, ceux qui sont si contents d'eux-mêmes qu'ils pensent que la puissance les met à l'abri d'une imprudence. J'aurais été à sa place, je nous aurais exécutés sur-le-champ.

– Co-comment ? Que dites-vous ? Exécutés ?

– Ça n'aurait pas fait un pli. Il n'y a rien de tel que d'expédier un homme six pieds sous terre pour se débarrasser des tracas qui vont avec. Saint-Mesme a remis ça à plus tard, il nous met au frais dans son garde-manger en se disant qu'il nous boulottera tranquillement, le temps venu, c'est sa première erreur. Il en fera d'autres et là, crois-moi, il tombera sur un os. Le vieux Décembre n'a pas dit son dernier mot.

Oost se rencogna, les bras croisés sur la poitrine.

– Vous êtes fou ! Fou à lier !

– Voilà ! On progresse. Tu commences à comprendre. Fou - à - lier. Tu as mis le doigt sur sa deuxième erreur, qui est des plus grossières : il a négligé de nous faire attacher. Réfléchissons. Enlève les liens censés contenir un fou, que reste-t-il ? le fou ! Je traduis : l'imprévisible, le dangereux.

– Je renonce. On ne peut raisonner avec vous.

Décembre se redressa et fixa son compagnon d'un œil bleu comme la glace.

– Oost ?

– Quoi ?

– Il ne s'agit plus de raisonner. La raison n'a rien à voir là-dedans. Absolument rien. Je te parle de courage, et de bataille à mener. Tant qu'on est vivants, on ne renonce pas. On ne va pas renoncer. Compris ?

Ils firent comme avait dit le capitaine. Ils attendirent. Vers la fin du jour, un rayon passant par l'étroite fente de la porte rampa le long des murs, enflammant de lumière la paille de l'écurie et zébrant d'un liseré d'or tremblé le dos de la jument.

Puis ce fut le crépuscule.

Puis la nuit.

Le froid les saisit d'un coup.

Ils entendirent un crépitement.

– Qu'est-ce qu'ils font ? demanda Oost en se levant brusquement.

– Le tas de bois dans la cour, répondit Décembre sans bouger. Froissac n'est pas comme le comte. Il prend soin de ses hommes. Un grand feu pour les chauffer, un grand feu pour les éclairer.

– Et nous alors ? s'indigna le jeune homme.

Le vieux soldat soupira.

– Tu te souviens ? On est prisonniers. Ramasse donc un peu de cette paille, ça nous servira de couverture. À la guerre comme à la guerre…

*

La cuisine du château était encombrée des victuailles prévues pour le lendemain. Des lièvres et des faisans pendaient au plafond, au milieu des tresses d'ail et d'oignons. Accrochés à une autre poutre, des jambons entourés d'un drap blanc trônaient parmi des ribambelles de saucisses. Près du vinaigrier, de gros choux pommelés se tassaient contre les paniers de fèves, de navets et de carottes. Les poteries vernissées des jarres à huile, des jattes de lait, des moules à gâteau et des plats à terrine reluisaient à la lueur de la cheminée. Assis sur un tabouret au bord de l'âtre, un gamin du château, à moitié endormi, faisait tourner la broche où rôtissait une poularde, cependant qu'on entendait ronfler le feu du four à pain.

Constance, la cuisinière, versait dans une soupière le potage de potiron qui avait mijoté. À côté d'elle, Sidonie, une belle femme tout en rondeurs, attendait pour l'enlever.

– C'est presque prêt, dit Constance en goûtant le potage du bout des lèvres.

– Elle est avec eux ?

– Oui ! finalement, Mélusine l'a convaincue de descendre.

– Je vais enfin la revoir !

Sidonie était la femme de l'intendant Léonce Cabrezan, de vingt ans sa cadette. Leur fille Mélusine était née trois semaines avant la petite marquise. Sidonie avait élevé au sein les deux enfants. Elle était à la fois la mère de Mélusine et la nourrice d'Olympe, mais dans son cœur, les deux rôles se confondaient. Elle avait deux petites filles, deux jolies sœurs de lait, deux merveilles. Pendant son séjour au couvent, Olympe lui avait cruellement manqué.

Elle attrapa les anses de la soupière. Constance l'arrêta, la main sur son poignet.

– Attends, ça manque un peu de crème.

– Je n'ai pas arrêté de toute la journée, à nettoyer leurs saccages. Ce sont des barbares, Constance, des barbares ! Ils mettent la maison sens dessus dessous. Et voilà cette crapule de Saint-Mesme…

Constance désigna de sa cuillère de bois le gamin occupé à tourner la broche.

– Moins fort, Sidonie.

– … qui enferme notre petite marquise. Chez elle. C'est un

monde, ça ! Notre bon maître doit se retourner dans sa tombe. Heureusement que ma Mélusine est avec elle. Au moins tu l'as vue, toi. Alors, comment l'as-tu trouvée ?

– Mon Dieu, Sidonie, que veux-tu que je te dise ? C'est toujours notre petite maîtresse, avec sa jolie fossette au menton. Mais elle a changé, elle a grandi. Elle se marie…

– Arrête, arrête, arrête ! répéta Sidonie en portant les mains à ses oreilles. Je ne veux pas entendre ça.

– Mais tu te doutes bien qu'elle est devenue femme, depuis tout ce temps ?

– Donne-moi cette soupière.

– Je n'ai pas fini de remuer.

Sidonie retira brusquement la soupière en pleine opération. Constance se redressa, la bouche arrondie, le pichet de crème dans une main et la cuillère dans l'autre.

– Ça ira très bien comme ça, Constance. N'allons pas donner trop de crème à ces deux pourceaux.

Sidonie grimpa les trois marches de l'office, traversa le vestibule, gravit l'escalier d'honneur et entra dans la grand-salle. Un feu pétillait dans la cheminée. Perdus dans l'ombre des tentures, trois convives dînaient aux chandelles. Aux deux bouts de la table, face à face, le vieux comte et son fils dévoraient en silence une terrine au sanglier. Attablée à l'un des grands côtés, à mi-distance de ses geôliers, la petite marquise triturait une boulette de mie de pain, le regard perdu dans les palpitations d'une flamme de bougie.

Sidonie posa la soupière, puis elle s'essuya les mains à son tablier.

– Sidonie ! s'écria Olympe, soudain tirée de sa rêverie.

Elle s'écarta de sa chaise et se jeta dans les bras de sa nourrice sans pouvoir retenir un sanglot. La tête dans son cou, peau contre peau, en la mouillant de ses larmes. « Sidonie, maman Sidonie », murmurait-elle. Sa « maman » la pressait contre elle en lui caressant la nuque, émue jusqu'au vertige. Elle avait retrouvé son bébé, sa petite marquise aux pieds nus. Elles s'étreignirent un long moment, jusqu'à ce que le comte intervienne en tapotant du bout des doigts le dos de la nourrice. Pour une fois, il semblait amusé.

– Dites donc, ma grosse bonne femme, quand vous aurez fini de vous entrebaiser, vous pourrez peut-être penser à servir la soupe avant qu'elle ne refroidisse ? Qu'y a-t-il de prévu ensuite ?

– Une poularde, monsieur le comte, répondit Sidonie en se détachant doucement d'Olympe.

– Eh bien, servez-nous et disparaissez. Si vous mettez autant de temps à rôtir les volailles qu'à servir la soupe, nous ne sommes pas près d'aller nous coucher. Et pensez à rapporter du pain, on crève tellement de faim dans cette maison que c'en est une misère.

Durant tout le repas, Olympe ne prit que trois ou quatre cuillerées de potage. Elle dédaigna la volaille et laissa une demi-poire au fond de son assiette.

– Eh bien, ma bru, vous n'avez rien mangé. C'est bien joli, vos simagrées de demoiselle, mais il faudra changer de manières quand nous serons à Saint-Mesme. Vous êtes maigre à faire peur, songez un peu à vous engraisser, vous y gagnerez un teint fleuri et une belle gorge généreuse. Que ne prenez-vous exemple sur votre nourrice ? Voilà une femme comme je les aime, bien en chair, abondante, redondante, potelée à souhait de tous côtés. Notre vieux Léonce a bien de la chance. N'est-ce pas, monsieur mon fils ?

– Ce n'est pas avec cette dame Sidonie que je me marie, remarqua Foulques.

– Parbleu, je ne le sais que trop ! dit le comte en jetant sa serviette. Mais faites donc savoir à votre future épouse que si elle veut nous donner de beaux garçons, elle a intérêt à se remplumer. Fi des femelles décharnées !

– C'est que... vous me coupez l'appétit, monsieur, ironisa Olympe.

– En voilà assez ! hurla le comte en abattant son poing sur la table. Assez de votre impertinence ! Assez de vos persiflages ! Vous voulez jouer à l'oie blanche ? Parfait ! On y jouera avec vous, en vous gavant jusqu'au bec, s'il le faut. Chassagne !

Le gros homme, resté près des escaliers menant aux étages, accourut.

– Monsieur le comte ?

– Raccompagnez la marquise à ses appartements, elle y demeurera jusqu'à demain avec sa demoiselle de compagnie. Et... Chassagne ?

– Monsieur le comte ?

– Enfermez-la à double tour. Pas question de laisser s'envoler cette petite peste une nouvelle fois. Où est le vieux Léonce ?

– Dans la librairie.

– Faites-le descendre. Vous, monsieur mon fils, restez.

*

Quelques instants plus tard, Léonce se présenta, les traits tirés par sa longue journée de travail.

– Léonce, pourquoi fouillons-nous le château ? Dis-le devant mon fils. Je désespère de lui faire comprendre à quoi sert un mariage.

– M. le comte cherche la dot laissée à Mlle Olympe par sa mère, Louise de Roquedor, à son décès. J'ignore tout de son emplacement, je vous l'ai déjà dit. M. le marquis est mort si brusquement que...

– Et en quoi consiste-t-elle, cette dot ? Poursuivez, Léonce, mon fils est un peu dur de la comprenette.

– Une somme en pièces d'or, des bijoux…

– Une somme ? N'est-ce pas un peu vague ? Nous parlons d'une dot de dix mille pièces d'or, il me semble.

– Combien dites-vous ? s'exclama Foulques.

– Dix mille louis d'or, des perles et quelques dizaines de pierres précieuses, voilà ce que pèse votre chère petite marquise à l'appétit d'oiseau, sans compter les terres à blé, les vignes et les troupeaux. Cela représente un sacré volume, savez-vous. Admettons qu'ils soient répartis dans vingt ou trente sacs, où les mettre à l'abri ? dans des fûts de chai ? des jarres ? dans des coffres armés ? Cela doit bien finir par se trouver…

– Monsieur le comte, je vous répète que je ne sais…

Enguerrand attrapa le frêle intendant par le col et le secoua comme un prunier.

– De par les dispositions du mariage, cette somme reviendra aussitôt à mon fils, ici présent, c'est-à-dire aux Saint-Mesme. Je n'entends pas nous déposséder de ce qui nous appartient à cause de ton ignorance ou de tes trous de mémoire. Si tu ne sais rien, demande donc à ta bourrique de marquise, maintenant qu'elle est revenue.

– Monsieur ! s'indigna Foulques.

– La paix ! hurla son père. Foulques, je suis fatigué de vos délicatesses. Léonce, débrouille-toi. Toi, ta femme ou ta fille, que m'importe, vous êtes au mieux avec elle, je crois. Demandez-lui ! Secouez-la, s'il le faut !

– Mélusine n'ira jamais demander…

– Mélusine ne demandera rien ? Parfait. Tu me répondras sur la tête de ta fille de la réponse que j'attends. C'est dit. Vous avez jusqu'à demain.

Il se leva dans un grand bruit de chaise. Il donna deux petits coups de menton pour saluer ses interlocuteurs.

– Léonce, monsieur mon fils, je vous souhaite la bonne nuit.

Assommé par ces dernières phrases, Léonce quitta la

grand-salle en titubant et monta une par une les marches de la tour sud. Il avait les yeux hagards d'un homme poussé à l'échafaud.

– Monsieur Chassagne, laissez-moi passer, dit-il, je dois parler à ma fille.

Mélusine ouvrit la porte et poussa un cri. En l'espace d'une soirée, son père avait pris dix ans.

– Père, qu'avez-vous ?

Alertée par le ton angoissé de sa voix, Olympe accourut.

– Léonce ?

– Mademoiselle, pardonnez-moi. Je dois vous demander où est cachée votre dot.

– Mon pauvre Léonce, si je le savais, je vous le dirais bien volontiers…

Chapitre vingt-sept

Durant deux bonnes heures, Olympe et Mélusine passèrent en revue les endroits où Charles de Roquedor pouvait avoir mis ce trésor à l'abri. Mais elles le firent en s'aidant des souvenirs du temps où, enfants, elles évitaient les ombres trop noires et les lieux interdits. Cela construisait un château fait de pièces miniatures, un château de niches et de recoins douillets, tapissé de jonchées d'herbes et de vieux tissus, peuplé de poupées de chiffon et de jouets en bois, bien loin de la voûte surbaissée des caves humides ou des hautes charpentes accessibles aux adultes.

– Cela pourrait être n'importe où, finit par déclarer Mélusine. On a pensé au château et aux communs, mais pourquoi pas au fond d'un puits ? ou dans une fosse creusée au pied d'un arbre ?

– Non. Pas mon père. Il l'a gardé pour moi. Donc, il savait que je trouverais. Dormons.

Elles se couchèrent dans le grand lit et s'endormirent aussitôt. Plus tard, vers le milieu de la nuit, Olympe se réveilla et alluma une chandelle. Mélusine, appuyée sur un coude, la vit revêtir ses habits masculins.

– Olympe ?

– Chut, pas un bruit. Tiens-moi cette bougie. Tu te souviens du passage qui mène à la librairie ?

– Le passa…, faillit s'écrier Mélusine, alors que la main d'Olympe se plaquait sur sa bouche. Évidemment ! Pourquoi n'y avons-nous pas pensé plus tôt ? continua-t-elle d'une voix étouffée. C'était là, sous notre nez !

– Ce n'est pas ce que je veux dire. Si mon père y avait caché le trésor, on serait forcément tombées dessus. Tu ne te souviens pas ? On l'a pris juste avant mon départ au couvent, pour faire une farce à Léonce.

– C'est vrai. Heureusement qu'il n'a rien vu ! Pauvre papa, il aurait été bien fâché… C'est dommage, je trouvais que c'était une bonne idée…

– Mais la réponse est dans la librairie, j'en suis sûre. Suis-moi.

Elles dressèrent l'oreille en direction de la porte derrière laquelle Chassagne était censé veiller.

– Qu'est-ce qu'il ronfle ! pouffa Mélusine. On pourrait jouer du tambourin qu'il continuerait à roupiller, ce gros patapouf !

Elles allèrent dans le petit cabinet de bain, entièrement lambrissé de panneaux de bois. Olympe passa les mains le long d'une moulure et y actionna un minuscule loquet. Un bruit de ressort, et le panneau s'entrouvrit. Les deux jeunes filles s'engagèrent dans un escalier étroit et raide, tapissé de toiles d'araignées.

Ce passage secret, ménagé dans l'épaisseur des murailles, avait été conçu au moment de la construction de la partie la plus ancienne du château, lorsque celui-ci n'était qu'une forteresse érigée contre le brigandage et les assauts de seigneurs ennemis. Sans fenêtre ni porte apparente, tortueux, noir comme un conduit de cheminée, il faisait communiquer la tour sud avec le niveau supérieur du donjon, où se trouvait la librairie de Charles de Roquedor. Celle-ci était composée de deux pièces aménagées en mezzanine. Des bibliothèques couvraient les murs du sol au plafond, excepté aux emplacements des lucarnes et de la cheminée. Le reste du mobilier se composait d'une chaise, d'un bureau et d'un lit de camp. C'est précisément sous ce dernier que les jeunes filles, en faisant basculer un nouveau panneau de menuiserie, débouchèrent à quatre pattes.

– Mon Dieu ! dit Olympe en relevant la tête, que s'est-il passé ?

Ce havre de paix, ce jardin des lettres où Charles de Roquedor avait pris coutume de se retirer pour de longues heures d'étude et de veille, semblait avoir été ravagé par des sangliers. Les livres gisaient en vrac, pêle-mêle, ouverts dans la position où on les avait jetés ou fait basculer par rangées entières.

Froissés, salis, écornés, déchirés…

La lune, passant par la fenêtre, éclairait de bleu ce cimetière de cuir et de papier. Les deux amies déambulèrent entre ces tombes éphémères, portant pour épitaphes des titres et des noms d'auteurs. Parfois, Olympe saisissait un ouvrage pour en tourner les pages, puis elle le rangeait pieusement sur une étagère. Elle n'arrivait plus à cacher sa tristesse et son découragement.

– Regardez, mademoiselle, souffla sa compagne pour la consoler, j'ai retrouvé votre herbier.

– Oh, merci, Mélusine, murmura la petite marquise, en lui prenant des mains un grand volume relié de maroquin rouge.

Elle le posa sur le bureau. L'ouvrage s'ouvrait par une dédicace, elle dut approcher la chandelle pour la relire : *À Olympe, mon seul et unique trésor. De la part de son père. Charles Henri Amédée, marquis de Roquedor.*

Toute la tendresse de son père se résumait dans cette simple phrase, mais elle, comment pourrait-elle lui dire l'amour qu'elle avait pour lui, maintenant qu'il n'était plus là ? Ensemble, ils

avaient mis plus de trois ans à confectionner cet herbier, au fil des saisons. Un bouquet de souvenirs remontait de ces feuilles bouffantes qu'elle tournait une à une. Toutes contenaient une fleur séchée, aplatie et tenue par des coins de papier jaune.

L'écriture enfantine d'Olympe avait inscrit pour chacune son nom en français, en occitan et en latin, sous la dictée de son père. Pour certaines, il avait ajouté de sa main un commentaire, une anecdote sur le moment de la cueillette, une recette culinaire ou médicale, parfois un proverbe ou une maxime, plus rarement un poème. Il attachait un grand prix à cette œuvre commune.

« On doit prendre soin de ses enfants comme on le ferait de plantes fragiles et rares, disait-il parfois. L'enfance, cela ne demande qu'à croître et fleurir. »

Mais comment pourrait-on s'épanouir, quand on a perdu si tôt sa mère et son père ? Les larmes d'Olympe s'écrasaient sur les pages comme des gouttes de pluie. Hélas, plus personne, désormais, ne guiderait sa main pour calligraphier le nom des fleurs.

Elle tomba soudain sur une lettre pliée entre les pages, entourée d'un ruban de soie portant le sceau des Roquedor.

– Mélusine, s'écria-t-elle, je crois que j'ai trouvé !

Elle déplia vivement le document. L'ayant lu de bout en bout, elle dut s'appuyer au bureau pour ne pas défaillir. La feuille tremblait entre ses mains.

– Est-il possible…, murmura-t-elle.

Mélusine se précipita pour la soutenir.

– Olympe ! s'écria-t-elle en oubliant toute convenance, ça ne va pas ? Olympe, je t'en supplie, parle-moi !

La petite marquise glissa la lettre pliée en quatre dans son corsage.

– Trop tard ! c'est trop tard, dit-elle d'une voix blanche.

(Puis, regardant Mélusine :) C'est un testament. Un testament de la main de mon père qui me laisse absolument libre de refuser ce maudit mariage. Hélas, les Saint-Mesme n'accepteront jamais de le prendre en compte…

– Mais cela vous laisse la possibilité d'aller devant un juge, il me semble ?

– Pour ça, il faudrait du temps, Mélusine. Repousser la cérémonie. Quant au trésor…

Elle promena un regard désabusé sur le désastre laissé par les hommes du vieux comte. Tout avait été retourné. Ils n'avaient pas hésité à briser des vitrines, ni même à donner des coups de pioche dans les murs.

– Il n'est pas ici. Ils l'auraient trouvé. Et nous ne sommes guère plus avancées qu'eux.

– Il faut chercher encore.

– Tu as raison, soupira la petite marquise en refermant l'ouvrage. C'est égal, mon pauvre père serait bien déçu, lui qui m'a toujours portée plus haut que je n'étais. Il aurait dû me dire où il avait mis la dot, mais non, il a préféré « faire confiance à mon intelligence en herbe »… Ce sont ses propres mots.

Elles s'écrièrent en même temps :

– L'herbier !

Olympe tourna les pages frénétiquement, maintenant qu'elle savait où aller.

– Ah, le voilà ! Le bouton-d'or, ma fleur préférée. La fleur des Roquedor. Écoute ça, Mélusine : « Bouton-d'or. *Boton-d'or. Ranunculus rupens.* Cueilli aux Nèves. » La comptine ajoutée par mon père, je la connais par cœur :

Quand le pigeon veut fuir le loup,
Ce bouton ferme comme un écrou,
Car tout en haut du rocher d'or
Sous le soleil il brille encor.

– C'est joli, remarqua Mélusine, mais un peu bizarre, non ? Un pigeon n'a jamais eu trop à craindre les loups. Un petit coup d'aile, et hop ! adieu pigeon, adieu gueuleton !

Plutôt que lui répondre, Olympe se mit à marcher de long en large en se répétant la comptine. Elle se pencha à la lucarne. Les toits du château brillaient légèrement sous la lune, et la rivière était comme un miroir découpé par les arbres noirs. Le dernier bâtiment, une petite tour isolée au toit pointu au milieu du verger, se distinguait à peine.

– Bien sûr ! Le pigeonnier…, murmura Olympe.

Elle poussa le battant et enjamba la fenêtre. L'air frais lui sauta au visage. Elle était tout en haut du donjon qui plongeait à la verticale jusqu'à la rivière, quelque cent trente pieds plus bas.

– Mademoiselle, non ! s'écria Mélusine d'une voix suppliante. Olympe ! Tu vas te rompre le cou !

– Chut ! Attends-moi dans la chambre et referme le passage. Ne crains rien, je vais revenir.

Elle avait déjà entamé sa descente.

*

Olympe avait le génie de l'escalade. Elle s'était souvent entraînée sur les pentes les plus abruptes, mais jamais encore, elle n'avait tenté une descente aussi périlleuse, en pleine nuit. Malgré tout, le donjon, fort ancien, était fait de grosses pierres sèches, sans joints ni maçonnerie, ce qui laissait de nombreux appuis pour les pieds et les mains. En nage, les muscles douloureux, elle arriva un quart d'heure plus tard sur le rocher qui servait de soubassement au château. Elle longea la muraille jusqu'à une poterne qui n'était plus utilisée que pour aller chercher de l'eau. De là, elle gagna la cour où brûlaient encore les feux disposés par Froissac. Elle vit à proximité des tas sombres.

C'étaient les hommes qui dormaient, roulés dans des couvertures. Les gardes postés devant l'écurie où Oost et Décembre étaient détenus dormaient, eux aussi. Olympe hésita. Elle fut tentée de se rapprocher de ses amis, mais la distance était trop longue à franchir et les foyers bien assez vifs pour l'éclairer.

Elle entra dans une grange attenante, dont elle savait que le mur du fond donnait sur le verger par une large fissure. L'intérieur était encombré d'un fatras de vieux outils. Certains étaient dangereux, d'autres, mal rangés, pouvaient s'écrouler dans un tintamarre qui la ferait aussitôt repérer. Ses yeux ayant eu le temps de s'habituer à l'obscurité, elle se faufila aisément dans la faille, qui lui rappela les remarques désagréables d'Enguerrand de Saint-Mesme sur son manque d'embonpoint.

– Eh bien, vieil imbécile, dit-elle à voix basse, qui avait raison ? Je ne serais jamais passée à travers si j'étais aussi grasse et dodue que vous le voulez.

Le verger s'étendait devant elle, dominé par la tour du pigeonnier. Elle y courut d'une traite, poussa la porte basse.

L'intérieur était un vaste cylindre de pierres sèches, sans palier, montant d'un seul jet jusqu'à la charpente. Au sol, une épaisse couche de paille. À partir de la mi-hauteur, et jusqu'en haut, les murs circulaires étaient percés d'ouvertures carrées disposées en quinconce, comme un damier dont les cases noires seraient des trous. On appelait ces derniers des boulins. C'étaient des nichoirs pour les pigeons. Une échelle de bois montée sur un pivot central permettait d'y accéder en en faisant le tour. Comme pour tout ce qui touchait à son domaine, son père avait pris le plus grand soin de cet édifice, d'autant qu'il était passionné par l'élevage des pigeons. Malheureusement, une maladie les avait décimés après sa mort. Le vieux Léonce n'avait pas eu le cœur de reconstituer la colonie.

Olympe grimpa sur l'échelle. Elle inspecta rapidement les niveaux inférieurs, dérangea un couple de merles, sonda une nouvelle rangée et continua ainsi jusqu'en haut. Bizarrement, il restait un assez large espace entre la dernière rangée de boulins et le haut du mur. Il aurait dû y avoir une strate supplémentaire. À force de passer les mains sur et entre les pierres, elle s'aperçut qu'il existait bien des cases vides, mais qu'elles étaient toutes occultées par un carreau de pierre. La petite marquise s'escrima un bon moment sur le premier, sans succès. Elle n'arrivait pas à en desceller les côtés. Elle insista. Elle était sûre d'avoir raison. Il suffisait de frapper la surface de l'index replié en crochet pour entendre que derrière, cela sonnait creux.

À force de tâtonnements, elle rencontra, au milieu du carré granuleux, une légère cavité, à peine creusée, presque imperceptible, comme une petite coupelle à plusieurs lobes. Du bout du doigt, en fermant les yeux, elle en épousa les courbes. Cela dessinait une fleur.

Une fleur parfaitement identifiable : un bouton-d'or.

– *Comme un écrou !* souffla-t-elle.

Elle pressa dessus et le carreau de pierre s'ouvrit avec un déclic. Olympe plongea la main dans l'ouverture. Le ruissellement métallique entre ses doigts ne lui laissa aucun doute. C'étaient des centaines de pièces de monnaie qu'il y avait là, déposées en tas. Et le fond de la case était à une bonne coudée de profondeur.

Du haut de son perchoir, Olympe compta rapidement les autres boulins dissimulés. Il y en avait une cinquantaine. Tous fermés. Tous invisibles, à part cette gravure en forme de bouton-d'or qui pouvait passer pour une décoration. Elle se répéta mentalement la comptine : *Quand le pigeon veut fuir le loup / Ce bouton ferme comme un écrou / Car tout en haut du rocher d'or / Sous le soleil il brille encor.*

Elle avait bien compris pour les pigeons. Mais qu'avait voulu dire son père en mentionnant un loup ?

Elle ne lui connaissait aucun ennemi. Quand les Loups de l'Azeillan écumaient encore la région, ils avaient toujours épargné son domaine…

Elle descendit l'échelle et retourna vers la petite grange flanquant les écuries. Elle était agitée d'émotions contradictoires qui l'empêchaient de réfléchir froidement : la peur, la colère, la haine s'y disputaient le premier rôle.

Le seul loup qu'elle voyait, c'était le comte Enguerrand. Lui était venu ici, à Roquedor, pour lui ravir tout ce qui faisait sa vie. Une bête fauve attirée par la viande fraîche. Mais elle n'avait aucune envie de le fuir. Elle voulait l'affronter.

Elle avait des envies de meurtre.

Elle rêvait de le mettre en pièces, de lui faire rendre gorge.

Dans la grange, le métal des outils luisait faiblement. Il y avait là des faux dont la lame courbe et tranchante avait la longueur d'un sabre, des fourches aux dents aiguisées et polies par les frottements de la paille ou du foin, des fléaux à battre les gerbes de blé assez durs pour briser une nuque, des bâtons à fouir renforcés d'une pointe de fer, aussi solides qu'un épieu pour arrêter la course d'un sanglier.

Olympe aurait voulu défier le vieux comte, le traîner jusqu'ici pour se venger de sa grossièreté, de ses humiliations, de la barbarie de ses hommes.

Mais lui n'avait aucune raison de la suivre dans cet endroit.

Et même…

Son œil s'arrêta soudain sur un grand cercle dentelé suspendu à un crochet. C'était un piège à loup fait de deux mâchoires d'acier découpées en dents de scie et réunies par un puissant ressort. Olympe conçut aussitôt qu'il serait l'instrument de sa vengeance.

Avec d'infinies précautions, elle l'ôta du mur et repassa la brèche en le portant jusqu'au pigeonnier. Elle remonta tout en haut, ouvrit la cache qui se trouvait dans l'axe de la porte et fit glisser quelques pièces d'or sur le bord, puis redescendit. Ensuite, elle posa le grand cercle au pied de l'échelle, en arma le mécanisme et le recouvrit entièrement de paille. Enfin, elle se retira en refermant la porte.

*

Elle retraversa la cour en rasant les murs.

Arrivée au donjon, elle ne se sentit pas la force de l'escalader. Elle fit demi-tour et poussa une porte basse qui donnait directement dans les cuisines du château. Constance et Sidonie, levées bien avant l'aube, étaient déjà au travail, à éplucher de pleins baquets de légumes. Les deux femmes se redressèrent, frappées de son apparition.

– Olympe !

– Mademoiselle !

Sa nourrice se ressaisit la première. Elle courut fermer la porte donnant sur le vestibule.

– Ma petite, mais que fais-tu ici ? C'est M. Chassagne qui t'a laissée sortir ?

– Il dort comme un sonneur, maman Sidonie. Ne t'inquiète pas, j'en fais mon affaire.

– Assieds-toi là.

Les deux femmes, aux petits soins, se penchèrent sur elle. Olympe les embrassa tendrement, l'une et l'autre, en les tenant chacune aux épaules.

– Ce que ça fait du bien d'être là, avec vous…

Elles étaient bouleversées de bonheur.

– Et qu'est-ce que ça sent bon ! Je meurs de faim ! Constance, tu ne voudrais pas me faire une belle omelette ?

Constance s'empara aussitôt du panier d'œufs.

– Tout de suite, mademoiselle ! Comme vous les aimez, avec des girolles, du persil, une pointe d'ail et un peu de gros sel ?

– Tu n'as pas oublié ! s'écria la petite marquise, émue plus qu'elle ne voulait le montrer.

– Mademoiselle, comment voulez-vous ? répondit Constance moitié pleurant, moitié riant, tout en jetant une poignée de champignons dans la poêle.

En moins d'un instant, Olympe eut devant elle le couvert et une cruche remplie d'eau. Elle dévora l'omelette sous le regard attendri de ses deux bonnes fées, puis croqua une pomme et picora toute une grappe de raisin.

Une fois rassasiée, elle repoussa l'assiette et se pencha sur la table, la tête posée sur ses coudes, au bord de l'endormissement.

– Olympe, ma petite, lui dit Sidonie, une main sur l'épaule, il vaut mieux que tu remontes dans ta chambre. Si le comte te voit ici… Il ne va pas tarder à se lever, tu sais.

– Tu as raison, dit Olympe en reprenant ses esprits. Constance, je peux prendre un de ces petits pains ?

– Prenez tout ce que vous voulez, mademoiselle, ils sont délicieux, fourrés au pâté et aux noisettes.

Olympe les embrassa encore avant de repartir.

*

Sur le palier, Chassagne ronflait, affalé sur son tabouret, le dos contre la porte. La clé de la chambre était dans la serrure. Elle la tourna le plus délicatement possible, mais…

– Hein ? Quoi ? Qui ? Qu'est-ce que c'est ? rugit le gros homme en posant la main sur la garde de son épée.

– Monsieur Chassagne, sourit Olympe en esquissant une révérence.

– Je… (Il regarda la porte, puis Olympe, puis la porte de nouveau.) Pardonnez-moi, mademoiselle la marquise, mais d'où venez-vous ?

– De la cuisine. J'avais faim. Cela m'arrive souvent en cette saison. Je suis incapable d'y résister. Si, par malheur, je laisse croître ce genre de petite fringale sans y remédier, en l'espace d'une ou deux heures, mon estomac se tord et s'imagine souffrir de la famine universelle. Vous rendez-vous compte ?

– Diable ! dit Chassagne avec une grimace de compassion, je ne savais pas que l'estomac d'une marquise était aussi fragile.

– Fragile ? que me chantez-vous là ! Il est tyrannique. Car si je ne le contente pas, il m'annonce tout bonnement qu'il m'entraînera avec lui à sa perte en se laissant mourir de faim. Vous comprenez qu'il ne m'a pas donné le choix : j'ai dû l'emmener faire un tour à la cuisine.

– Mais, mademoiselle la marquise, par où êtes-vous passée ?

– Par la fenêtre ! *pfuittt !*

Il se frotta le menton en fronçant les sourcils.

– Vous voulez dire... comme une sorcière ?

– Voilà. Vous n'avez pas remarqué ? C'est la pleine lune.

Chassagne fit un effort douloureux pour rassembler ces informations. On pouvait presque deviner, derrière les rides perplexes et les bosselures mouvantes de son front, les engrenages d'un esprit qui commence très lentement à se mouvoir. Ses gros yeux se mirent à papilloter. La petite marquise le regardait en souriant, les mains derrière le dos. Il remua la tête dans toutes les directions.

– Ah, mademoiselle la marquise, vous êtes bien espiègle avec moi, c'est cruel de vous moquer ! mais... euh... où... où est votre balai ?

– Je n'en ai point, dit-elle en tournant sur elle-même. Voyons, monsieur Chassagne. Vous ne vous souvenez pas ? C'est vous-même qui m'avez ouvert la porte.

– Moi ?

– Oui, vous.

– Bigre ! Mais quand cela ? Je n'en ai aucun souvenir.

– À quelle heure vous êtes-vous endormi ?

– Ma foi, je n'en sais trop rien.

– Eh bien, précisément à ce moment-là ! Seulement, vous étiez si peu à votre affaire que vous avez aussitôt replongé dans le sommeil.

Elle faillit éclater de rire devant son air déconfit.

– Croyez-moi, si j'avais la possibilité d'aller et venir à ma guise par les fenêtres, je n'aurais nul besoin de vous déranger à mon retour. Hélas ! point de balai, point de sorcière. Point de sorcière, point de magie. J'ai pris l'escalier comme tout un chacun pour me rendre aux cuisines. Et d'ailleurs, d'après vous, qu'est-ce que je cache derrière mon dos ? Devinez !

– Je ne sais…

Elle tendit les mains.

– Deux petits pâtés. Ils sont à vous.

– Je ne sais pas si je peux… Il ne fallait pas…

– Voyons, monsieur Chassagne ! Si quelqu'un a du mérite dans cette noble maison, c'est bien vous. Jamais une plainte, et pourtant, Dieu sait la vie que M. le comte vous fait mener. Acceptez, vous me ferez tellement plaisir. Ils sortent du four. Voyez vous-même, ils sont encore tout chauds. Tenez, ça me remettrait presque l'eau à la bouche !

Un large sourire fendit la face du brave Chassagne. Il s'empara vivement des petits pains, de peur qu'elle ne les reprenne.

– Vous permettez ? demanda Olympe en le contournant. J'ouvre et je referme derrière moi. Vous aurez tout votre temps pour tourner la clé.

Un pâté dans chaque main, il opina plusieurs fois du menton. L'odeur de viande et de croûte dorée était si suave qu'elle lui chatouillait presque douloureusement les papilles. Il bredouilla, le regard éperdu de reconnaissance :

– Mademoiselle la marquise, vous êtes si bonne. Puis-je compter sur votre discrétion ?

– Mon cher monsieur Chassagne, cela va sans dire : je ne

vous ai pas vu, et vous ne m'avez point vue. Faites bonne garde, je retourne dormir.

*

– Olympe ! chuchota Mélusine en la voyant entrer dans la chambre. Enfin, vous revenez. Je me suis fait un sang d'encre.

– Tout va bien, chère Mélusine, dit Olympe en la serrant dans ses bras. As-tu refermé les panneaux derrière nous ?

– Si bien que personne ne pourrait soupçonner leur existence.

– C'est parfait.

Elle se jeta sur le lit.

– Je suis épuisée. Je vais sûrement dormir très tard.

– Mais, c'est le jour de votre mariage.

– Qu'ils disent, Mélusine, qu'ils disent…

Et elle sombra dans le sommeil.

Chapitre vingt-huit

L'attente mettait les nerfs de Décembre à vif, et le quignon de pain rassis qu'on leur avait porté pour tout dîner n'avait fait qu'exciter davantage les protestations de son estomac.

Avec la nuit tombée, les va-et-vient avaient cessé dans la cour. Les hommes du comte, massés autour du feu, échangeaient rires et plaisanteries, puis le silence était tombé à mesure qu'ils gagnaient leurs quartiers, laissant aux gardes le soin de veiller sur l'écurie et les prisonniers.

Le vieux soldat dormit par à-coups, roulé dans son manteau.

Quand un coup de botte l'éveilla, c'était l'aube.

– Debout, N'a-qu'un-œil.

Ils étaient deux, l'épée à la main. L'un bâillait, l'autre, le visage charbonné de barbe, poussa du pied son chapeau vers lui.

– Comment m'as-tu appelé ? grinça le borgne en rajustant le foulard qui lui servait de bandeau.

– Ta gueule et suis-nous, dit le premier en collant sa lame sous le menton du capitaine.

Étendu dans un coin, Oost dormait comme un bienheureux.

Décembre s'exécuta à contrecœur, regrettant sa canne plombée. Il aurait volontiers donné une leçon de politesse à ces deux foutriquets, mais à mains nues… Son estomac vide grondait. Le second dut s'y méprendre car il restait à distance, l'œil agité d'un tic, comme s'il escortait quelque bête fauve.

Ils refermèrent l'écurie et traversèrent la cour, blafarde dans le petit jour, Décembre devant, les rapières des deux spadassins dans les reins. Parvenus au corps de garde, ils lui firent descendre quelques marches. Derrière une porte s'ouvrait une salle basse de plafond, dans un coin de laquelle flambait un grand brasero.

Il y avait là un lit défait, deux chaises, une table éclairée par des chandelles. Le capitaine reconnut aussitôt l'épée qui était posée dessus. C'était celle qu'Olympe tenait de son père et que les hommes du comte lui avaient confisquée.

– Pas touche, avertit l'un des spadassins qui avait surpris son regard. (Puis, s'adressant à l'homme qui occupait le centre de la pièce et leur tournait le dos, penché sur des papiers :) Le prisonnier, monsieur…

– Laissez-nous, dit l'homme sans se retourner.

– Monsieur ?

– Dehors ! Tous les deux.

Les gardes, après avoir échangé un regard, sortirent du logis, laissant Décembre sans surveillance et un peu interdit. Était-ce pour l'interroger qu'on l'avait conduit là ? Pourquoi lui seul ?

Bravade ou sang-froid, l'autre lui présentait toujours son dos, l'ignorant ostensiblement. Le capitaine songeait déjà à se servir d'une des lourdes chaises comme d'une arme quand l'homme se retourna vers lui.

Il contempla le prisonnier en silence, si intensément que ses yeux perçants semblaient chercher quelque chose à travers lui. La lueur des chandelles faisait briller l'anneau d'or passé à son oreille.

Son inspection terminée :

– Ventadour, murmura-t-il enfin. Je ne me suis pas trompé.

– Monsieur ?

– Ne me reconnais-tu pas, Ventadour ?… Froissac, ton vieil ami, qui d'autre ?

– Froissac, répéta mécaniquement Décembre.

– Tudieu, Ventadour, dis-moi que je ne rêve pas. C'est donc bien toi ? Dans mes bras, Henri !

Déjà, Froissac l'étreignait virilement, le serrant contre sa poitrine avant de le repousser pour mieux le regarder :

– J'ai failli ne pas te reconnaître tantôt. J'ai donc tant vieilli, moi aussi ? Du vin, tiens, il nous faut du vin. Assieds-toi… Non, dans mes bras encore, que je m'assure pour de bon que je n'embrasse pas un fantôme !

Le vieux soldat se laissait faire, pris d'un vertige. Ventadour ? Était-ce donc son nom ? Celui qui avait été le sien avant qu'il ne devienne Décembre ? Il avait beau plonger en lui-même, rien ne lui revenait. Rien. Il se sentait comme un somnambule égaré dans une pièce obscure. Du côté de son œil mort, tout un pan de sa mémoire n'était plus que ténèbres.

Il se laissa choir plus qu'il ne s'assit sur la chaise que Froissac poussait vers lui. L'autre avait débouché un carafon, lui tendait un verre.

– Trinquons, Henri. Quelle affaire ! Laisse-moi te regarder… Sais-tu que je te croyais mort ? Ces bougres d'Espagnols… Quand nous sommes arrivés, il ne restait plus rien de ton escadron. Réduit en charpie, hommes et chevaux… Nous leur avons donné la chasse, mais il était trop tard. Tu en as donc réchappé, Ventadour ? Mais comment diable…

– Une longue histoire, Froissac.

– Quinze ans, Ventadour ! Palsambleu, je peine à en croire mes yeux. Toi, vivant ? Tu ne dis rien. Tu as faim ?

– Un peu.

Déjà, Froissac traversait le logis à grands pas, donnait des ordres aux gardes en faction derrière la porte. Décembre regarda l'épée d'Olympe posée devant lui, à portée de main, mais comme assommé, ne fit pas un geste pour la prendre.

Ventadour… Ce patronyme n'éveillait rien en lui. Des syllabes vides qui sentaient le soleil et la rocaille, rien de plus. Pourtant, à en croire Froissac, il avait été ce Ventadour. Un homme à qui une femme avait écrit la lettre qu'il portait sur son cœur.

– Buvons, Henri, reprit Froissac revenu à la table. (Il entrechoqua leurs verres, s'assit en face de lui, étudiant le capitaine avec attention.) À nos retrouvailles ! Mais tu conviendras que les circonstances… Ce bandeau que tu portes a failli m'abuser : il te donne l'air d'un franc coquin, par ma foi, et je ne t'ai pas reconnu d'abord.

Il se pencha vers son hôte, si près que Décembre pouvait voir les fils d'argent dans sa moustache en pointe. Fort de nez et de menton, pommettes creuses, l'œil noir et mobile, le visage de Froissac ne lui évoquait rien. Mais quelque chose dans sa personne lui semblait étrangement familier, il n'aurait su dire quoi. Peut-être parce qu'ils étaient sensiblement du même âge, qu'ils partageaient le même accent, les manières sans façon des hommes d'armes.

– Avoue que la situation ne plaide guère en ta faveur, poursuivit Froissac en baissant la voix, une ride lui creusant le front. Enlèvement, séquestration… Les forfaits dont t'accusent le comte et son fils te vaudront la corde, Henri. À toi et ton complice.

– Sottise.

– Je te conduirai moi-même à la potence s'il s'avère que violence a été faite à la jeune marquise.

– Interroge-la. Elle te dira…

– C'est encore une enfant.

– De soldat à soldat, Froissac, me crois-tu capable de ce dont on m'accuse ?

Froissac frappa violemment du poing sur la table.

– Quinze ans, Ventadour ! Quinze ans que tu as disparu ! Le soldat que j'ai connu était mort, le voilà ressuscité. Qui me dit qu'il n'a pas changé de carrière ?

– Ma parole devra te suffire.

L'entrée d'une petite servante les interrompit. Accompagnée d'un garde, elle apportait une terrine et du pain dans un linge, un autre carafon. Elle jeta vers Décembre un regard apeuré et, sur un signe de Froissac, déposa la collation avant de déguerpir.

– Mange, dit ce dernier quand le garde fut sorti avec elle. Tu n'as que la peau sur les os.

– C'est que je n'ai pas, comme toi, un maître qui m'engraisse, répliqua Décembre sans toucher à rien.

Froissac eut un petit rire qui ressemblait au bruit d'une noix qu'on casse et se resservit du vin.

– Tu as toujours eu trop de gueule, Ventadour.

L'épée d'Olympe trônait toujours entre eux sur la table encombrée de papiers, poignée vers le prisonnier, comme s'il le défiait de s'en saisir.

– Le garçon qui est avec toi, reprit-il après un temps, qui est-ce ?

– Oost ? Un brave bougre. Je donnerai mon autre œil pour lui.

– Allons, Henri, dit doucement Froissac en faisant tourner son verre. Ou tu mens, ou tu ne sais plus juger un homme. Dans les deux cas, tu me déçois. On a trouvé sur lui la preuve de son appartenance aux Loups de l'Azeillan.

Comme Décembre le regardait, interdit :

– Un pistolet à tête de loup, précisa-t-il.

Le borgne haussa les épaules.

– Ni Oost ni moi n'avons quelque chose à voir avec les Loups de l'Azeillan.

– Tu les connais, donc ?
– Qui n'en a pas entendu parler ?
– Où vivais-tu depuis que tu es mort, Henri ?
Le capitaine le fixa un moment sans répondre.
– Par monts et par vaux, Froissac.
– Seul ?
– Je cherchais quelqu'un.
Froissac soupira.
– Je pourrais te croire, Ventadour, au nom de notre vieille amitié. Mais il faudra expliquer cette mort feinte, le pistolet, la rançon demandée au jeune comte de Saint-Mesme…
Décembre se leva avec raideur.
– Exécute les ordres de ton maître, alors, puisque les dés sont pipés depuis le début. Qu'on me reconduise à l'écurie.
Froissac leva les yeux au ciel.
– C'est bien lui, toujours à prendre la mouche pour un rien ! gronda-t-il. Pardieu, Ventadour, rassieds-toi donc et écoute.
Il montra les papiers répandus sur la table.
– Il m'a fallu près de trois ans pour venir à bout des Loups de l'Azeillan. J'ai ici tous les noms, le compte précis de leurs forfaits. Notre régiment dissous, j'avais quitté l'uniforme, il ne m'amusait plus. On cherchait un homme qui n'ait pas froid aux yeux pour nettoyer la province d'une compagnie de brigands. J'ai recruté des bras, d'anciens soldats pour la plupart. J'ai cru avoir exterminé ces maudits Loups jusqu'au dernier. On n'a plus entendu parler d'eux, mais leur chef et quelques subalternes m'ont échappé.
– Comment t'es-tu retrouvé au service du comte ?
– Je n'ai pas eu comme toi le privilège de mourir à la guerre. Il payait bien, je lui ai loué mon épée, voilà tout.
Froissac s'était levé et arpentait la pièce, faisant sonner ses talons sur le dallage.
– Tu vois, Henri, je joue franc jeu avec toi. Parle, maintenant.

Je t'ai connu plus de faconde quand nous fraternisions aux cadets de Gascogne. Alors, ce pistolet.

– Il m'appartient. Le garçon n'y est pour rien. Mais avant que je te raconte la suite, une faveur… Il est blessé, à l'épaule. Il a faim aussi.

Son interlocuteur le fixa un instant en silence. Puis, pivotant sur les talons, il sortit s'entretenir à mi-voix avec le garde. Quand il revint, Décembre n'avait toujours pas touché à son verre.

– Eh bien ? Le pistolet ?

– Je l'ai pris à un certain Hercule Mildiou. Lui et son frère avaient tendu une embuscade à la berline du jeune comte de Saint-Mesme. J'étais là, je me suis interposé. Ce pistolet est mon butin, Froissac. Parole de soldat.

En quelques mots, Décembre narra le reste : la fuite de la petite marquise, la récompense que lui avait offerte le jeune comte s'il la ramenait saine et sauve ; puis comment, la croyant perdue et craignant la colère de son père, Foulques avait fait alliance avec les deux coquins pour fouiller la région à sa recherche.

– Deux hommes, dis-tu ?

– L'un est mort. L'autre est arrivé hier soir au château avec le fils de Saint-Mesme.

– Continue.

Le vieux soldat avait-il raison de se fier à son ancien compagnon d'armes – ou celui qui se présentait comme tel ? L'autre l'écoutait, visage impénétrable, roulant entre ses doigts la pointe de sa moustache. Il passa sous silence l'épisode du bûcher, raconta comment Oost avait sauvé la marquise de la noyade et l'escorte qu'ils lui avaient donnée jusqu'à Roquedor.

Quand il eut terminé :

– L'embuscade dont tu parles, crois-tu qu'elle ait été ordonnée ? interrogea Froissac.

– Par qui ? Le jeune Saint-Mesme ? Mais dans quel but ?

– Je le crois trop poltron pour fricoter avec les Loups de l'Azeillan.

– Son intérêt à ce qu'on enlève la jeune fille, Froissac, puisque c'est lui qui l'épouse ?

L'autre haussa les épaules.

– Il n'est pas question que de mariage, Ventadour, mais d'intérêts bien plus puissants.

– Je ne veux rien savoir. Mon rôle s'arrête là.

– Je crains que non. Saint-Mesme ne pardonnera pas qu'on ait contrarié ses ordres, et c'est lui qui rend la justice sur ses terres.

– Celles d'Olympe, corrigea le borgne.

– Mais qui deviendront les siennes tout à l'heure, rappela Froissac. Tu n'as rien bu ?

– Je préférerais ma pipe.

– Je te la ferai rapporter. Mais c'est moche, Henri, très moche… Ta parole ne vaudra rien contre la parole du comte.

– Celle de la marquise…

– Encore moins, c'est sa pupille.

– Et toi ?

Froissac enfila son baudrier et y glissa sa rapière.

– C'est mon maître. Il me paie pour le servir.

– Nous n'avons plus rien à nous dire, alors, dit Décembre en se levant.

– Non.

Le borgne hésita.

– Un mot encore, risqua-t-il en glissant deux doigts dans la couture de son manteau. Connais-tu cette lettre ?

L'autre l'examina.

– Peut-être. Je ne sais pas.

– Une femme te l'a fait porter jusqu'à moi, dit Décembre en s'efforçant d'empêcher sa main de trembler. Elle a une enfant, une petite fille. Sais-tu ce qu'elle est devenue ?

Froissac le regarda un instant en silence.

– C'est moi qui lui ai annoncé ta mort, Henri. Le roi lui a fait une petite pension. Je ne sais rien de plus… J'étais occupé ailleurs, je te l'ai dit. Toi aussi, apparemment.

Il vida son verre d'un trait.

– Gardes ! aboya-t-il. Qu'on ramène le prisonnier.

*

Décembre traversa la cour, un peu sonné. Le jour était à peine levé, mais déjà, avec l'imminence du mariage, une agitation inhabituelle s'était emparée du château. Domestiques et fournisseurs couraient en tous sens, on criait, on s'interpellait. Il crut même apercevoir, au carreau d'un des appartements, le petit visage d'Olympe qui le regardait, les yeux écarquillés, avant de disparaître dans l'ombre.

Chapitre vingt-neuf

En gravissant les escaliers du château, Froissac méditait encore sur son entrevue avec Henri Ventadour. L'homme avait beaucoup changé depuis leurs fougueuses années de jeunesse au service du roi. Ce n'était pas dû à l'âge, ni même à son visage défiguré, mais plutôt à cette étrange mélancolie qui l'habillait comme un invisible manteau de pluie.

Il arriva dans la salle d'honneur. Léonce, le vieil intendant, avait fait dresser les tables pour le banquet. Recouvertes de nappes tombant jusqu'au sol, elles arboraient de grands bouquets de fougères et de fleurs blanches. Toute la maisonnée était habillée de frais, les domestiques comme les petits valets. Près de la cheminée, le vieux comte, en grande tenue, habit noir à boutons d'argent, bottes de chevreau, manches et jabot de dentelle, s'entretenait avec Foulques. L'ancien cadet de Gascogne inclina brièvement la tête pour les saluer. Saint-Mesme inspecta sa tenue avec une moue de désapprobation.

– Froissac, vous n'avez rien d'autre que ces vieilles nippes, le jour où mon fils se marie ?

– Monsieur le comte…

De sa main gantée, le comte fit le geste de trancher.

– Bah, qu'importe ! Il est grand temps de conclure ce mariage. (Puis, se tournant vers son fils :) Où est la marquise ?

– Olympe finit de se préparer, père.

– Des nouvelles du curé et du notaire ?

Froissac hocha la tête.

– Soubeyran est parti à leur rencontre, ils ne devraient pas tarder.

Juste à ce moment, on entendit arriver au trot un attelage sur les pavés de la cour. Grison sauta du marchepied et ouvrit la portière au curé de Hauteceilles. Celui-ci était suivi du notaire, un homme dont l'air affairé affichait la préoccupation constante des gens de plume. Le curé entra le premier dans la grand-salle, gonflé d'orgueil à l'idée d'unir deux si nobles familles, et les narines dilatées par les effluves montant de la cuisine, qui promettaient à ses papilles un banquet digne de l'événement. Le notaire, lui, marqua un temps d'arrêt sur le seuil, cramponné à son portefeuille de cuir comme à une planche de salut. Il n'avait jamais pu aborder une entrevue avec le comte de Saint-Mesme sans trembler. À l'autre bout de la salle, ce dernier l'invita à venir s'installer derrière une écritoire et lui tendit un parchemin. Puis, en se servant un nouveau verre, il demanda à Léonce, à voix basse, s'il avait pu se renseigner sur l'endroit où se trouvait la dot. L'intendant, encore terrorisé par les menaces de la veille, s'apprêtait à présenter des excuses quand il fut sauvé par un bruit de porte. Tout le monde tourna la tête en même temps.

Olympe, accompagnée de Mélusine, faisait son entrée.

– Ah, mademoiselle la marquise, vous voilà ! s'exclama Enguerrand. On peut dire que vous avez l'art de vous faire désirer.

La petite marquise portait la plus belle robe de sa mère. Elle avançait lentement, majestueusement, en se tenant bien droite sous son voile blanc. Le silence qui les accueillait faisait plus penser à un enterrement qu'à un mariage. Elle s'arrêta au centre de la pièce pour esquisser une révérence.

– Nous pouvons donc commencer, se réjouit Enguerrand de Saint-Mesme. Maître Abaguière, voulez-vous, je vous prie, éclairer l'assistance sur la teneur du parchemin que je vous ai remis.

Le notaire toussa deux ou trois fois dans son poing et commença à lire à haute voix. Le comte le coupa avant la fin de la première phrase.

– Fi des formules de politesse. Abrégez, allez directement au fait et parlez haut.

– Ce document, monsieur le comte, vous déclare tuteur de Mlle la marquise Olympe de Roquedor, ici présente.

– Bien. Tout le monde a entendu, j'espère. Y a-t-il une signature ?

– Tout à fait, monsieur le comte, de la main même de M. le marquis Charles Henri Amédée de Roquedor.

– Il me donne donc pouvoir de marier la marquise à mon fils héritier, Foulques Auguste de Saint-Mesme, ici présent. Le mariage sera célébré ce jour, en la chapelle du château de Roquedor, par M. le curé de Hauteceilles. Selon les dispositions que nous avons prises, mon fils Foulques Auguste de Saint-Mesme, en devenant seigneur de Roquedor, administrera les biens et la fortune de la marquise. Maître Abaguière a préparé un acte détaillant l'accord entre nos deux familles.

Il adressa un sourire mielleux à sa future bru, la plume levée au-dessus du document.

– Olympe, si vous voulez bien vous approcher…

Mais la jeune fille ne bougea pas d'un pouce.

– Je ne signerai rien sans témoins.

Le vieux comte pivota sur lui-même, ses deux bras formant un large demi-cercle.

– Vous avez ici tous les témoins qu'il vous faut. Faites votre choix. Maître Abaguière, veuillez procéder…

– Les seuls témoins qui m'agréent, le coupa Olympe très calmement, sont M. Décembre et M. Oost, que vous retenez prisonniers en dépit de toute justice. En l'absence de leurs signatures, je n'apposerai la mienne sur aucun parchemin, aucune pièce, aucun papier, ne vous en déplaise, et n'en déplaise à maître Abaguière.

De rage, le comte balaya la table du notaire d'un revers de main, envoyant par terre le portefeuille, les papiers, les plumes et l'encrier.

– Froissac, aboya-t-il, allez me chercher ces deux va-nu-pieds, et vivement ! Lorsqu'on vous appellera Mme de Saint-Mesme, chère petite marquise, je vous jure que vous apprendrez à me parler sur un tout autre ton. Quant à vous, monsieur mon fils, ramassez !

– Comment dites-vous ? s'insurgea Foulques.

– Ramassez, vous dis-je. Je ne vois plus que ça qui reste vraiment à votre portée, puisque vous êtes apparemment né pour courber le dos.

Mais le brave curé, pour sauver Foulques de l'humiliation, rassemblait déjà les documents épars. Dans un silence glacial, il remit aussi sur la table l'encrier dont une partie du contenu s'était répandue sur le carrelage. Le jeune comte, rouge de colère et d'indignation, serrait les mâchoires en gardant les yeux fixés vers le sol.

*

Quelques minutes plus tard, Froissac poussa devant lui Décembre et Oost, sales, hirsutes, le chapeau et le bonnet à la main, de la paille plein les cheveux. Oost mit du temps à reconnaître la petite marquise dans sa robe d'apparat. Mais quand elle lui adressa un pauvre sourire, il le lui rendit, assorti d'un discret signe de la main. Ni lui ni le borgne ne comprenaient ce qu'ils venaient faire dans cette assemblée.

Olympe se tourna vers sa demoiselle d'honneur.

– Mélusine ?

– Mademoiselle ? répondit la jeune fille.

Olympe tira de son corsage une lettre pliée.

– Porte ce document à maître Abaguière, je te prie.

– À votre service, mademoiselle la marquise, répondit Mélusine en exécutant une légère révérence.

Tout le temps qu'elle mit à traverser le court chemin qui la séparait de l'écritoire, Oost ne cessa de la suivre des yeux, subjugué par la grâce de sa démarche. Et il lui semblait qu'il n'avait encore jamais entendu de voix aussi mélodieuse prononcer « mademoiselle ».

Le notaire chaussa ses bésicles pour examiner le sceau de cire accroché à un ruban de soie rouge. Ensuite, il déplia la lettre et la lissa du plat de la main. Puis il en entreprit la lecture pour lui-même, ligne à ligne, oublieux des dizaines de regards suspendus aux mouvements de ses lèvres. Son front se plissait au fur et à mesure qu'il pâlissait, comme devant l'annonce d'une catastrophe.

– Eh bien, éructa le comte, qu'y a-t-il encore ?

– Ce sont les derniers mots écrits de la main du marquis de Roquedor, expliqua maître Abaguière, en ôtant ses lunettes d'un air soucieux. Ils sont datés de la semaine précédant son décès. Son testament, en quelque sorte. Il m'en avait avisé, mais il est mort avant que j'aie pu me déplacer pour le recueillir.

– Et peut-on savoir d'où vous le sortez, mademoiselle la marquise ?

– De la librairie de mon père, monsieur le comte. Cette lettre, proclama Olympe en haussant le ton pour que chacun puisse l'entendre, établit que mon père me laissait libre de choisir l'époux qui me conviendrait, et qu'en aucune façon on ne peut me contraindre, avant ma majorité, à un mariage auquel je ne consentirais pas. Autrement dit…

– Autrement dit, coupa Enguerrand en abattant son poing sur la table, vous allez cesser vos coassements et obéir à votre tuteur ! Ce prétendu testament…

– Il porte le sceau et la signature du marquis de Roquedor, je suis formel, s'excusa maître Abaguière.

– Olympe, gronda le comte sans tenir compte de sa remarque, venez signer cet engagement. Tout le monde vous attend. Les actes sont écrits, la chapelle est prête. Et notre curé a autre chose à faire que de se plier à vos caprices.

– Non ! glapit Foulques. C'est assez ! Puisque Olympe refuse, puisque son père lui en a donné le droit, eh bien, je renonce également à ce mariage.

Jusqu'ici, Décembre avait suivi les échanges avec le fatalisme d'un spectateur au jeu de paume qui connaît déjà l'issue de la partie. Sans doute était-il malheureux pour Olympe, mais ces affaires de haute seigneurie et d'alliances familiales échappaient à ses compétences de soldat. La réaction du jeune comte lui chatouilla agréablement l'oreille, et même, il s'autorisa à sourire. « Qui l'eût cru ? Notre petit coq ose enfin monter sur ses ergots, se dit-il. Ira-t-il jusqu'à affronter son père ? »

De fait, plutôt que faire retraite après son cri du cœur, Foulques s'interposa bravement entre l'écritoire du notaire et Olympe, qui le remercia du regard. Puis il se tourna vers le vieux comte sans baisser les yeux.

– Je ne reviendrai pas sur ma décision, père.

– Quand je vous disais qu'elle porte la culotte, ricana Enguerrand. Elle a même réussi à vous faire changer d'avis ! Contre votre intérêt, contre celui de votre famille, contre votre nom, contre ma volonté ! J'hésite entre vous donner une bonne correction ou vous interner à Saint-Mesme dans un cul-de-basse-fosse pour démence précoce. Mais passons...

Sa main virevoltant négligemment dans les airs, il laissa la phrase en suspens. Il avait visiblement une dernière carte en main, et il voulait capter l'attention de toute l'assistance avant de l'abattre.

– Que mon crétin de fils ne comprenne pas les enjeux de ses propres noces, voilà qui ne m'étonne guère. Mais que vous, Olympe, soyez assez stupide ou orgueilleuse pour refuser cette main tendue ? Alors qu'il me serait si facile de vous plonger dans la honte et le déshonneur ?

Olympe sentit ses jambes lui manquer. Elle réussit à étouffer un cri, et si personne n'entendit le sanglot qu'elle ravalait, nul ne put ignorer le rouge qui lui montait aux joues.

« Il sait », se dit-elle.

« Il sait qu'on a voulu me brûler comme sorcière. »

*

Le comte marcha vers le fond de la salle à grands pas. Arrivé à la cheminée, il se tordit pour décrocher de derrière le linteau un objet enroulé dans un manchon de cuir.

– Ma chère Olympe, soyez raisonnable, dit-il en revenant. Ne m'obligez pas à faire une triste révélation que ni vous ni personne ne souhaite entendre. Je vous assure et vous répète que je ne veux que votre intérêt.

– Mais bien sûr ! Tout le monde ici connaît votre générosité, monsieur le comte, ironisa Olympe. Laissez donc mon intérêt, je suis assez grande pour m'en occuper moi-même.

– Très bien, vous l'aurez voulu.

Il déroula les couches de protection et brandit l'objet en question, un lourd pistolet à tête de loup.

– Figurez-vous que j'ai découvert hier cette arme à l'endroit

même d'où je viens de la retirer devant vous. Elle y était dissimulée depuis fort longtemps. C'est une arme de grand prix, et d'une fabrication remarquable, avec de précieuses gravures d'argent et des incrustations d'ivoire. Observez bien la crosse en ébène : elle est sculptée en forme de tête de loup. C'est un chef-d'œuvre d'artiste, croyez-moi. Malheureusement, c'est aussi la marque des assassins et des bandits qui ont terrorisé notre région. Je me suis toujours demandé pourquoi le domaine de Roquedor avait été pendant des années épargné par les Loups de l'Azeillan. Pas vous, Froissac ?

Celui-ci vint examiner l'arme en fronçant les sourcils. Enguerrand continua sa démonstration en martelant chaque mot.

– La présence de cette arme, cachée au reste du monde, ici, dans ce château, n'a qu'une seule explication. Charles Henri Amédée de Roquedor était le chef des Loups de l'Azeillan.

– Vous êtes ignoble ! s'exclama Léonce, pour une fois rouge de colère. Jamais notre maître…

Toute la maisonnée grondait d'indignation. Indifférent aux protestations fusant ici et là, le comte remonta pas à pas vers la petite marquise.

– Alors, ma chère Olympe, insinua-t-il, le coin de la bouche tordu par un sourire cruel, vous feriez mieux de reconsidérer ces noces que nous vous offrons sur un plateau d'argent. C'est une chance inespérée de laver votre honneur des infamies commises par votre père. Vous prendrez le nom des Saint-Mesme, cela vous ira comme un gant. Et savez-vous quoi ? Vous m'en remercierez.

Olympe, la gorge nouée, lui répondit d'une voix blanche.

– Vous venez de m'insulter gravement dans ma propre maison, sous mon propre toit, devant tous les miens. Vous allez m'en rendre raison !

Enguerrand éclata de rire.

– Un duel, sérieusement ? Vous me provoquez en duel ?

Il s'assit sur un coin de table en faisant mine d'inspecter le mécanisme et le canon du pistolet. Il le soupesa d'un air appréciateur, caressa la crosse sculptée en tête de loup en murmurant :

– Belle arme, ma foi. Vous savez tirer, Olympe ?

On entendit la chute d'un corps. C'était Sidonie, la bonne épouse de Léonce, qui venait de s'évanouir.

*

L'œil valide de Décembre palpitait de colère. Il se tourna vers la jeune fille.

– Je vous en supplie, marquise, prenez-moi comme champion. Je défendrai votre cause.

Le comte le toisa de la tête aux pieds en affichant son dégoût.

– Ton nom, c'est Décembre, c'est ça ? Pourquoi pas Février, Pâques ou Saint-Nicolas ? Ah oui, j'oubliais, Mlle de Roquedor voulait ta vilaine patte de mouche au bas du contrat ! Me battre avec une marquise, passe encore, mais contre toi. Tu n'es rien. Rien du tout. Un vilain gueux ramassé dans la boue, à qui il manque un œil. Je pourrais te faire donner la bastonnade par mes gens… ou encore te faire dévorer par mes chiens… il suffirait d'un claquement de doigts.

– Tudieu, rugit le capitaine, vous allez voir si…

Froissac fit aussitôt barrage pour l'arrêter dans son élan.

– Laisse, Ventadour. Monsieur le comte, je vous en prie, reprenez raison. Quelqu'un pourrait avoir caché cette arme de manière délibérée pour nuire au défunt marquis. Rien ne prouve…

– Peu importe ! s'écria Foulques. (En trois enjambées nerveuses, il les rejoignit.) Père, je vous ai demandé de ne plus insulter Olympe. Une fois de plus, vous la salissez et vous salissez la mémoire du marquis de Roquedor. Puisque vous refusez d'affronter le sieur Décembre, c'est à moi qu'il revient de défendre leur honneur.

– Vous aussi ? Décidément, gloussa le comte, c'est une épidémie. Le courage, monsieur mon fils, vous tombe dessus comme on attrape un rhume. Y aurait-il d'autres candidats ? (Il agita un doigt amusé vers le notaire.) Maître Abaguière, veuillez ouvrir une liste d'attente.

Ses hommes de main s'esclaffèrent. À la pensée du petit comte tirant l'épée contre son père, l'un d'eux ne pouvait plus s'arrêter. Le coude calé dans un bras, le front caché dans sa large main, il était littéralement secoué de rire.

Olympe arracha son voile.

– Je n'aurais jamais pensé avoir un jour à vous remercier, Foulques… mais je dois décliner votre généreuse proposition : vous n'êtes pour rien dans cette triste histoire. On a voulu vous forcer à y jouer un rôle, tout comme moi.

Elle prit une large inspiration et se tourna vers Enguerrand.

– Je suis la seule offensée. En tant que telle, j'ai le choix du terrain et celui des armes. Rendez-vous d'ici une heure, au verger. Nous combattrons à l'épée. MM. Oost et Décembre seront mes témoins. Choisissez les vôtres, comte. À vous revoir.

Chapitre trente

Jamais, sans doute, Roquedor n'avait à ce point mérité son nom. Le soleil du matin achevait de dissiper les brumes sur la rivière, et la parure d'automne des peupliers, traversée de ses rayons obliques, resplendissait. Caressées par la lumière, les pierres du château se teintaient de nuances chaudes et dorées, et les vignobles, au loin, dévalaient leurs longs sillons mordorés jusqu'au bas des pentes.

Tout le monde s'était déplacé dans le verger. Il faisait encore frais, la rosée perlait à chaque brin d'herbe. Dispersé sous les poiriers, le public observait le silence, un silence tendu et plein d'appréhension du côté des gens du château, davantage aiguisé par la curiosité du côté des Saint-Mesme. L'instant était grave, solennel, car le duel demandé par Olympe avait pris insensiblement les allures très anciennes d'un « jugement de Dieu ».

Ce jugement lui donnerait tort ou raison.

Il établirait la vérité sur les accusations portées contre son père.

Olympe s'était changée. Elle portait des vêtements de garçon, un plastron d'escrime matelassé et des bottes. À son côté, Oost tenait enroulée à son bras la cape de laine dont elle venait de se débarrasser. La jeune marquise avait à la main l'épée de son père, et l'acier luisait chaque fois qu'elle en fouettait l'air pour s'échauffer. Sur la garde était gravée la devise des Roquedor : *Il brille encor*.

Décembre avait tenté plusieurs fois de la raisonner. En vain. Il jetait des regards inquiets vers le petit groupe formé par Enguerrand de Saint-Mesme, assisté du gros Chassagne et de Froissac. Ce dernier essayait, lui aussi, de convaincre son maître de renoncer.

Enguerrand y répondait par de petits rires satisfaits. La confrontation, inégale, ne pouvait se conclure que par la défaite de la jeune fille.

Les témoins le savaient et les simples spectateurs le savaient. Mélusine, Léonce, Sidonie, Constance, tout l'ensemble du personnel du château le savait. Les hommes de main de Saint-Mesme, qui le savaient également, avaient joué leur argent sur la durée du duel : ce serait l'affaire d'une petite minute tout au plus, voire de quelques secondes. Mais comme aucun d'entre eux n'avait la possibilité de mesurer cette brièveté, ils avaient finalement parié sur la gravité de la blessure qui arrêterait le combat.

La mort de la marquise n'était d'ailleurs pas exclue.

Froissac fit signe à Décembre de le rejoindre.

Les deux hommes établirent ensemble un périmètre entre l'entrée du pigeonnier, où se tiendraient les témoins, et les trois poiriers les plus proches, qui formaient la limite à ne pas dépasser.

– Oost, chuchota Olympe.

– Ma-ma-mademoiselle ?

– Vous voyez cette jolie servante, près de l'intendant ? C'est Mélusine, ma sœur de lait. Si je ne reviens pas… on ne sait jamais ce qui peut passer dans la tête des hommes du comte. Promettez-moi de la protéger.

Malgré lui, Oost essuya une larme au coin de sa paupière.

Il promit.

L'épée levée, Olympe marcha vers sa position. En face d'elle, le vieux comte lui parut soudain immense dans son habit noir. « C'est donc ici, pensa-t-elle, que tout doit finir. Au moins, ce sera sur mes terres, sous un beau soleil, et non un soir d'orage sur un bûcher. »

Froissac se plaça entre les duellistes.

– Saluez ! (Il écarta les bras.) En garde !

Olympe fit un effort pour réprimer son tremblement.

– Allez ! ordonna Froissac en se retirant de trois pas en arrière.

Les deux épées s'effleurèrent. Olympe feinta et lança deux, puis trois attaques, sans les pousser jusqu'au bout. Le sourire aux lèvres, Enguerrand s'amusa du bout de sa lame à les parer, presque négligemment. Il n'avait pas besoin de rompre, il lui suffisait de tendre le bras pour empêcher Olympe. Sa seule préoccupation était de la garder en vie. Morte, cette petite sotte ne lui serait d'aucune utilité. Blessée, il pourrait encore en tirer quelque chose, et user du droit du vainqueur, puisqu'elle n'aurait su prouver l'innocence de son père.

« Ce mariage se fera. Et donc, où diable la toucher, si je ne veux pas trop l'abîmer ? »

« Au bras ? » Il lança une pointe mais la marquise, vive comme l'éclair, para le coup et riposta tout en se déplaçant sur sa droite. Il eut juste le temps de revenir en garde.

– Bons réflexes, bons réflexes, dit-il en la foudroyant du regard, et il relança aussitôt deux attaques, l'une à la cuisse et l'autre à l'épaule.

Olympe para la première, esquiva la seconde par un vif retrait du buste, puis se fendit presque jusqu'au sol. En remontant, sa lame déchira l'habit du comte et en fit sauter un bouton.

– Eh bien ! marquise, vous voulez donc me déshabiller ? Ce n'est pas à moi, c'est à mon fils qu'il faut faire ce genre de

proposition, ironisa le comte en prenant à témoin son public de soudards.

Il n'attendit pas la fin de leurs rires pour piquer de nouveau vers l'épaule. Olympe plongea, l'épée du comte siffla au-dessus de sa tête puis revint en coup de fouet vers ses jambes, mais cette fois, elle avait bondi par-dessus. Enguerrand se tenait trop droit et peinait à fléchir les jambes, alors que la jeune fille pouvait à tout moment entrer dans sa garde puis en sortir en tournant contre sa lame. Elle était sur son flanc gauche, elle était sur son flanc droit, jamais en face. L'épée du comte arrivait trop tard et froissait de l'air.

Les parieurs commencèrent à se demander s'ils avaient eu raison de tout miser sur leur maître. L'agilité de sa jeune adversaire les impressionnait. Elle était rapide, endurante, et l'on sentait le vieux soldat plus lent à reprendre son souffle.

La lame d'Olympe le fouetta au bras gauche, déchirant de nouveau son bel habit.

Le vieux comte vit rouge. Il empoigna son arme plus fermement, non plus en laissant le poignet souple et libre d'agir, mais à pleine main, comme un sabre d'abordage.

– Assez de finasseries ! gronda-t-il.

Cette fois, il était décidé à ferrailler en force, comme un soudard. Tant pis pour elle.

À l'attaque suivante, il asséna un tel coup sur la lame d'Olympe qu'elle en ressentit des tremblements jusqu'au coude. Nouveau coup de bûcheron, la marquise dut rompre de cinq pas en arrière et heurta du dos le tronc d'un poirier. Un autre encore et c'est tout juste si elle pouvait tenir son arme. Elle tenta une pointe, le fort de la lame du comte s'enroula sur le faible de la sienne et, d'un seul mouvement, il la désarma en envoyant son épée dans les airs.

On n'entendit qu'un seul cri, et pourtant le « Oh ! » sortait d'une bonne vingtaine de bouches.

Le vieux Saint-Mesme, en sueur, posa la pointe de son épée au creux du cou d'Olympe, dans la petite dépression entre les deux clavicules.

– Je pourrai vous clouer à cet arbre, grinça-t-il.

Et il appuya un peu. Ses yeux n'étaient plus que deux lacs de haine. Toute l'assistance retenait son souffle. Décembre en profita pour ramasser l'épée d'Olympe. Mais un regard de Froissac lui fit comprendre qu'il devait en rester là.

Le comte prenait son temps, tout au plaisir de tenir la jeune fille à sa merci. Olympe cependant ne baissait pas les yeux. Sa gorge se soulevait au rythme de sa respiration, imprimant à la pointe de l'épée posée sur sa peau un voyage minuscule et meurtrier. Enguerrand comprit qu'elle ne renoncerait pas, qu'elle préférait mourir plutôt que d'accepter la noce.

– À défaut de vous marier, marquise, vous allez m'indiquer où votre père a mis votre dot. Il l'aurait échangée contre votre vie sauve, j'imagine. Je ne quitterai pas Roquedor sans ce dédommagement. Nous nous comprenons ? Bougez simplement votre joli menton.

Elle hocha la tête.

Il abaissa son arme pour lui laisser la place de se décoller de l'arbre, puis il s'effaça comme s'il la saluait d'un coup de chapeau imaginaire.

– Après vous, marquise.

Et cette fois, il la toucha de la pointe entre les omoplates. Froissac et Décembre restèrent immobiles. Ni l'un ni l'autre n'avaient de doute : au moindre geste, le vieil Enguerrand tuerait la petite marquise.

Piquée dans le dos, Olympe se mit lentement en marche vers le pigeonnier.

– Vous vous moquez ? éructa soudain le comte. Votre château est derrière nous.

– Je ne suis pas en état de vous mentir.

Comme elle passait près de Oost, il murmura :

– O-Olympe, a-agissez…

Persuadé depuis leur première rencontre que la petite marquise avait des pouvoirs cachés, il espérait qu'elle sortirait un nouveau tour de magie. Peut-être même allait-elle s'envoler… Sa naïveté fit sourire la jeune fille, malgré l'épée dans son dos.

– Hélas, mon bon Oost, que pourrait bien faire une pauvre petite sorcière contre un vieux Loup de l'Azeillan…

Elle avait répondu assez distinctement pour que Décembre entende la phrase. Le borgne, insensiblement, raffermit sa prise sur l'épée ramassée.

Olympe s'arrêta au seuil du pigeonnier. Elle se retourna.

– Le trésor est ici, monsieur le comte.

Méfiant, Enguerrand s'arrêta au seuil de la porte. Ce qu'il avait devant lui, c'était un grand cylindre d'ombre bâti en pierres sèches, et une vieille échelle de bois pivotant sur un axe.

– Dans des nichoirs à pigeons abandonnés ? Je vous préviens, je ne suis pas d'humeur à plaisanter. Si vous essayez de me gruger, cet endroit sinistre vous servira de chapelle mortuaire.

Enregistrant la menace d'un léger coup de menton, Olympe usa du ton de la confidence pour expliquer le mystère. Leur échange à voix basse, chuchoté, devint inaudible pour les spectateurs restés au-dehors, mais il persuada le comte que la jeune marquise était enfin prête à partager son secret.

– La dernière rangée de boulins ne se voit pas. Il est impossible de deviner leur existence, parce qu'ils sont fermés par des portes de pierre qui se confondent avec la maçonnerie. Mon père s'est servi de notre devise, il a choisi leur emplacement en fonction du soleil. Voyez, l'un de ces carreaux est ouvert.

Enguerrand leva la tête, cherchant des yeux l'ouverture du coffre secret, où donnait effectivement le soleil par une ouverture du toit. Il vit soudain un bref éclat de lumière, accompagné de reflets cuivrés.

– *Il brille encor*, murmura le vieux comte, un sourire flottant sur ses lèvres.

– Je ne vous ai pas menti.

Il fit deux pas vers l'échelle, hésita un bref instant.

Puis il marcha encore pour atteindre le premier barreau.

*

Il y eut le bruit métallique d'un ressort qui se détend, un *clac!* assourdi. Au-dehors, cependant, on n'entendit qu'un cri de douleur si horrible qu'il semblait sortir d'une bête et non d'un homme. Enguerrand de Saint-Mesme tomba de tout son poids, sa jambe broyée par le piège à loup dissimulé dans la paille. Il eut la force de dire « Trahison ! », mais bientôt, ce ne furent plus que des râles de souffrance, cependant qu'il essayait d'écarter les terribles mâchoires d'acier mordant sa chair jusqu'à l'os.

Oost s'empara de son épée gisant dans la paille.

La plus grande confusion régnait dans le verger. Une partie des gens de Roquedor s'étaient éparpillés vers le château, bien décidés à en revenir avec des armes.

Le vieux comte à terre, Décembre et Oost faisant barrage, Froissac marcha sur son ancien compagnon.

– Ventadour, écarte-toi.

– Froissac, réfléchis ! Le chef des Loups de l'Azeillan, c'était lui, et personne d'autre : le comte de Saint-Mesme.

Les hommes du comte accouraient vers eux, l'épée à la main.

Chapitre trente et un

– Tuez-les ! tonna Enguerrand, le visage déformé par la souffrance et la haine. Entendez-vous, Froissac ? Tuez-les, je vous l'ordonne !

Le Gascon, la main sur sa rapière, hésita. Mais il était déjà trop tard pour ramener de l'ordre. Pressés d'en découdre, les spadassins du comte se ruaient à l'intérieur du pigeonnier au secours de leur maître.

S'il les rudoyait, le vieux comte, en seigneur avisé, les payait aussi grassement, et la découverte du trésor, dont le bruit s'était répandu comme une traînée de poudre, faisait d'eux une meute incontrôlable, prête à tout pour une récompense.

Décembre embrocha le premier à l'instant où il franchissait la porte. Mais déjà, un deuxième homme se jetait sur lui. L'étroitesse de l'édifice rendait la mêlée confuse. Tout en parant les coups, le capitaine vit Olympe, laissée sans arme, sauter sur l'échelle appuyée au mur et tenter de grimper hors de portée.

Le grand Peysourde en avait fait sa proie. La voyant s'échapper, il renversa l'échelle d'un coup d'épaule. Celle-ci pivota et vint s'abattre avec fracas contre la paroi opposée. Éjectée, Olympe resta un instant suspendue au-dessus des combattants, cramponnée par un bras, à une hauteur si vertigineuse que tout autre qu'elle se serait écrasé au sol en tombant. Le large dos d'un assaillant amortit sa chute, et elle se relevait, un peu étourdie, quand un bras la tira en arrière.

– Derrière moi, marquise, ordonna Décembre qui venait tout juste de terrasser son deuxième adversaire.

Lui lançant son épée, il arracha un barreau de l'échelle et s'en servit à grands moulinets comme d'une matraque.

Peysourde, qui se jetait sur Olympe, la reçut en pleine face avant qu'elle ne lui passe son épée à travers le corps.

Dans le fracas des armes, Enguerrand de Saint-Mesme continuait de glapir, couvrant d'insultes ses hommes et maudissant le pauvre Foulques qui tentait en vain de dégager sa jambe du piège d'acier.

– Cessez de me martyriser, incapable ! Exterminez plutôt cette vermine !

Oost, de son côté, luttait comme un beau diable. Du fait de sa blessure, il maniait du mauvais bras la lourde épée du comte, parant et distribuant maladroitement les coups. Soubeyran, un brun au visage d'assassin, avait fondu sur lui, sûr d'un succès facile. Oost avait plus d'allonge mais Soubeyran, en bretteur professionnel, se contentait d'épuiser son adversaire. Sur une charge du garçon, il s'effaça et asséna un terrible coup de pommeau dans son épaule blessée. Oost poussa un cri de douleur et lâcha son épée. Soubeyran, avec un gloussement satisfait, levait sa rapière pour lui porter l'estocade quand il s'effondra brusquement, les yeux révulsés, telle une poupée de chiffon.

– Mé-élusine ? bégaya Oost.

La jeune fille, bouche bée, laissa tomber le lourd moellon qu'elle tenait à la main et contempla son œuvre avec horreur. La prenant par l'épaule, Oost l'entraîna en arrière, pelotonnée contre sa poitrine, tout en ferraillant avec l'énergie du désespoir contre un nouvel assaillant.

Même si cinq hommes étaient déjà à terre, le combat semblait par trop inégal. Aucun moyen de reculer ou de fuir. Ils étaient captifs dans le pigeonnier et ne tarderaient pas à succomber sous le nombre.

Olympe et Décembre, dos à dos, se défendaient farouchement contre une poignée d'adversaires déchaînés. Son œil mort empêchait le vieux soldat de voir le danger sur tout un côté, et plus d'une fois, c'est un avertissement d'Olympe ou une parade de son épée qui le sauva.

Malgré sa vaillance, le capitaine sentait son bras faiblir. Alors qu'il baissait involontairement la garde pour reprendre son souffle :

– Ton heure est venue, N'a-qu'un-œil, lui lança sa vieille connaissance de l'écurie. Dommage que tu ne la voies pas arriver.

À cet instant, une détonation assourdissante fit trembler tout l'édifice.

– Bas les armes, messieurs, ordonna sèchement Froissac quand le vacarme fut retombé.

Le pistolet fumant qu'il tenait à la main ne laissait aucun doute sur sa détermination. Amplifié par les murs circulaires du pigeonnier, l'aboiement de son arme avait fait l'effet d'un coup de canon, laissant les combattants hébétés.

– Mlle de Roquedor est désormais sous ma protection, poursuivit Froissac. Épées à terre. Tous. Même toi, Soubeyran, ajouta-t-il à l'intention du spadassin qui, le crâne en sang, tentait de se remettre sur ses jambes.

Comme les autres hésitaient :

– Tous, j'ai dit, répéta Froissac. Ventadour, ramasse leurs armes.

En voyant Décembre s'exécuter, Olympe eut une moue d'incompréhension.

– *Ventadour ?*

– Je vous expliquerai, dit le borgne en lui prenant doucement l'épée des mains.

Oost, hors d'haleine, soutenait Mélusine qui semblait près de s'évanouir. Sur un signe de ce dernier, il remit sa lame au capitaine tandis que la jeune fille courait se réfugier dans les bras de sa maîtresse.

– Froissac ! croassa le vieux comte, livide. Qu'est-ce que vous faites ? Je vous ordonne d'arrêter ces brigands, m'entendez-vous ?

– Vous n'êtes plus en mesure d'ordonner quoi que ce soit, répondit Froissac. (Puis, ignorant ses protestations pour se tourner vers les spadassins :) À vous de choisir maintenant, messieurs. Le comte Enguerrand de Saint-Mesme est en état d'arrestation.

– Comment osez-vous, Froissac ? s'époumona ce dernier. Je vous ferai pendre pour votre infamie !

– Cette arrestation vous délie de son service, poursuivit Froissac sans se troubler à l'intention de ses hommes. Vos gages vous seront payés, j'y veillerai. Que ceux qui veulent partir s'en aillent dès maintenant, ils sont libres. Les autres : qu'on sorte les blessés et qu'on les soigne. Chassagne, assurez-vous que Mlle de Roquedor regagne ses appartements. Je vous tiens pour responsable de sa sécurité.

Le brave Chassagne n'avait pas participé au combat, incapable de s'en prendre à la petite marquise qui l'avait si bien bichonné. Tout gonflé de son importance, il se plaça auprès d'Olympe et de Mélusine, défiant du regard quiconque de les approcher. Pour cela, disaient ses gros sourcils froncés, il faudrait d'abord lui passer sur le corps.

– Mademoiselle la marquise, si vous voulez bien…, ronronna-t-il en s'inclinant très bas.

– Vous m'avez sauvé la vie, glissa Oost à l'oreille de Mélusine en lui serrant furtivement le coude. Merci.

– C'est moi qui vous dois la mienne, répondit-elle.

Elle lui dédia un regard si intense en sortant au bras de sa maîtresse que Oost faillit défaillir d'émotion. Au même instant, un bruit de bois brisé se fit entendre.

D'un coup de tête, Décembre venait d'assommer net l'un des spadassins.

– Henri ? s'étonna Froissac.

– Navré, expliqua le borgne en soutenant sa victime par le col avant de la laisser glisser à terre où elle resta sans connaissance. Ce coquefredouille a eu un mot malheureux tout à l'heure. J'avais promis de le corriger.

Froissac haussa les épaules.

– Dehors, ordonna-t-il. Qu'attendez-vous, vous autres ? Occupez-vous des blessés.

Durant la bataille, une foule avait envahi la cour. Cuisinières, mitrons, valets de pied ou d'écurie, toute la domesticité du château avait pris position autour du pigeonnier, armée de bâtons, de fourches, de couteaux, de poêlons et prête à en découdre pour défendre leur petite marquise.

À leur tête venait l'intendant. En voyant sortir saines et sauves Olympe et Mélusine, la bonne Sidonie, sa femme, ne put retenir des larmes de joie.

– Cabrezan, dit Froissac, deux hommes pour conduire le comte au château. Et faites venir son médecin, je vous prie.

Léonce s'inclina et donna des ordres.

Les domestiques s'écartèrent pour les laisser passer dans un silence lourd et hostile.

Sans la présence de Froissac et de Décembre, qui sait ce qu'il serait advenu du vieux comte qu'on avait délivré du piège et qu'on portait à bras, haletant comme une bête blessée ?

Son fils, très pâle, marchait un pas derrière, le regard fixe et vitreux, un nerf tressautant au coin de la bouche.

Chapitre trente-deux

– Me pardonnes-tu, Olympe ?

– Non.

– Puis-je au moins espérer que tu me pardonneras un jour ? Je le jure, j'ignorais tout des calculs de mon père. J'ai cru… Nos pères étaient amis, et toi et moi, autrefois…

– Il n'y a plus d'autrefois entre nous, monsieur.

– Tu as le droit d'être cruelle, Olympe. Mais écoute… Nous nous connaissons depuis l'enfance et, du plus loin que je m'en souvienne, j'ai toujours eu pour toi une… une tendre amitié, une… une inclination…

– Vous m'importunez, Foulques ! coupa Olympe en bondissant du sofa en soie jaune sur lequel elle était assise. De quel front vous présentez-vous devant moi, après ce que vous et votre famille m'avez fait subir ? Et pour me parler d'*amitié* ?

C'est le jeune comte qui, tandis que l'on donnait les premiers soins à son père, avait sollicité cette entrevue. Olympe y avait consenti à contrecœur, le recevant dans l'antichambre comme on le fait d'un solliciteur importun.

Chassagne, qui ne la quittait plus d'une semelle, n'avait pas voulu la laisser seule. Malgré ses protestations, il se tenait à l'autre bout de la pièce, nez tourné vers la cloison et feignant d'être sourd.

– Tâche de me comprendre, Olympe. Mon père, et lui seul, a eu l'idée de ce mariage. J'ai cru, en obéissant à ses ordres, pouvoir sauver Saint-Mesme. Contre ta volonté, c'est vrai, et je t'en demande encore pardon. J'ai eu la faiblesse de penser qu'avec le temps, je pourrais te convaincre que je n'étais pas indigne de toi, ni de ton estime.

Olympe eut un petit rire sans joie.

– C'est donc pour mon estime que tu m'as traquée, enlevée, jetée dans les bras de tes hommes de main ? Tu as décidément une curieuse manière de voir les choses.

Foulques baissa la tête, ne sachant s'il devait prendre le tutoiement qui lui avait échappé comme du mépris ou un encouragement.

– Quand tu t'es enfuie, j'ai pris peur, expliqua-t-il. Peur que tu disparaisses ou, pire, qu'il t'arrive malheur. J'étais prêt à tout pour te retrouver. C'est l'inquiétude qui m'a rendu fou, Olympe.

– Ou la crainte de ce que dirait ton père quand il apprendrait ton lamentable échec.

– Comme tu voudras, concéda Foulques que sa résistance mettait au supplice. J'ai proprement perdu la tête à l'idée de te perdre. Mais j'ai compris la leçon. Mon père ne tentera plus rien contre toi, je t'en fais la promesse solennelle. Peux-tu au moins me croire ?

– Je ne lui en laisserai pas l'occasion, dit Olympe avec humeur. Malgré tout, je te suis reconnaissante de t'être opposé à lui tout à l'heure, si c'est ce que tu voulais entendre.

L'aveu lui coûtait. Foulques secoua la tête :

– Tu as toutes les raisons de me haïr, mais écoute : tu ne reverras plus mon père. Que cela lui plaise ou non, je prends la tête du domaine de Saint-Mesme à présent, et je défendrai l'honneur de notre nom. Sa conduite avec toi l'a sali irrémédiablement, mais je te conjure de me croire. Mon père n'a jamais été mêlé, de près ou de loin, aux crimes des Loups de l'Azeillan ! Cette baderne de Froissac devra répondre de cette arrestation, et ton borgne, de ses accusations insensées, je te le garantis !

La voix d'Olympe se fit glaciale :

– *Mon borgne*, monsieur ? Sans doute parlez-vous de M. Décembre. Je vous prierai de l'appeler autrement, c'est un ami cher et qui m'a sauvé la vie. Mais il suffit. Vous avez dit ce que vous aviez à dire. Je suis fatiguée. Cet entretien est terminé, considérez-le comme le dernier entre nos deux familles. Adieu, monsieur.

Et lui tournant le dos, elle le planta là. C'était un affront de trop pour le jeune comte.

– Décembre ou Ventadour ? s'esclaffa-t-il. Allons, ma pauvre Olympe. Toi, une marquise, comment as-tu pu t'enticher d'un soudard qui n'a qu'un œil et deux noms ?

Olympe fit brusquement volte-face. Au bruit que firent ses talons sur le parquet, Chassagne tourna la tête, ne sachant s'il devait intervenir. Mais des deux, c'était le jeune faquin et non sa petite marquise qui semblait avoir besoin de protection.

Elle marcha sur Foulques, qui dut reculer sous la charge et, se plantant sous son nez :

– Mon père a eu de l'amitié pour le vôtre, siffla-t-elle. Ce n'est qu'à ce titre que je tolère votre présence ici. Une seule remarque désobligeante encore sur M. Décembre ou M. Oost et je vous fais jeter dehors par mes valets. M'avez-vous entendue ?

*

On avait conduit le comte de Saint-Mesme dans la grand-salle du château.

Tandis que Joncourt, son médecin, lui prodiguait des soins, Froissac et Décembre s'entretenaient à mi-voix dans le petit cabinet attenant.

– Tes hommes ?

– Soubeyran s'en remettra. Peysourde était une buse dont je ne suis pas fâché d'être débarrassé. Quant à cet imbécile de Blagnac, il gardera le nez en coin.

– Tant mieux, il m'agaçait. Que comptes-tu faire ?

Froissac tira pensivement sur sa moustache. Par les fenêtres, on apercevait dans la cour le va-et-vient des domestiques qui, sous l'œil attentif de l'intendant, transféraient le trésor du pigeonnier dans les salles fortes du château.

– J'ai envoyé trois hommes sûrs fouiller les logis du comte. Mais ils ne trouveront rien, j'en ai peur. Si Saint-Mesme est bien l'homme que tu dis, voilà trop d'années qu'il déjoue les soupçons. Les miens, en particulier. Je n'ignorais rien des rumeurs sur ses dettes de jeu, ses absences mystérieuses…Tu penses que j'ai cherché à en savoir davantage, mais sans résultat. Le comte a l'art de se faire haïr, son fils plaidera la médisance. La famille est puissante.

– Mais ce pistolet ?

– Il faudra autre chose pour convaincre la justice : des documents, les restes d'un butin…

– Ou un témoin.

Froissac haussa les épaules.

– Les Loups avaient une peur bleue de leur chef. On les a interrogés et pendus sans qu'ils parlent.

– Il en reste un, Froissac. Ulysse Mildiou. C'est sur lui que j'ai pris l'autre pistolet.

– Ventredieu ! s'exclama Froissac. Tu as raison. Le vieux comte semblait le connaître. Il l'a fait jeter au cachot. Mais son intérêt à parler ?

– Tu lui offres la vie sauve.

– C'est trop payer un assassin, protesta Froissac en se grattant le menton. Mais tant pis. Son chef est à ce prix.

Décembre opina.

– Veux-tu que je te le ramène ? Lui et moi avons un vieux compte à régler.

– Surtout pas, dit Froissac. Je te connais, il nous est plus utile vivant que mort. Blagnac, Gardel ! aboya-t-il en gagnant le hall à grands pas. Allez me chercher le prisonnier. Et faites venir le jeune comte, qu'on en finisse !

*

Tandis que Froissac donnait ses consignes, la porte donnant sur les appartements s'ouvrit.

– Vous étiez là, monsieur Décembre ? Nous vous cherchions partout.

C'était Olympe, accompagnée de l'intendant qui lui rendait compte à l'oreille du bon succès de la tâche dont elle l'avait chargé.

À cet instant, un râle de souffrance s'éleva de la grand-salle.

Olympe blêmit.

– Le comte est encore là ?

– Entre les mains de son médecin, la rassura Décembre. Tranquillisez-vous, il n'est plus en état de vous faire du mal. Vous l'avez rendu boiteux pour le reste de ses jours.

– Boiteux, un loup n'en est que plus dangereux, dit-elle d'une voix blanche. Je croyais que M. Froissac…

– Il se prépare à le démasquer pour de bon. Venez.

– Je ne pourrai pas, murmura Olympe en s'appuyant au bras d'un fauteuil. Le revoir est au-dessus de mes forces.

Il lui tendit la main.

– Venez, vous dis-je. Vous êtes maîtresse chez vous, désormais.

Olympe ferma les yeux, furieuse de ce soudain accès de faiblesse. Quand elle les rouvrit :

– Vous avez raison, dit-elle en relevant bravement le menton. Je suis la marquise de Roquedor. De quoi devrais-je avoir peur ?

Elle prit une profonde inspiration.

– Eh bien, messieurs, allons, dit-elle dans un souffle. Conduis-nous, mon bon Léonce, et veille à ce qu'on ne nous dérange pas.

Chapitre trente-trois

Froissac avait posté deux hommes à lui devant la grand-salle. Quand ils entrèrent, le vieux comte de Saint-Mesme reposait au fond d'un fauteuil, les traits cireux comme ceux d'un masque, sa jambe bandée allongée devant lui sur un repose-pied. Le verre teinté des hautes fenêtres baignait la scène d'une lugubre lumière de vitrail.

Malgré l'effroi qu'il lui inspirait, Olympe s'efforça de regarder ailleurs tant il semblait souffrir. Elle ne regrettait rien, non. Elle avait même souhaité sa mort de toutes ses forces, et plus d'une fois. Mais le claquement sec du piège qui se referme hanterait ses nuits pour longtemps.

– Joncourt, où êtes-vous ? haletait Saint-Mesme. Joncourt !

– Là, monsieur, fit mollement le médecin qui lavait ses minuscules mains blanches dans une bassine. Je ne puis rien faire de plus, il vous faut un chirurgien.

– Vous êtes un incapable, Joncourt ! Où est ma voiture ?

– Elle est là, père. J'ai donné des ordres pour changer les chevaux, dit Foulques en se penchant sur lui. Restez tranquille.

Saint-Mesme chassa la main qu'il avait posée sur son épaule.

– Vous donnez des ordres, maintenant, pauvre mauviette ? Il est bien temps, après l'humiliation que vous a fait subir cette péronnelle… Joncourt, une canne, qu'on me trouve une canne ! Si vous croyez qu'une simple blessure peut avoir raison d'un Saint-Mesme…

Il tentait de se lever et il fallut toute la force de Foulques pour le repousser dans son fauteuil.

– Ma jambe…, gémit-il en se tordant de douleur.

– Le piège vous l'a presque tranchée, père, siffla Foulques entre ses dents. Maintenant, restez tranquille, pour l'amour de Dieu !

Puis, se tournant vers Froissac :

– Vous paierez pour ce forfait, je vous le certifie. Mais le comte est au supplice et j'en appelle à votre honneur de gentilhomme. Laissez-moi le conduire à Saint-Mesme au plus vite pour qu'il reçoive des soins appropriés à son état.

– Vous n'irez nulle part pour l'instant, dit sèchement Froissac. Ventadour ?

Ce dernier, avec Oost, avait pris position près d'Olympe.

– Il faudra vraiment que vous m'expliquiez, murmura-t-elle en le voyant réagir de nouveau à ce nom.

Sans répondre, il ouvrit la porte derrière laquelle attendaient Gardel et Blagnac. Le nez de ce dernier, enflammé et de travers, le faisait loucher affreusement.

Décembre l'ignora.

– Avance, dit-il à l'oreille du prisonnier qu'ils encadraient solidement. Et va droit, tu m'as compris ?

En voyant entrer Ulysse Mildiou, le vieux comte se rétracta dans son fauteuil en croassant :

– J'ignore qui est cet homme. Pourquoi est-il là ? Que me veut-il ?

Puis, se tournant vers son fils :

– C'est toi qui l'as ramené ici ? Pourquoi ? Parle !

Ulysse fit semblant d'ôter un bonnet de sa tête.

– Monsieur le comte. Je savais que nous nous retrouverions.

– Tu parleras quand je t'interrogerai, coquin, l'interrompit Froissac durement. Et baisse les yeux ou je te ferai regretter ton insolence. Maintenant, répète ce que tu m'as dit tout à l'heure. D'où connais-tu M. de Saint-Mesme ?

Le bandit croisa les bras, défiant le comte du regard.

– Mon frère Hercule et moi, on a travaillé pour vous autrefois. Dans la louverie, si vous voyez ce que j'veux dire…

– Qu'on le fasse taire ! s'emporta le comte. Je n'ai jamais vu ce maraud de ma vie !

– C'est pas de vous qu'on prenait nos ordres, peut-être ? s'indigna Ulysse. Vous aviez beau porter un masque, comme les saltimbanques à la foire, pas besoin d'être devin pour savoir qui y avait en dessous.

– Un masque ?

– Une tête de loup. Avec comme qui dirait deux trous à la place des yeux. Et puis, vous aviez ce magnifique pistolet aussi, comme il n'en existe aucun autre. Une arme de prince ou de roi, toute décorée d'ivoire et d'argent.

Cette dernière phrase fit son effet. Froissac encaissa l'information et reprit froidement l'interrogatoire.

– Tu n'as donc jamais vu son visage ? Comment peux-tu jurer qu'il était bien ton chef ?

Ulysse garda le silence un instant, conscient de l'attention qu'il suscitait, ses sourcils montant et descendant comme s'il calculait quel parti il pouvait en tirer.

– Parce qu'on s'est rendus au château, mon frère et moi, dit-il finalement. Y a pas bien longtemps. Pour réclamer la part que M. le comte nous devait. Et savez-vous avec quoi il nous a menacés ? Avec ce pistolet reconnaissable entre mille, celui du chef des Loups de l'Azeillan !

– Quelle part ? s'impatienta Froissac. De quel butin parles-tu ?

– Celui du couvent Sainte-Barbe, de l'attaque du fermier général, plus d'autres qui me sont sortis du crâne…

Olympe peinait à respirer. Elle n'était qu'une enfant alors, mais malgré les efforts de son père pour l'en tenir à l'écart, la rumeur des crimes des Loups de l'Azeillan était parvenue jusqu'à elle. Comment aurait-elle pu imaginer alors qu'ils étaient le fait de leur puissant voisin ? D'un homme que Charles de Roquedor avait reçu en frère, lui ouvrant sa table, devisant avec lui des affaires de la région, lui prodiguant avis et conseils dans la gestion de son domaine ?

Est-ce en raison de cette amitié que le domaine de Roquedor avait été miraculeusement épargné par la terrible bande ?

– Continue, ordonna Froissac.

– Il a dit qu'il nous donnerait notre dû plus tard. Il fallait qu'on disparaisse, Hercule et moi, si on voulait pas être pendus avec les autres. Il nous retrouverait après, quand tout se serait tassé, et il nous paierait un joli rabiot pour notre silence.

– Mensonges ! fulminait Saint-Mesme. Je ne dois rien à cet homme dont j'ignorais jusqu'à l'existence.

– Ça doit être de famille, alors, dit gravement Ulysse. Parce que votre fils aussi, il me doit de l'argent : deux écus pour moi et deux autres pour mon frère, mais qui me reviennent à moi, vu qu'Hercule, il est mort…

– C'est intolérable, intervint Foulques, hors de lui. Combien de temps encore devrons-nous supporter les insultes de ce maroufle ? Il prétendrait n'importe quoi pour sauver sa peau, cela crève les yeux. Dis quelque chose, Olympe ! Au nom de l'ancienne amitié entre nos pères…

Un gémissement l'interrompit.

– Joncourt ! héla le vieux comte d'une voix presque inaudible. Ma jambe…

– Je suis là, je suis là, soupira le médecin en lui tapotant la main.

– Faites quelque chose, espèce d'âne bâté ! Vous ne voyez pas qu'il souffre le martyre ? s'emporta Foulques.

Visage livide, les mains crispées sur l'accoudoir, le comte semblait près de tourner de l'œil.

– Eh bien, qu'on lui donne un cordial, décréta le médecin en restant à bonne distance. Un alcool fort. Je ne vois rien d'autre pour le soulager.

Sur un signe de Léonce, Mélusine quitta la grand-salle pour y revenir aussitôt, portant un flacon tout feutré de poussière qu'elle tendit à son père. Celui-ci l'essuya soigneusement dans son tablier avant de le présenter au comte.

– Voilà qui devrait convenir à votre état. Le reconnaissez-vous ?

Enguerrand de Saint-Mesme se rétracta dans son siège comme si on l'avait brûlé.

– Qu'est-ce que tout cela signifie, Léonce ? s'étonna Olympe.

– C'est de l'armagnac. Une cuvée spéciale, que je tiens à l'abri depuis quatre ans, expliqua l'intendant d'un air énigmatique. Voici votre cordial, monsieur le comte, ajouta-t-il en lui tendant un verre.

Enguerrand de Saint-Mesme n'avait plus de sang au visage.

– Voyons, buvez, l'encouragea Léonce. L'alcool est de qualité, il vient tout droit de votre propriété. Regardez plus attentivement la bouteille. La mémoire vous revient-elle ? C'est le flacon que vous avez offert à M. de Roquedor le jour même de sa mort.

Olympe sentit le souffle lui manquer.

– Que dis-tu ?

– Buvez, monsieur le comte, poursuivit l'intendant, imperturbable. Ne voulez-vous pas obéir à votre médecin ? Buvez, cela ne peut vous faire que du bien.

Repoussant sa main, Enguerrand envoya le verre se briser en mille morceaux sur le carrelage.

– Je n'ai pas soif ! Enlevez cette bouteille de ma vue ! croassa-t-il, la sueur au front.

Ulysse, qu'on ne surveillait plus, en profita pour s'emparer de la bouteille.

– Eh bien, j'ai le gosier à sec, moi, ricana-t-il. À votre santé, monseigneur !

Et portant le goulot à ses lèvres, il en but une rasade avant que Blagnac et Gardel n'aient eu le temps de l'en empêcher.

– En voilà des manières pour un petit coup ! s'esclaffa-t-il tandis qu'ils se saisissaient rudement de lui. Une lampée de tord-boyaux, ce n'est pas cher payé pour vous avoir donné le chef des Loups de l'Azeillan. Au fait, Froissac, y a pas comme qui dirait une récompense pour çui qui permettra son arrestation ?

– Si. Une belle corde de chanvre.

– Quoi ? Vous m'aviez promis…

– Que je ne te tuerais pas de mes mains, oui. La justice décidera de ce qu'elle veut faire de toi, Mildiou. Ça suffit. Qu'on l'emmène.

– J'aurais dû m'en douter ! grogna le prisonnier en se débattant. Bande de chiens, je vous…

Mais il ne put aller au bout de sa phrase. Un spasme lui secoua tout le corps, tandis qu'une expression d'intense surprise se peignait sur ses traits grossiers.

Comme l'intendant le fixait en silence, guettant ses réactions :

– Qu'est-ce que t'as, toi ? siffla-t-il. Tu veux mon portr…

Sa bouche se tordit. Sous les yeux horrifiés d'Olympe, son visage perdit brusquement toute couleur. Il poussa un mugissement sourd et s'effondra d'un coup, un bouillon d'écume sanglante aux lèvres, échappant à la poigne de ses gardiens.

Instinctivement, Décembre fit barrage devant Olympe. Mais Ulysse Mildiou n'était plus en état de nuire à personne. Durant quelques secondes, son corps se trémoussa au sol, agité de violents soubresauts comme s'il luttait contre une force qui le dévorait. Puis ses talons cessèrent de marteler le carrelage, ses yeux se révulsèrent et il ne bougea plus.

Dans la grand-salle, la stupeur était totale. Mélusine, réfugiée contre Oost, cachait sa bouche derrière sa main, comme si elle était responsable de ce qui arrivait.

Décembre fut le premier à réagir. Écartant Blagnac et Gardel, il s'agenouilla au-dessus du corps.

– Mort ? murmura Olympe.

Il secoua la tête.

La langue d'Ulysse dépassait de sa bouche, figée en un atroce rictus de trépas. Elle était noire.

– Comme Charles de Roquedor, murmura le capitaine pour lui-même. Cette vieille folle de Léontine avait donc raison.

– Qu'en pensez-vous, Joncourt ? demanda Froissac.

Le médecin examina le corps d'un air dégoûté, un mouchoir sur la bouche. Puis, reniflant l'intérieur du flacon :

– Poison, dit-il enfin. Cela ne fait aucun doute.

– Vous comprenez maintenant pourquoi je l'ai gardé, mademoiselle, expliqua l'intendant en mettant soigneusement la bouteille de côté. Nous étions quelques-uns à nourrir des soupçons sur la fin de M. de Roquedor. Démonstration est faite que nous avions raison.

– Tu veux dire…, commença Olympe, brusquement glacée d'effroi.

Léonce opina gravement.

– Que le cadeau de M. de Saint-Mesme a servi d'abord à empoisonner votre père. Oui, mademoiselle.

À ces mots, tous les yeux s'étaient portés sur le blessé. Profitant de la confusion générale, il avait glissé de son fauteuil et s'efforçait de ramper vers la porte opposée en laissant au sol une traînée de sang.

Poussant un cri de rage, Olympe bondit. Un faisceau

d'armes ornait le dessus de la cheminée. Elle en décrocha une épée et se rua vers lui.

Foulques, anéanti par ce qu'il venait d'entendre, tenta de s'interposer. Mais renversant un fauteuil sur lui, elle força le passage et fondit sur le comte qui tentait de s'échapper, tirant derrière lui sa jambe morte.

Elle l'aurait cloué au sol comme un insecte nuisible si des bras ne l'avaient attrapée au dernier instant, soulevée du sol et tirée en arrière.

– Non. Ne fais pas ça.

– Lâchez-moi ! hurla-t-elle. Je vous ordonne de me lâcher !

Elle eut beau vociférer et se débattre, distribuer coups de poing et coups de pied, Décembre ne lâcha pas prise avant de l'avoir portée hors de la grand-salle.

Là, il la déposa hors d'haleine sur une banquette et s'adossa à la porte, en interdisant le passage, tandis qu'elle hoquetait, les yeux pleins de larmes :

– Pourquoi ? Pourquoi ? Il a empoisonné mon père, son meilleur ami. Il l'a tué ! Il méritait que je lui passe mon épée à travers le corps. Pourquoi m'en avez-vous empêchée ?

Les mots manquaient au capitaine.

– Vous n'auriez pas dû. Non, vous n'auriez pas dû…

Il lui prit doucement l'épée des mains et il s'assit à côté d'elle, sans bouger, sa grande carcasse toute raide posée au bord du banc, jusqu'à ce qu'elle abandonne sa tête contre son épaule, laissant libre cours aux larmes qu'elle avait trop longtemps retenues.

Épilogue

La journée avait été belle et chaude. Le soir tombant allongeait l'ombre des vignobles sur les coteaux roussis par l'automne et celles des deux cavaliers qui cheminaient côte à côte.

Dix jours avaient passé depuis l'arrestation du comte de Saint-Mesme. La vie avait repris lentement son cours à Roquedor, mais il faudrait des mois, des années peut-être, pour rendre son ancien lustre au fief familial. Olympe allait s'y employer.

Chaque jour, sous prétexte de visiter ses domaines, elle faisait seller une petite jument gris perle et partait seule pour de longues cavalcades. Elle en revenait le feu aux joues, tout enivrée du parfum des champs et du sentiment de sa liberté retrouvée.

Décembre, cette fois, l'avait accompagnée. Le pas paisible de Mirabelle s'accordait avec la douceur du soir. La petite marquise calait sur lui l'allure de sa monture et ils allaient sans un mot, rentrant vers le château après une promenade par les champs et les bois.

Olympe fut la première à rompre le silence :

– Me direz-vous enfin ce que vous avez en tête ?

– Toi, d'abord.

– Moi ?

– Tu es ailleurs, un peu triste. À quoi songes-tu ?

Elle arrêta sa monture pour contempler le château en contrebas. Posé sur son éperon, en surplomb de l'Azeille, on aurait dit la proue d'un bateau avançant sur le vide.

– À mon père… J'ai souvent fait cette promenade avec lui. Je ne peux m'empêcher de penser que c'est à cause de moi qu'il est mort.

– Balivernes. Tu n'étais qu'une enfant.

– Il n'empêche. Lui et le comte de Saint-Mesme ont eu une violente dispute à mon propos quelques jours avant sa mort… Le comte jouait, menait grand train, mon père s'était lassé de ses débauches et de ses dettes qu'il couvrait. Il avait décidé de rompre ce qui n'était plus déjà que le souvenir de leur ancienne amitié.

– Comment le sais-tu ?

– Par ma bonne Léontine. Elle a surpris leur querelle un jour qu'elle ramassait des herbes dans la forêt.

– Décidément, s'amusa le soldat, en quelque endroit que vous soyez à la campagne, vous êtes le point de mire de deux yeux couverts d'un bonnet de coton… Le reste est simple à deviner, poursuivit-il après un temps. Quand il a compris que ton père ne te donnerait jamais à Foulques, le comte lui a offert, en gage de réconciliation, ce cadeau empoisonné. Sans la présence d'esprit de Léonce, jamais tu n'aurais su la vérité.

Olympe secoua sur son genou son petit chapeau avant de le renfoncer sur sa tête.

– Mais pourquoi m'avoir envoyée quatre ans au couvent quand il pouvait disposer de moi aussitôt ?

– La mort de ton père avait fait trop de bruit, je suppose. Un mariage prématuré aurait éveillé les soupçons.

Le petit visage d'Olympe se crispa.

– Le comte n'avouera jamais son crime. Vous auriez dû me laisser le tuer.

– Non. Les hommes de Froissac ont retrouvé chez lui, dans un cabinet secret, des documents qui démontrent son rôle à la tête des Loups de l'Azeillan. Justice sera faite, sois-en sûre.

– Il y échappera. Le scandale est trop grand, il éclabousserait la noblesse tout entière si Saint-Mesme devait être jugé.

Décembre haussa les épaules avec fatalisme.

– Froissac ne rend compte qu'au roi. Sa Majesté décidera. On dit Foulques à la cour, où il tente de sauver l'honneur de son père… Tu ne les reverras pas de sitôt.

Olympe poussa un profond soupir. La soirée était trop belle pour ressasser sa rancœur. Elle pressa légèrement les flancs de sa jument.

– À vous alors, monsieur, dit-elle en se portant à son côté. Savez-vous que je vous aimais mieux en Décembre qu'en Ventadour ? Lui au moins me disait « vous ».

– Veux-tu que…

– Pour rien au monde.

Elle grimaça avant d'ajouter :

– Vous allez me manquer terriblement. Êtes-vous bien certain de vouloir partir ?

– Oui. Demain.

Son ton se fit suppliant.

– Ne puis-je vraiment rien faire pour vous retenir ?

– Tu as déjà fait beaucoup. Je me connais : vins fins et lits moelleux ne valent rien à mes vieux os.

– Oh ! mais ne comptez pas engraisser plus longtemps à ne rien faire. Vous travaillerez pour moi et je saurai vous mener la vie dure !

Décembre sourit et flatta l'encolure de sa jument.

– Justement. Nous nous ressemblons, Mirabelle et moi : obéir n'a jamais fait partie de nos talents.

Ils s'engagèrent l'un derrière l'autre dans un petit raidillon qui coupait vers le château. Puis, côte à côte, ils finirent le chemin sans se hâter. L'air avait fraîchi, une brise faisait courir au sol des brassées de feuilles mortes.

– Je vous connais, allez, reprit-elle. Vous avez à peine ouvert la bouche de toute la promenade. Il y a autre chose.

– Non.

– Ne me mentez pas, monsieur Ventadour. M. Décembre, votre ancienne incarnation, était la franchise même. Depuis que vous avez vu Froissac hier, vous êtes tout préoccupé.

– Mais non, tu te fais des idées, bougonna le vieux soldat.

– C'est cette lettre, n'est-ce pas ? Celle que vous gardez sur votre cœur.

Comme il protestait :

– Ne niez pas, j'ai tout deviné.

– Mais comment…

– Vous oubliez que je suis un peu sorcière, fit-elle avec une moue moqueuse.

Encore la longue allée cavalière et ils seraient au château. Décembre arrêta sa monture et tira la lettre de son pourpoint.

– La femme qui l'a écrite, dit-il en la dépliant, Froissac m'a donné son nom et une adresse. C'est à quelques jours d'ici, près d'Albi. Elle s'appelle Laure. Rien de sûr, attention… Elle y vivait, la dernière fois qu'il lui a parlé. C'était il y a près de dix ans. La petite Prudence doit être grande maintenant. Presque ton âge… Tu comprends pourquoi il me faut partir.

Olympe fit faire demi-tour à sa monture pour se planter devant lui.

– Mais vous reviendrez, n'est-ce pas ?

– Bien sûr.

– Vous n'attendrez pas dix ans ?

– Je t'en fais la promesse.

– À la Noël alors ? Non, quand vous voudrez, je ne vous force à rien. Vous serez toujours le bienvenu à Roquedor.

– Je sais.

Elle sauta de cheval et, lui tournant le dos, joua un moment de la pointe de sa botte dans les feuilles pour cacher son émotion.

– Je vous déteste de partir, dit-elle enfin. Je vous déteste de toute mon âme.

Il rangea la lettre sans répondre. Quitter sa petite marquise lui brisait le cœur à lui aussi.

– Dites, monsieur Décembre…

Elle l'avait rejoint en courant. Sa tête arrivait tout juste à hauteur du garrot de Mirabelle, et il la trouva soudain bouleversante avec ses cheveux roux en bataille, ses bottes de garçon et ses grands yeux qui le fixaient intensément.

– Cette femme, Laure, votre épouse, est-ce qu'elle vous croit…

– Mort à la guerre ? Oui.

– Avez-vous pensé qu'avec le temps, elle… elle a pu reprendre époux ?

– J'y ai songé mille fois, bien sûr. Ou qu'elle ne veuille plus d'un vieux soldat borgne.

Olympe secoua la tête.

– Vous faites bien de tenter votre chance, dit-elle avec un mouvement résolu du menton. Je ferais la même chose à votre place.

Il mit pied à terre à son tour, lui prit des mains les brides de la jument.

– Promets-moi de ne pas être triste.

– Je le serai demain, pas avant. Ce soir, je profite de vous.

S'éloignant vers le château, elle le laissa ramener leurs montures au valet d'écurie. Comme il gagnait le vestibule, il la vit redescendre quatre à quatre l'escalier et se précipiter vers lui.

– Tenez, murmura-t-elle en lui glissant un petit objet dans la paume. Non, ne regardez pas ! Vous le ferez demain, en souvenir de moi.

Comme il acquiesçait en silence :

– Savez-vous que nous avons bien fait de laisser la chapelle décorée ? enchaîna-t-elle sans transition.

Son air interloqué la fit éclater de rire.

– Ma chère Mélusine et M. Oost ! glousa-t-elle en lui prenant le bras pour l'entraîner dans l'escalier. Vous n'avez rien vu, décidément ? Je leur laisse la joie de vous l'annoncer eux-mêmes.

*

Un bon feu crépitait dans le cabinet de Charles de Roquedor.

Olympe avait fait son quartier de cette petite pièce lambrissée et intime, moins impressionnante que la librairie, où son père aimait se retirer pour gérer les affaires du domaine. C'est là qu'elle travaillait à son tour, là aussi qu'elle recevait ses amis. Les fauteuils étaient profonds, les boiseries patinées, il y flottait à toute heure du jour ce parfum persistant de miel, de vieux livres et de tabac qu'elle avait toujours associé à son père.

Quand ils entrèrent, couché sagement comme un grand chien aux pieds de Mélusine, Oost la regardait avec ravissement broder quelque chose en devisant avec entrain.

Comme elle se précipitait vers sa maîtresse et l'aidait à ôter ses bottes de cavalière :

– C'est bien vrai ce qu'on dit ? se réjouit Décembre en prenant le garçon à part. Tu fais donc ton nid ici ? Félicitations, l'oiselle est ravissante. Quand vous mariez-vous ?

– Moins fort, capitaine, dit Oost en rougissant. Vous allez trop vite en besogne. Tout n'est pas réglé encore.

– Que vous manque-t-il ?

– L'accord du père. Il ne sait rien pour l'instant.

– Tu as celui de la fille ?

– Elle et moi ne nous quittons plus. Mon beau-père… pardon, M. Léonce n'est plus si jeune et Mlle la marquise nous verrait bien prendre sa suite, Mélusine et moi, quand le temps sera venu…

– Tu as donc gagné dans l'aventure un cœur, un emploi et un toit. Pas mal pour quelqu'un que j'ai connu sans culotte ni chemise.

– Je suis comblé, capitaine, dit le garçon en souriant jusqu'aux oreilles.

– Sais-tu à quoi je sais que tu es amoureux, ami batave ? Tu ne bégaies plus du tout.

– C'est ma foi vrai, s'étonna Oost en se touchant comiquement les lèvres.

– Mais dis-moi : tu n'as donc plus peur des mauvais esprits, que tu songes à t'installer ici ?

– Si. Pourquoi dites-vous cela ?

Décembre montra du menton les deux jeunes femmes qui babillaient.

– Savais-tu que ta Mélusine et notre petite sorcière de marquise sont sœurs de lait ? Prends garde qu'elles ne t'ensorcellent pour de bon.

Oost s'esclaffa.

– Et moi qui vous écoute sérieusement… Vos moqueries me manqueront, capitaine. Est-ce vrai que vous partez demain ?

– Oui. Mais pas avant que tu n'aies tenu ta promesse.

– Laquelle ?

– Me raconter la fin de tes aventures. Le bateau, Rickard, comment tu t'es évadé…

– C'est vrai. Je vous la dois.

Le vieux soldat se pencha à son oreille.

– La demoiselle est au courant de ton passé ?

– Elle connaît l'histoire tout entière, confirma le garçon.

– Une histoire ? s'exclama Olympe en surgissant entre

eux. Oh oui, monsieur Oost, s'il vous plaît ! C'est un soir à entendre une histoire.

– Je ne suis pas sûr…

– Vous me l'avez racontée si bien, intervint Mélusine. Vous verrez, mademoiselle Olympe, M. Oost est un héros.

– Ne vous faites pas prier, décréta la marquise en désignant les fauteuils. Asseyons-nous près du feu et nous vous écouterons. Mélusine, ma chère, sonne et demande aux cuisines qu'on nous apporte une collation. La promenade m'a donné une faim de loup. Et du vin aussi, le meilleur de la cave pour M. Décembre !

– Voilà qui est parler, dit le vieux soldat en jetant loin son manteau. Prenons place et raconte, ami Oost.

*

C'est ainsi que, ce soir-là, au château de Roquedor, dans le cercle de lumière dessiné par la cheminée, s'invita le port de La Rochelle, un navire hollandais au mouillage forcé, un chargement de bois précieux et de gingembre, un quartier-maître obtus nommé Rickard…

– Nous venions des îles de la Sonde, commença Oost. La traversée avait été épouvantable. Six mois de mer. L'eau douce manquait, la moitié de l'équipage avait perdu ses dents, l'autre attrapé une fièvre maligne qui vous rend le corps tout jaune…

– Tout jaune ? s'exclamèrent les jeunes femmes avec un délicieux frisson d'effroi.

– Aussi vrai que je vous le dis, opina gravement le garçon.

Une avarie avait contraint le *Batavia* à faire escale devant La Rochelle. Il resta trois semaines au mouillage, à quelques encablures des côtes françaises.

– J'avais tenté plusieurs fois de me faire la belle. À Bornéo, aux Indes aussi. Mais les gens là-bas… Faites excuse, mesdemoiselles, je ne sais comment dire... Les gens de ces pays vont en société tout nus, avec un simple chiffon sur le corps. Leur peau est brune et ils échangent entre eux dans un sabir que je mets quiconque au défi de comprendre. Que serais-je devenu parmi ces indigènes ? Le mal du pays a été le plus fort. Mais là, si près des côtes, presque chez moi, la tentation était trop grande. Vous ai-je dit que je suis moitié français par ma mère, et batave seulement par mon père ? Un mauvais homme, entre nous soit dit, mais passons...

Chaque matin, des charpentiers du port montaient à bord du *Batavia*. Oost était le seul à comprendre leur langue. Tandis qu'ils travaillaient, surveillés par le soupçonneux Rickard, il prit l'habitude d'échanger avec eux. Sans doute prirent-ils en pitié ce garçon de vingt ans, maigre comme une corde et le dos labouré, pour partie leur compatriote. Bientôt, un plan germa entre eux.

– Je devais descendre dans leur chaloupe et m'y cacher juste avant qu'ils ne quittent le bord... Seulement, je ne voulais pas m'en aller seul. Il y avait ce petit mousse, Jan, un gosse d'à peine douze ans. Cette sale teigne de Rickard lui menait la vie dure et je m'étais juré qu'on s'évaderait ensemble... On a profité de ce que l'équipage était occupé sous l'entrepont et on s'est laissés descendre par une écoutille, Jan et moi, jusque dans l'embarcation des Français. On était bien cachés, je vous jure ! C'est à peine si on respirait.

Ils avaient attendu en silence que les charpentiers aient fini leur journée, serrés l'un contre l'autre sous une voile affalée. Bientôt, le pont de la barque avait vibré sous des pas.

– Je nous ai crus sauvés, poursuivit Oost avec un soupir. Le gosse aussi. Il a sorti la tête trop tôt : en lieu et place de nos sauveurs, c'était ce chien de Rickard.

Il s'interrompit, le regard perdu dans les flammes de la cheminée. Le quartier-maître entendait-il quelques mots de français ? Qu'on parle dans son dos avait-il excité sa méfiance ? Nul ne le saura jamais.

D'un coup de poing, il assomma le petit Jan qui coula dans l'eau comme une pierre. Puis il se jeta sur Oost, le fouet levé.

Rickard était fort comme un Turc, mais la fureur lui faisant perdre toute raison, il entra dans un corps à corps qui le perdit. Oost parvint à saisir la lanière qui le cinglait et à lui passer son propre fouet autour du cou.

– J'ai serré, serré, serré encore. Je ne me connaissais plus. Vous comprenez, il avait tué le petit.

– Il vous aurait tué aussi, monsieur Oost, murmura Mélusine en glissant sa petite main dans la sienne. Vous avez bien agi.

Oost passa vite sur la suite. Haletant, pétrifié par l'horreur de ce qu'il venait d'accomplir, il avait mis quelques minutes à se ressaisir. La chaloupe, qui s'était détachée sous la violence de la lutte, dérivait déjà loin du *Batavia*. Hissant la voile, il avait mis le cap sur la côte, attendant d'être hors de vue du navire pour jeter à l'eau le corps sans vie de Rickard.

– Une heure plus tard, j'accostais. Il faisait presque nuit. Mon évasion avait dû passer inaperçue depuis la côte car personne ne m'attendait. J'ai filé sans demander mon reste, et voilà…

Comme pour accompagner la fin de son récit, une bûche s'effondra dans la cheminée.

– Merci, monsieur Oost, dit Olympe en applaudissant délicatement, imitée par Mélusine. Voilà qui me change des fadaises qu'on me servait au couvent.

Décembre avait fermé la paupière, ne la rouvrant que par instants pour tirer sur sa pipe.

– C'est donc tout ton roman, ami Oost ?

– Celui de ma vie de marin, oui. Je rentrais à pied chez moi quand vous m'avez rencontré.

– N'oublies-tu pas quelque chose ?

Oost fit l'étonné.

– Moi ? Et quoi donc ?

– Ton sac.

Oost grimaça avant de boire une grande lampée du vin que lui tendait Mélusine.

– C'était celui d'un charpentier, avoua-t-il.

– Je m'en doutais, dit le capitaine. En te prenant ta besace, notre petite marquise n'a donc fait que voler un voleur.

– Tout est bien qui finit bien, alors, s'amusa cette dernière.

Elle avait les yeux brillants, le feu aux joues, sans qu'on pût savoir si c'était le vin ou le récit d'Oost qui l'avait échauffée. Elle ajouta, levant son verre :

– Trinquons à la vaillance et à l'honneur, chers amis. Puis ce sera votre tour de nous divertir, monsieur Ventadour. Car vous nous quittez demain et nous ne savons toujours rien de vous.

– Mon histoire sera courte alors, je le crains, s'excusa le borgne. Juste une brève anecdote du temps où nous étions aux cadets de Gascogne, Froissac et moi. Je la tiens de lui, et ce sera sa faute si j'y joue le beau rôle. Mais trinquons d'abord, marquise, tu as raison… Je me sens d'humeur à boire toute la nuit.

*

Le lendemain, juste avant l'aube, un cavalier quittait le château endormi.

C'était un matin humide d'automne, le jour pointait à peine. Un silence cotonneux flottait sur la campagne, percé par le cri grinçant des choucas tournoyant au-dessus du donjon.

Quiconque l'aurait aperçu, emmitouflé dans un grand manteau, un chapeau rabattu sur le visage, aurait reconnu à coup sûr un soldat. Il en avait la raideur, une façon abrupte de se tenir en selle. Sa monture n'était plus très jeune, une grande bête tout en os et en dents, chargée de lourdes fontes militaires.

L'homme avait attendu d'avoir franchi la poterne pour l'enfourcher, et ils s'étaient éloignés tous deux d'un pas très lent, comme en catimini. Au bout de l'allée de marronniers, le cavalier marqua un temps d'arrêt, se retournant sur sa selle pour contempler une dernière fois le château endormi.

Toutes les fenêtres étaient noires, à l'exception d'une lumière qui brillait à l'étage. Un moment, il resta à la fixer de son œil valide, retenant sa monture dont l'haleine fumait.

Peut-être devina-t-il le petit visage appuyé au carreau. Celui d'une très jeune femme enroulée dans un châle, une bougie à la main, qui le regardait en retenant ses larmes.

Glissant sa main gantée dans la poche de son pourpoint, il en tira le petit objet qui s'y trouvait rangé, à côté de la lettre dont dépendait son destin.

C'était, enfermée dans un médaillon, une courte mèche de cheveux roux.

Un instant, il le tint dans sa paume comme un petit bijou couleur d'ambre ou de feuille d'automne, avant de le rempocher avec soin.

Puis, rabattant son chapeau, le cavalier éperonna sa monture, laissant disparaître dans son dos l'imposante silhouette du château de Roquedor.

Jean-Philippe Arrou-Vignod
chez Gallimard Jeunesse

Histoires des Jean-Quelque-Chose (7 titres parus)
Une famille aux petits oignons, l'intégrale 1 et 2

Enquête au collège (8 titres parus)

Enquête au collège, l'intégrale 1 et 2

Magnus et Mimsy
Magnus Million et le dortoir des cauchemars
Mimsy Pocket et les enfants sans nom

Le Collège fantôme

Agence Pertinax

Bon anniversaire !

L'Invité des CE2

Le Livre dont je ne suis pas le héros

Louise Titi (album illustré par Soledad)

Rita et Machin (série d'albums réalisée en collaboration avec Olivier Tallec)

Le Prince Sauvage et la renarde
(album illustré par Jean-Claude Götting)

Comment Akouba inventa l'écriture
(album illustré par Tali Ebrard)

Héros, 40 personnages (coécrit avec Patricia Arrou-Vignod)

François Place
chez Gallimard Jeunesse

Lou Pilouface (série illustrée, 10 titres parus)

Rois et reines de Babel (album)

La Reine sous la neige (roman)

Angel, l'Indien blanc (roman)

Le Marquis de la Baleine (album)

Le Sourire de la montagne (album)

La Douane volante (roman)

Le Prince bégayant (album)

Le Vieux Fou de dessin (roman)

Le papier de cet ouvrage est composé de fibres naturelles, renouvelables, recyclables et fabriquées à partir de bois provenant de forêts gérées durablement.

Mise en pages : Françoise Pham

Loi n° 49-956 du 16 juillet 1949
sur les publications destinées à la jeunesse

ISBN : 978-2-07-515772-8
Numéro d'édition : 379307
Dépôt légal : mai 2021

Imprimé en France par Normandie Roto Impression s.a.s.
N° d'impression : 2101410